Warum Du?

Emma S. Rose

Warum Du?
Emma S. Rose

1. Auflage
Juli 2015
ISBN-10: 151488433X
ISBN-13: 978-1514884331

Verlag: Katharina Höke, Padergasse 8, 33098 Paderborn

Umschlaggestaltung: D-Design Coverart

Printed in Germany by Amazon Distribution GmbH, Leipzig

Bibliografische Information der Deutschen Nationalbibliothek.
Die Deutsche Bibliothek verzeichnet diese Publikation in der Deutschen Nationalbibliografie; detaillierte bibliografische Daten sind im Internet über http://dnb.ddb.de abrufbar.

Für die Liebe. Sie schafft Brücken, verbindet Menschen, macht glücklich. Sie schmerzt, sie lässt zweifeln. Und am Ende ist sie alles, was zählt.

»Wenn ich in deine Augen seh,
So schwindet all mein Leid und Weh;
Doch wenn ich küsse deinen Mund,
So werd ich ganz und gar gesund.

Wenn ich mich lehn an deine Brust,
Kommt's über mich wie Himmelslust;
Doch wenn du sprichst: Ich liebe Dich!
So muß ich weinen bitterlich.«
(Heine)

Kapitel 1

Unwillig stapfte ich durch mein Zimmer, um meinen Kleiderschrank zu inspizieren.

Eigentlich hielt sich meine Lust, an diesem Tag etwas zu unternehmen, in Grenzen. Vor ziemlich genau 26 Stunden hatten Markus und ich entschieden, dass es besser war, zukünftig getrennte Wege zu gehen - und das war nach über vier Jahren ein verdammt großer Schritt.

»Lass uns ein bisschen feiern gehen«, hatte Lena vorgeschlagen. »Einfach den Kopf freikriegen.«

Ich weiß nicht, wann wir das letzte Mal feiern gewesen waren, um *den Kopf freizukriegen*. Mal abgesehen davon, dass weder Lena noch Sandra, meine beiden besten Freundinnen, irgendein Bedürfnis dazu hätten haben müssen. Zumindest nicht so sehr wie ich.

Seufzend ließ ich den Kopf hängen. Irgendwie belastete mich diese ganze Geschichte doch mehr, als ich zugeben wollte. Und das, obwohl es wirklich eine einvernehmliche Trennung gewesen war. Ohne Streit, ohne Szene, ohne schmutzige Wäsche. Ein vernünftiges Gespräch, so wie wir es schon oft geführt hatten - nur dass es diesmal um unsere gemeinsame Zukunft gegangen war, oder eher gesagt, um unsere getrennte Zukunft. Wir hatten uns am Ende sogar umarmt, freundschaftlich, und uns versichert, dass der Kontakt nicht abbrechen würde. Wieso auch - waren wir doch definitiv Freunde. Das war uns vermutlich auch zum Verhängnis geworden: Unsere Beziehung hatte sich in eine platonische Freundschaft verwandelt, schleichend, unmerklich, und doch war es plötzlich geschehen. Meine Lippen hatten nur leicht gezittert, als ich Markus' Wohnung verlassen hatte. Logik hin oder her - ich hatte den Komfort einer Beziehung verloren, die Karten meiner Zukunft hatten sich neu gemischt und eine Leere war in meiner Brust entstanden. Zuhause waren die Tränen dann schließlich auch geflossen.

Also wollten meine Freundinnen mit mir ausgehen. Anders als sonst, denn für gewöhnlich bevorzugten wir gemütliche Cocktailbars, wenn überhaupt. Genauso gerne machten wir DVD-Abende, kochten gemeinsam oder gingen ins Kino.

»Alkohol, laute Musik, tanzen - das lenkt ab«, wisperte ich leise vor mich her und wiederholte damit die Worte, die Sandra hinzugefügt hatte, um mich zu überzeugen.

Ich hatte tatsächlich versucht, ihnen diese Idee auszureden, denn irgendwie war mir mehr danach, mich in eine Wolldecke einzuwickeln, einen großen Pott Eis zu schnappen und vor mich hinzuvegetieren. Natürlich ohne Erfolg. Wie sollte man sich auch durchsetzen, wenn man zwei ganz entschlossen blickende Frauen vor sich stehen hatte?

Nein, keine Chance. Sandra und Lena wollten unbedingt dafür sorgen, dass ich unter Leute kam, also würde es auch geschehen.

Ein kleiner Teil von mir wollte das vermutlich auch. Warum sonst hatte ich die beiden direkt angefunkt, nachdem Markus und ich uns getrennt hatten?

Ich ließ meinen Blick durch mein Zimmer schweifen. Heutzutage kam das vielleicht manchem komisch vor, aber ich wohnte tatsächlich noch in meinem Kinderzimmer, zu Hause bei meinen Eltern - genauer gesagt bei meiner Mutter. Seit Ewigkeiten schon führten wir eine Art WG; seitdem mein Erzeuger sich aus dem Staub gemacht hatte. Damals wäre ich noch zu jung gewesen, um eine eigene Wohnung zu beziehen, und jetzt hatte einfach noch nicht die Notwendigkeit bestanden. Also lebte ich nach wie vor mit meiner Mutter unter einem Dach, und das im zarten Alter von 20 Jahren. Bisher hatte ich deshalb keine Schwierigkeiten gehabt. Markus und meine Mutter hatten sich immer gut verstanden, und oftmals waren wir einfach bei ihm gewesen; er lebte bereits in einer eigenen Wohnung. Ehrlich gesagt war ich nun auch ein bisschen froh darüber, denn derzeit war mir nicht sonderlich nach alleine sein - aber nein, ich wiederhole mich gerne, ich litt nicht unter der Trennung.

Haha.

Ich stand noch immer planlos vor meinem Kleiderschrank, als plötzlich mein Handy vibrierte. Ich zuckte zusammen, da ich nicht damit gerechnet hatte, und fummelte nach dem Ding.

»Machst du dich schon fertig?«

Ich seufzte, als Sandras Stimme mir entgegenplärrte. War ja klar, dass sie mich kontrollieren musste.

»So gut wie«, erwiderte ich etwas ratlos. Der Blick auf meine kleidungstechnischen Möglichkeiten war nicht gerade motivierend.

»Was ziehst du denn an?«

So als würde sie mich beobachten. »Ich glaube, das ist das Problem. Ich habe absolut keine Ahnung«, gab ich zu. »Es ist ewig her, dass wir tanzen waren.«

»Deshalb wird es ja auch Zeit«, erwiderte Sandra gut gelaunt. »Aber für heute kriegen wir das schon hin. Wie wäre es, wenn du einfach zu mir kommst und wir meinen Kleiderschrank durchforsten? Da ist bestimmt etwas Passendes für dich dabei!«

Das war keine schlechte Idee. Sandra und ich hatten in etwa die gleiche Figur, weshalb die Chancen gut standen, etwas bei ihr zu finden. Außerdem nahm ihr Kleiderschrank astronomische Ausmaße an und bot eine Fülle von Klamotten. Wenn ich dort kein Outfit für den Abend fand, würde ich nirgendwo eins finden. Ich ließ die Luft aus meinen Lungen entweichen und nickte mir dann zu. »Alles klar, wann soll ich da sein?«

* * *

Für einen Samstagabend war die Stadt erwartungsgemäß gefüllt. Ich schlenderte durch die Dämmerung und ließ meinen Blick über all die Menschen schweifen, die sich heute dazu entschieden hatten, die Nacht zum Tag zu machen. Viele in meinem Alter, aber auch eine ganze Menge Jüngere und wesentlich Ältere waren unterwegs und bester Laune. Ich wette, ich sah dazwischen aus wie ein kleiner Wicht.

Ich umklammerte meine Tasche fester und beschleunigte meine Schritte. Es war nicht mehr sonderlich weit bis zu Sandras kleiner, schnuckeliger Wohnung, die sich in bester Lage mitten in der Stadt befand - hoch gelegen, im fünften Stock, und mit toller Aussicht über die Einkaufspassage. Ich war mir ziemlich sicher, dass sie ein kleines Vermögen dafür bezahlte, doch ein Vögelchen hatte einmal gezwitschert, dass ihre Eltern sie nicht übel unterstützten. Nun, ich gönnte es ihr von Herzen.

Außerdem tat sie ihr Bestes. Sie studierte Biologie und stand manchmal den halben Tag im Labor oder verbrachte unzählige Stunden in irgendwelchen Tutorien. Daneben schaffte sie es irgendwie, auch noch zu jobben und einen Teil ihres Lebensunterhalts zu bestreiten - und dafür verdiente sie meinen größten Respekt. Dass ihre Eltern ihren Wunsch nach einer eigenen Wohnung derart unterstützten, erschien mir nur fair.

Lächelnd erklomm ich die drei kleinen Stufen zur Haustür und klingelte. Ich fragte mich, ob Lena auch schon da war, die Dritte in unserem Bunde, in unserem perfekten kleinen Kreis der Freundschaft. Die Dreieinigkeit, wie Markus uns manchmal scherzhaft genannt hatte. In dieser Äußerung war ein gewisser Trotz mitgeklungen, denn manches Mal hatte er sich ausgeschlossen gefühlt, wenn wir aufeinandergetroffen waren, wie er mir einmal gestanden hatte. »Zwischen euch passt kein Blatt Papier«, hatte er damals gesagt, und auch wenn ich hätte mitfühlend reagieren sollen - ich hatte nur stolz gelächelt.

»Feieragentur Beirer?« Sandras Stimme erscholl aus dem kleinen Lautsprecher neben den Klingelschildern.

Ich konnte mir ein Lachen nicht verkneifen. »Feierpetra Emmi meldet sich zum Dienst«, würgte ich hervor und konnte den Summer des Türknopfs zwischen unserem Gelächter kaum hören.

Der Fahrstuhl brachte mich ins fünfte und somit zweitletzte Obergeschoss. Es kam äußerst selten vor, dass ich das Bedürfnis bekam, etwas für meine Fitness zu tun - und wenn dann auch leider Treppe runter und nicht rauf - weshalb ich den Fahrstuhl als so etwas wie einen Freund betrachtete.

»Schön, dass du da bist!« Sandra stand bereits im Hausflur und nahm mich in Empfang, kaum dass sich die Fahrstuhltüren öffneten. Sie sah nicht gerade aus wie eine Feieragentur, eher wie ein gerupftes Huhn im Bademantel, doch das war kein ungewöhnlicher Anblick für mich. Sie war wandelbar - nicht nur, was ihr Gemüt betraf.

Bevor ich ein Wort sagen konnte, riss sie mich in eine feste Umarmung. »Alles klar, Süße?«, murmelte sie in mein Ohr, was mir automatisch in Erinnerung rief, weshalb ich eigentlich hier war. Fast schon mürrisch löste ich mich aus ihrer Umklammerung und schniefte lautstark.

»Es ist schon okay. Hey, wir haben nur offiziell beendet, was schon lange nichts mehr war!«, erklärte ich und stellte fest, dass ich das auch wirklich so meinte. Merkwürdig, wie beruhigend die physikalische Anwesenheit einer Freundin für meine Nerven sein konnte. Das Bedürfnis, mich in meinem Zimmer zu verbarrikadieren, war plötzlich verschwunden.

Prüfend blickte Sandra mir in die Augen. Ich konnte ihren Zweifel förmlich hören, konnte sehen, wie ihre Gedanken hin und her rasten. »Na gut«, sagte sie schließlich und klatschte einmal in die Hände. »Dann rein mit dir in die Bude. Wir haben noch ein bisschen was zu tun, bis wir präsentabel sind!«

* * *

Ich machte es mir im kleinen Wohnzimmer bequem, während Sandra in ihrem Schlafzimmer verschwand, um den Bademantel gegen Klamotten einzutauschen. So wie ich sie kannte, würde das noch nicht das endgültige Outfit für den Abend sein, denn sie hatte viel zu viel Spaß daran, gemeinsam mit anderen die abyssischen Tiefen ihres Schrankes zu durchsuchen.

»Wann kommt Leni denn?«, rief ich laut und goss mir ein Glas Sekt ein. Erfreut musste ich feststellen, dass sie meine Lieblingssorte besorgt hatte.

»Mach gleich drei voll«, erwiderte Sandra auf meine Frage. Ihre Stimme näherte sich schon wieder, die Klamottentauschaktion hatte nicht lange gedauert. »Sie dürfte auch jeden Moment kommen.«

Ich musste schmunzeln. Bestimmt hatte Sandra versucht, Lena davon zu überzeugen, dass auch sie sich bei ihren Klamotten bedienen sollte. Das tat sie jedes Mal aufs Neue, und jedes Mal aufs Neue lehnte Lena das ab. Sie war ein bisschen stabiler als wir, weshalb ihr die meisten Kleidungsstücke nicht passen würden, doch entweder nahm Sandra das nicht wahr, oder es war ihr Versuch, Lenas Selbstbewusstsein zu erhöhen. Dabei war das nicht einmal unbedingt nötig - Lena stand zu ihren Pfunden und hatte auch ohne Sandras Hilfe einen ausgezeichneten Geschmack.

Ich tat wie mir geheißen und freute mich darauf, dass wir bald vollständig sein würden. Das war für den Moment das Einzige, was zählte. Keine Feierei zur späteren Stunde, keine Party, nichts war wichtiger als unsere Gemeinschaft.

Als ich gerade die Flasche wieder absetzte, ertönte die Klingel.

»Ich gehe schon«, rief Sandra, die es bis in die Wohnzimmertür geschafft hatte, und nach nur einem kurzen Zögern erhob ich mich, um das Begrüßungskomitee für Lena zu vervollständigen.

Sandras Worte, die sie in die Gegensprechanlage trötete, ließen mich schmunzeln. Ich piekste ihr in die Seite. »Du bist mir eine Feieragentur«, kicherte ich und genoss die Wärme und die Leichtigkeit, die mich durchströmten. Einmal mehr wurde ich Zeuge der Bedeutung wahrer Freundschaft - denn die überdauerte alles und half, manch eine Wunde zu schließen.

Mit dem Eintreffen von Lena waren wir nicht nur vollständig, auch die Ruhe war nun endgültig vorbei. Ein großer Schwall Schnabbelei ergoss sich in Sandras Wohnung, während wir es uns auf dem Sofa bequem machten. Wie schon vermutet, war Lena bereits ausgehfertig, was in ihrem Fall eine schlichte, schwarze Hose und eine sehr vorteilhaft geschnittene, weibliche Bluse bedeutete. Sie sah schick aus und sexy - was durch die Brille mit dem dunklen Rand, die sie sich gerne aus Spaß auf die Nasenspitze schob, nur verstärkt wurde. Die heiße Sekretärin.

Als Einzige von uns Dreien hatte sie nach der Schule direkt eine Ausbildung begonnen, und das, obwohl ich darauf gewettet hatte, dass sie studieren würde. Von uns allen war sie von jeher die

Ambitionierteste gewesen, und ich war mir sicher, dass sie noch richtig groß raus kommen würde. Derzeit arbeitete sie in einer Werbeagentur und war drauf und dran, die Karriereleiter zu erklimmen - in ihrem Alter eine Besonderheit.

Stolz ließ meine Brust schwellen, als ich über meine Freundin nachdachte. Sie war wirklich ein toller, besonderer Mensch und das beste Beispiel dafür, dass Ehrgeiz belohnt wurde. Dass ich sie kannte, seitdem sie im Sandkasten einen Tobsuchtsanfall bekommen hatte, weil ich direkt mit meinem Hintern in ihre Sandburg geplumpst war, machte meinen Stolz nur noch größer.

Vom kleinen, jähzornigen Wonneproppen zur hochengagierten Mediengestalterin - ich kannte all ihre Facetten und das hatte etwas sehr Beruhigendes für mich.

Wir waren schon ein sehr unterschiedlicher Haufen - und doch passten wir perfekt zusammen.

Die beiden gönnten mir einen Vorlauf von zwei Gläsern Sekt, bevor sie mich ausfragten. Während ich seufzend jedes Detail meines vergangenen Trennungsgespräches offenlegte, stieg mir die Röte des Alkohols ins Gesicht.

Sie nickten an den richtigen Stellen, blickten mal betroffen, mal amüsiert und letzten Endes nahmen sie mich in den Arm.

»Es ist schon gut so, Süße. Das Feuer war einfach aus«, erklärte Sandra und drückte mir einen Kuss auf die linke Wange.

»Genau. Deinen Traummann findest du schon noch«, stimmte Lena zu und nahm mit der rechten Wange vorlieb.

Entschlossen reckte ich mein Sektglas in die Höhe.

»Das war jetzt aber genug von dem Thema. Ich möchte das Ganze einfach hinter mir lassen, ja? Neue Chance, neues Glück. Emmi ist wieder unter den Singles!«

Kurz darauf stürmten wir Sandras Schlafzimmer. Lena begleitete uns wohlwollend, auch wenn sie wusste, dass ihr eine Tortur bevorstand: verschiedenste Outfits, die ihr angepriesen werden würden und die sie geduldig ablehnen würde.

Ich selbst war wesentlich offener für Vorschläge. Es machte Spaß, das Innenleben des Kleiderschrankes zu durchforsten, denn jedes Mal aufs Neue fanden sich schicke Sachen, die es zuvor noch nicht gegeben hatte.

Nach kürzester Zeit ließ ich mir ein schickes, mitternachtsblaues Kleid aufschwatzen, das weich bis zu meinen Knien fiel und mir einen herrlichen Ausschnitt zauberte. Ich fühlte mich so hübsch wie schon lange nicht mehr - was auch kein Wunder war, denn ich konnte mich nicht erinnern, wann ich mich das letzte Mal so herausgeputzt hatte.

Während wir fachmännisch Schmuck auswählten - hier brachte sich Lena auch eifrig ein - und Sandra ihr Outfit veredelte, stieg uns der Alkohol langsam zu Kopfe und damit auch die Stimmung.

Es war das erste Mal seit langem, dass wir feiern gehen wollten, doch wir waren uns sicher, dass es toll werden würde.

* * *

Die Disko, für die wir uns schließlich entschieden, gehörte zu den vernünftigeren Läden in der Stadt. Nicht, dass es da wirklich große Unterschiede gab, doch wir hatten den Eindruck, dass die Security dort besonders gut geschult war, außerdem spielten sie relativ wenig R'n'B, eine Musikrichtung, die uns nicht gerade zusagte.

Nach der ersten Flasche Sekt hatte ich wohlwollend protestiert - die noch gut funktionierende Vernunft hatte vermeldet, dass ich am nächsten Tag würde fit sein müssen für ein großes, feines Essen. Lena und Sandra hatten diesen Protest einfach ignoriert - und nach der dritten Flasche hatte ich ihn ebenfalls vergessen.

Nun standen wir kichernd in der Schlange und warteten darauf, dass wir den Club betreten durften.

»Was macht der nochmal beruflich?«, fragte Lena wie aus heiterem Himmel. Ihre Wangen glühten bereits von dem Alkohol und verliehen ihr einen sinnlichen Ausdruck. Ihre Augen blitzten amüsiert.

Ich wusste ganz genau, worauf sie hinauswollte. Ich hatte den beiden von dem anstehenden Essen erzählt. Seit einer ganzen Weile hatte meine Mutter nun schon einen Freund, und der wiederum hatte einen Sohn, der noch bis vor kurzem im Ausland gelebt und gearbeitet hatte. Die große Sehnsucht nach Deutschland hatte ihn jedoch wieder in die Heimat getrieben, weshalb er heute - oder so? - wieder zurückgekehrt war. Morgen würde eine Art Kennenlernen stattfinden. Ganz fein und formell in einem Restaurant. Nicht gerade die Art von Beschäftigung, die mir bei meiner Planung für einen entspannten Sonntagnachmittag vorschwebte.

»Bierbrauer«, presste ich hervor und kicherte lautstark los.

Sandra formte eine übertriebene Kugel vor ihrem flachen Bauch. »Das Bier hat er sicher immer dabei«, erklärte sie amüsiert.

Lena krähte auf. »Klar, er muss doch probieren, was er so produziert!«

»Ihr seid echt gemein!«, rief ich so ernst wie möglich, konnte mich jedoch nicht lange zusammenreißen. In Wahrheit hatte ich ein sehr ähnliches Bild vor Augen. Wie sah auch ein typischer Bierbrauer aus? Als Erstes schwebte mir ein typisch nordischer Typ vor; langes, blondes, strähniges Haar, das vom Arbeiten ganz verschwitzt war (in meiner Vorstellung war es in einer Brauerei fürchterlich heiß), und blaue Augen unter buschigen Augenbrauen. Der Bierbauch war tatsächlich da, gar nicht mal so klein, und verdeckt von einem schlichten weißen Shirt. Außerdem trug er einen Bart.

Ja, der Bierbrauer aus Norwegen.

Ganz bestimmt lag ich mit dieser Vorstellung meilenweit von der Wahrheit entfernt, aber was sollte ich tun, noch konnte ich mich nicht von der Realität überzeugen. Es war jedoch wenig verwunderlich, dass ich mir solche Gedanken machte, denn ganz ehrlich - wer wurde schon Bierbrauer? Ich kannte niemanden. Und wer wanderte dann auch noch nach Norwegen aus? Es war einfach zu absurd.

Also kicherte ich weiter vor mich hin, während die Schlange vor uns immer kürzer wurde.

Im Laden war es schwülwarm und dunstig vom vielen künstlichen Nebel. Ein Meer von Menschen wogte auf der Tanzfläche und die Musik pumpte laut durch die Halle.

Ohne groß darüber zu reden, steuerten wir die Theke an. Etwas trinken und die Lage checken war ein guter Plan für den Anfang.

Seufzend sank ich auf einen der Barhocker, die

erstaunlicherweise frei waren. Meine Füße schmerzten schon jetzt und ich bereute es zutiefst, dass ich mich von Sandra zu den Pumps hatte überreden lassen.

Mein Blick schweifte über die Menge. Amüsiert stellte ich fest, dass ich Ausschau hielt nach Typen, die mir ins Auge fielen. *Echt jetzt? Du bist keine zwei Tage Single!* Ich zuckte nur mit den Schultern, wie um mir selbst eine Antwort zu geben. Gucken schadete nicht und immerhin lenkte es mich ab - und das war doch einer der Gründe für den Abend, nicht wahr?

»Auf uns!« Lena drückte mir eine Flasche Bier in die Hand und stieß fröhlich mit uns an. Da meine Ausschau nichts Besonderes ergeben hatte, war ich dankbar über die Unterbrechung und ließ meine Flasche klirrend mit denen meiner Freundinnen zusammenstoßen.

»Auf uns«, stimmte ich lächelnd zu.

* * *

Wir hielten uns nicht lange an der Theke auf. Der Alkoholpegel war hoch genug, dass wir uns nicht an der Vollheit der Tanzfläche störten, ebenso wenig an den verschwitzten Körpern und den Ellenbogen, die uns gelegentlich an den unterschiedlichsten Stellen trafen. Nein, es war zu schön, selber in der Musik aufzugehen. Ob im Takt oder nicht - das spielte keine Rolle.

Zu den Klängen eines bekannten Liedes aus den 90er Jahren begann ich lautstark mitzusingen. Glücklich schloss ich meine Augen - in der Gewissheit, umringt von meinen Freundinnen ein paar schöne Augenblicke zu erleben.

Das Gefühl war unglaublich. Im Leben hätte ich

nicht gedacht, dass sich der Abend so entwickeln würde. Diese Leichtigkeit in mir hatte ich schmerzlich vermisst, ohne zu wissen, dass sie mir fehlte. Plötzlich war es ein Segen, wieder frei zu sein - denn ich trug nur noch die Last meines eigenen Schicksals und das war derzeit einfach nur glücklich, hier zu sein.

Ich selbst zu sein.

Der Alkohol kreiste warm in meinen Adern und verstärkte das wohlige Gefühl. Das Selbstbewusstsein, das genügend Promille auslösen konnten, verlieh mir den Mut, meine Augen wieder zu öffnen und über die Menge schweifen zu lassen. Einfach mal schauen, was die hiesige Feierkultur so zu bieten hatte.

Es dauerte nicht allzu lange, bis ich fündig wurde. Am Rand der Tanzfläche - und es war wirklich ein Wunder, dass ich zwischen all den wogenden und zappelnden Körpern bis dahin hatte schauen können - stand ein sehr ansehnliches Exemplar Mann. Erstaunlicherweise war er ganz alleine - und instinktiv spürte ich, dass er nicht einfach nur für einen kurzen Moment von seiner Begleitung zurückgelassen worden war. Ich konnte nicht genau sagen, was es war, doch irgendetwas an ihm zog mich magisch an und mein Herz begann, schneller zu klopfen.

Ich musste mich zusammenreißen, um mich nicht an Ort und Stelle selbst auszulachen. Was war nur los mit mir?

Stattdessen setzte ich meine unverhohlene Musterung fort. Dass sich die ganze Zeit über niemand wie selbstverständlich zu ihm gesellte, verstärkte meinen Eindruck, dass er alleine hier war.

Er war bestimmt einen Meter neunzig groß, vielleicht ein paar Zentimeter kleiner. Über die Distanz, betrunken und durch die ganzen Menschen, die sich immer wieder vor mein Blickfeld schoben, war das nur schwer zu sagen. Sein Haar war eine Spur länger als normal und ziemlich dunkel, aber nicht schwarz. Vermutlich dunkelbraun. Es war ziemlich wuschelig und fiel ihm etwas in die Stirn. Sofort zuckte es in meinen Fingern - ich hatte das Bedürfnis, ihm die Strähnen aus dem Gesicht zu streichen. Das Gefühl befremdete mich sehr, hinderte mich jedoch nicht daran, weiterzustarren. Irgendwie schien der Typ fehl am Platz. Seine leicht kantigen Gesichtszüge waren im blinkenden Diskolicht mal scharf, mal weich verwaschen. Er wirkte verdammt anziehend auf mich, auch wenn er so gar nicht der Typ Mann war wie Markus. Genau das Gegenteil, um ehrlich zu sein. Aber vielleicht war eben das der Reiz.

Ich wollte gerade die Mädels anstupsen und auf ihn aufmerksam machen, als er plötzlich seinen Kopf drehte und genau in meine Richtung schaute. Mich durchfuhr ein kribbelnder Blitzschlag, als unsere Blicke sich kreuzten.

Verdammt, ertappt.

Ich wusste nicht, was schlimmer war: Die Tatsache, dass ich beim schamlosen Gaffen erwischt worden war - oder die Tatsache, dass ich es überhaupt getan hatte.

Das Blut stieg mir siedend heiß ins Gesicht und färbte meine Wangen dunkelrot. Ich musste ziemlich dämlich aussehen, so starrend, mit leicht geöffnetem Mund und peinlich berührt. Schon längst hatte ich aufgehört, mich im Takt zu bewegen. Es würde nicht mehr lange dauern, bis die anderen auf mich aufmerksam wurden.

Genau in dem Moment, als ich mir sicher war, dass es nicht noch peinlicher werden konnte, hob der

Fremde eine Flasche Bier an, die mir vorher nicht aufgefallen war, und prostete mir zu. Ein Lächeln hatte seine Lippen verzogen.

Meine Manieren und mein letztes bisschen Würde brachten mich dazu, ihm fahrig zuzunicken, bevor ich mich eilig abwandte und konzentriert auf den Boden starrte, wo das enge Wirrwarr verschiedenster Füße eine leichte Übelkeit in mir erzeugte. War das gerade wirklich geschehen? Uff, wie peinlich. Ich versuchte, den Gedanken an das soeben Passierte beiseitezuschieben und mich wieder ganz auf das Tanzen zu konzentrieren, doch das fast schon freche Lächeln des Kerls wollte mir einfach nicht aus dem Kopf gehen.

Bravo, Emmi. Fettnäpfchen findest du wirklich immer zielsicher.

* * *

Nach einer Weile ging uns die Puste aus. So schön es auch war - und so sehr uns der Alkohol auch mehr Ausdauer verlieh - es war spürbar, dass keiner von uns Übung hatte im stundenlangen Tanzen, erst recht nicht in den mörderischen High-Heels, die Sandra und ich trugen. Ich beneidete Lenas Glück, zu kleine Füße für Sandras Schuhe zu haben, sonst hätte auch sie sich nicht aus dieser Affäre retten können - mitgehangen, mitgefangen. So aber war sie die Einzige, die leichtfüßig in ihren flachen, schicken Ballerinas zur Theke trippelte.

Gott sei Dank tummelten sich die meisten Menschen auf der Tanzfläche, so dass im Thekenbereich etwas mehr Platz war. Wir stürzten uns auf drei Barhocker und glitten auf die Sitzflächen, bevor uns jemand zuvorkam. Stöhnend überlegte ich, ob ich kurz aus den Schuhen schlüpfen sollte, war mir jedoch sicher, dass ich mich dann nicht mehr dazu würde überwinden können, sie wieder anzuziehen, weshalb ich die Idee verwarf. Wie hieß es noch gleich? *Wer schön sein will, muss leiden.* Japp, ich lebte diesen Spruch.

»Ich schmeiße eine Runde Longdrinks«, ließ Lena verlauten und rutschte seufzend auf ihrem Barhocker hin und her. Sandra und ich bejubelten diese Aussage fröhlich.

»Wodka-E für alle?«, schlug Sandra vor und erntete dadurch weitere Zustimmung. Wieder etwas, was wir schon lange nicht mehr gemacht hatten: Das Gummibärenzeug trinken.

Ich wischte mir übertrieben den Schweiß von der Stirn. »Mensch, ist das anstrengend. Ich wollte mich immer im Fitnessstudio anmelden. Ich glaube, das lasse ich lieber und gehe stattdessen dreimal die Woche tanzen.«

»Zusammen mit dem Zeug ist das aber nicht unbedingt so gesund«, erklärte Sandra zwinkernd und deutete auf die Getränke, die vor uns abgestellt wurden.

Ich tat so, als würde ich ernsthaft über ihren Einwand nachdenken. Mein Blick richtete sich auf die knackigen Typen hinter der Theke, die hüftschwingend und strahlend die Getränke ausschenkten und dabei immer fröhlich wirkten. »Tja, wenn das so ist ...«, begann ich schließlich gedehnt. »Das mit dem Fitnessstudio ist sowieso eine doofe Idee!«

Darauf stießen wir grinsend an.

Gerade entschied ich mich dazu, das Risiko

einzugehen und doch aus den Schuhen zu schlüpfen, als mir plötzlich jemand auf die Schulter tippte. Erschrocken zuckte ich zusammen und drehte mich so schnell zu dem unbekannten Störenfried um, dass mir etwas schwummerig wurde.

»Was zum -« Ich verstummte, als ich in ein mehr oder weniger bekanntes Gesicht starrte.

»Hi.« Da stand er vor mir, lächelnd, der Typ von eben. Fast schon ein wenig verlegen fuhr er sich mit der linken Hand durchs Haar und sorgte so dafür, dass die Strähnen für wenige Sekunden nicht in seine Stirn fielen.

Wie gebannt beobachtete ich sie, wartete förmlich darauf, dass sie wieder an ihren ursprünglichen Ort zurückfielen. Dann wurde mir bewusst, dass ich noch kein Wort gesagt hatte, und schon war mein Gesicht feuerrot. Ich brauchte ein paar Sekunden, bis ich eine geistreiche Antwort fand. »Äh, hi.«

Sein Lächeln wurde eine Spur breiter, sicherer. »Darf ich?«, fragte er und deutete auf den freien Hocker neben mir.

Nicht wissend, was ich sonst sagen sollte, nickte ich wortlos und beobachtete, wie der hübsche Typ sich neben mich setzte. Ein erstauntes Kichern riss mich aus den Gedanken. *Mist, die Mädels!* So eilig wie eben drehte ich mich um, diesmal aber in die andere Richtung, und sah in erstaunte, amüsierte Gesichter. Sandra reckte sich so weit neben Lena her, dass sie kaum noch auf dem Hocker saß.

»Was ist denn da los?«, zischte sie.

Ich versuchte, sie mit einem eindringlichen Blick zum Schweigen zu bringen - ohne Erfolg.

»Wo kommt der Typ auf einmal her?«

»Heiß«, stimmte Lena fast lautlos zu, so leise, dass

es im Lärm der Musik nahezu unterging. Wenigstens konnte ich mir sicher sein, dass der Kerl dieses Wort nicht mitbekommen hatte.

»Ähm ...« Ich hatte keine Ahnung, was ich antworten sollte.

»Wir gehen wieder tanzen«, schlug Lena in dem Moment lautstark vor und glitt von dem Hocker. Sie zog an Sandras Arm, die unwillig schien. Mit Sicherheit wollte sie lieber bei mir bleiben und beobachten, was da passierte.

Mit weit aufgerissenen Augen starrte ich Lena an, die mir einen aufmunternden Blick zuwarf. »Du schaffst das schon«, schien sie mir sagen zu wollen. »Hab Spaß.«

Grummelnd gab Sandra schließlich nach. »Wir sehen uns später«, rief sie mir zu und folgte Lena dann so elegant wie möglich auf die Tanzfläche.

Schon war ich mit dem Typen allein.

Ich spürte heiße Blicke wie Nadelstiche in meinem Nacken und mir wurde bewusst, dass ich ihm nach einem sehr unprofessionellen »Hi« den Rücken zugedreht und bisher noch nichts daran geändert hatte. Das war alles andere als nett. Mit einem komischen Kribbeln in der Magengrube rutschte ich auf dem Hocker herum, bis ich mich ihm leicht zugewandt hatte. »Sorry«, murmelte ich leise.

Der Typ lachte leise auf. »Du bist also mit Freundinnen hier?«

Seine Stimme war sehr angenehm, irgendwie rau. Sie jagte mir eine Gänsehaut über den Rücken. Ich versuchte, diese körperliche Reaktion durch Coolness auszugleichen und zuckte mit den Schultern. »Ja, ein bisschen den Kopf freikriegen.«

»Soso.« Sein Blick bohrte sich förmlich in mich,

wenn auch nicht auf unangenehme Art und Weise. »Und den Kopf bekommt ihr frei durch Tanzen, Alkohol«, er deutete auf mein fast leeres Glas, »und das Anstarren fremder Männer?«

Autsch. Das saß. Ich zuckte peinlich berührt zusammen. Wie sollte ich mich cool aus dieser peinlichen Situation retten? Darin war ich nicht geübt genug. »So ähnlich«, nuschelte ich und trank den letzten Schluck Wodka, um mir Mut einzuflößen.

Ein Barkeeper eilte an uns vorbei und der Typ hob seine Hand, um Nachschub zu ordern.

»Wenn du mich betrunken machst, werde ich dadurch nicht weniger peinlich«, entfuhr es mir. Noch bevor ich die Worte bereuen konnte, lachte er los.

»Ich bin übrigens Alex«, erklärte er lächelnd. Seine Augen funkelten im bunten Licht.

»Emily«, erklärte ich und nahm seine Hand entgegen. Das kam mir in einer Disko und unter den Bedingungen, wie wir aufeinander aufmerksam geworden waren, schon etwas komisch vor.

Immerhin wusste ich nun, wie er hieß.

»Also, Alex«, plapperte ich drauflos. »Was bedeutet denn dann so ein Abend für dich? Fremde Mädchen in peinliche Verlegenheit bringen, ist das eines deiner Lieblingshobbys?«

Der Barkeeper ließ die Getränke vor uns auf die Theke knallen und ersparte Alex so eine unmittelbare Antwort, was ich grummelnd zur Kenntnis nahm. Ich beobachtete, wie er die Getränke bezahlte und dabei ein großzügiges Trinkgeld gab. *Aha? Blender? Angeber? Großmütig?* Ich ersparte mir einen lauten Kommentar und dankte stattdessen artig für den Drink.

Alex prostete mir zu, mit demselben Lächeln wie schon vorhin auf der Tanzfläche, und nahm einen kleinen Schluck, bevor er schließlich zu einer Antwort ansetzte. »In erster Linie ist es nicht meine Absicht, jemanden peinlich zu berühren. Auch wenn das durchaus amüsant sein kann.«

»Wieso bist du alleine hier?«, platzte es aus mir heraus.

Nun zog Alex erstaunt seine Augenbrauen hoch. »Wie kommst du darauf, dass ich alleine hier bin?«

Das war allerdings eine gute Frage. Etwas peinlich berührt - scheinbar ein Dauerzustand in seiner Nähe - sog ich an meinem Strohhalm und ließ etwas von der scharf-süßen Flüssigkeit durch meine Kehle rinnen. »Nur so ein Gefühl«, erklärte ich schließlich.

Alex' Lächeln wurde breiter. »Kluges Mädchen.« Bevor ich eine bissige Erwiderung keifen konnte, redete er weiter. »Ich bin neu in der Stadt.«

Nun war ich diejenige, die erstaunt war. »Und dann gehst du alleine feiern?« Im Leben hätte ich mir das nicht zugetraut. Unwillkürlich bewunderte ich sein Selbstbewusstsein.

»Irgendwie muss ich ja wen kennenlernen«, war seine schlichte Antwort.

Für eine Weile tranken wir schweigend, saßen einfach nur nebeneinander. Ich versuchte, meine rasenden Gedanken zu beruhigen, doch das war gar nicht so einfach. Ich wusste nicht, was ich hier gerade tat. Noch nie in meinem Leben hatte ich auf diese Art und Weise jemanden kennengelernt, weshalb ich mich tapsig und naiv fühlte. Ich war mir sicher, dass Alex das auch spürte - nicht zuletzt aufgrund meiner merkwürdigen Fragen.

»Jedenfalls hat das ja direkt geklappt«, redete er plötzlich weiter. »Schau, wo ich bin - ich sitze neben dir und wir unterhalten uns.«

Das war ohne Zweifel richtig, weshalb ich meine Unsicherheit beiseiteschob und sein Lächeln erwiderte. Im Grunde fühlte es sich an, als wäre es in mein Gesicht festgetackert. »Aber nur, weil ich dich zuerst angestarrt habe«, gab ich zu bedenken.

»Das mag sein«, stimmte er gut gelaunt zu. »Aber vielleicht hätte ich dich auch so angequatscht.«

»Na klar«, erklärte ich gedehnt. Dessen war ich mir nämlich nicht so sicher.

»Jedenfalls - subtil bist du nicht«, stichelte Alex und brachte mich so erneut ins Schwitzen.

Wie automatisch schlug ich ihm auf den Oberarm. »Könnten wir das Thema bitte fallen lassen? Es ist mir nicht sonderlich angenehm.«

Erneut brachte ich ihn so zum Lachen. »Sollen wir dann über deine Freundinnen reden, die dort vorne am Rand der Tanzfläche stehen und uns beobachten?«

Ich stöhnte entnervt auf. Wieso wunderte mich das nicht? Einer spontanen Eingebung folgend glitt ich vom Hocker und griff nach seiner Hand. »Komm, daran können wir etwas ändern.«

* * *

Die Disko bot neben dem Hauptraum noch einen weiteren, etwas kleineren Bereich, wo in erster Linie Houserhythmen gespielt wurden. Für gewöhnlich war das nicht meine liebste Musik, aber gerade bot dieser Raum eine Ausweichmöglichkeit und darüber war ich froh. Ich war mir sehr sicher, dass Lena und Sandra nicht die Dreistigkeit besitzen würden, uns zu folgen; ich hatte ihnen eindeutige Blicke zugeworfen, bevor ich Alex hierher gezogen hatte.

Seine Hand fühlte sich erstaunlich gut an. Sie war groß, nicht sonderlich schwielig, was viele Vermutungen über seinen Alltag und seine Arbeit zuließ. Bezüglich seiner Größe hatte ich mich nicht getäuscht. Er überragte mich deutlich, etwas mehr als einen Kopf, und sein Körper war von einer kräftigen Statur. Breite Schultern und ein durchtrainierter Körper, der in einem engen Shirt und in dunkelblauen Jeans steckte. Mein Innerstes wollte wohlig maunzen und die Tatzen nach ihm ausstrecken.

Ein sehr willkommenes Gefühl, denn so etwas wie ein Kribbeln - Leidenschaft - hatte mir in der letzten Phase meiner vergangenen Beziehung schmerzlich gefehlt.

Da war er wieder, der Gedanke an Markus. Ich hatte schon eine Weile nicht mehr über ihn nachgedacht und auch jetzt klopfte er zwar kurz an, verschwand sogleich aber wieder im Teich meiner Erinnerung.

Ich wertete das als gutes Zeichen.

Ohne zu zögern lenkte ich meine Schritte auf die Tanzfläche, die zwar wesentlich kleiner, aber nicht viel leerer war. Die Größe schien überhaupt der einzige Unterschied zum anderen Raum zu sein, denn das Interieur war offenbar das gleiche.

Nicht zu vergessen natürlich die Musik, die nicht weniger zum Abfeiern und Mitsingen animierte.

Eine Weile herrschte ein kleiner Sicherheitsabstand zwischen uns. Ich konnte förmlich spüren, wie Alex sich bemühte, mir nicht zu nahe zu kommen - was an schiere Ironie grenzte, da ich seine Hand nicht losgelassen hatte, als wir einen Platz zwischen den anderen Feierwütigen ergattert hatten. Offenbar schien ihn dieses kleine Detail auch nicht zu stören, denn er machte keine Anstalten, sich aus meinem Griff zu lösen.

Immer wieder wurde einer von uns beiden angerempelt, in die Arme des anderen geschubst, was eine rasche Abfolge peinlich berührter Blicke und Rückzieher nach sich zog. Jedes Mal, wenn ich auf seine Brust prallte, krampfte sich mein Unterleib lustvoll zusammen. Ein leicht würziger Duft ging von ihm aus, sehr männlich und sehr ursprünglich, und mit jedem Mal, das ich in seine Arme geschubst wurde, vernahm ich diesen Geruch stärker.

Als ich erneut von einem Unbekannten angerempelt und förmlich in Alex' Brust gepresst wurde, löste dieser sich aus meinem Griff und legte seine Arme um meine Taille. Mein Innerstes gefror, nur um dann in einem heißen Feuer aufzuglühen. Alles drang auf einmal auf mich ein: sein Duft, seine Nähe, seine feste Umarmung. Untermalt von der rhythmischen Musik beseelte es mich auf eine süße, aufregende Art und Weise.

Die Stimmung war spürbar gekippt. Hatte an der Bar im Hauptraum noch eine kribbelig-aufregende, locker-leichte Atmosphäre zwischen uns geherrscht, war sie nun einer elektrisierten Spannung gewichen. Ich war mir sicher, dass Alex ähnlich empfand wie ich, denn seine Daumen begannen, kleine Kreise auf meinem Rücken zu ziehen. Kreise, die mir von Minute zu Minute mehr die Knie weichmachten.

Plötzlich erschien mir die Musik doch gar nicht so übel zu sein, in ihrer Intensität schaffte sie es, Emotionen hochkochen zu lassen.

Nur kurz piepste die Vernunft in mir auf, versuchte mich daran zu erinnern, dass ich Alex nicht wirklich kannte, doch als er mich plötzlich von der Tanzfläche weg zu einer Wand zerrte und mich dort erneut in seine Arme zog, war jeglicher Widerstand verschwunden.

Fiebrig glitten seine Hände über meinen Rücken und fast schon bereute ich es, nicht doch eine einfache Shirt-Jeans-Kombi angezogen zu haben, denn dann hätte er unter mein Oberteil gleiten können. Was er nicht konnte, das tat ich. Mir entfuhr ein leises Stöhnen, als ich unter sein Shirt fuhr - und musste leise kichern, als er zusammenzuckte.

»Du bist kalt«, brachte er mit kehliger Stimme hervor.

»Nicht mehr lange«, erwiderte ich atemlos. Im nächsten Moment trafen sich unsere Lippen.

Die Gefühle, die in meinem Bauch explodierten, waren unglaublich. Innerhalb kürzester Zeit fand seine Zunge den Weg in meinen Mund und fachte das Feuer zwischen uns noch weiter an.

Dass wir nach wie vor in einer Disko waren, am Rand des Raumes vielleicht, aber absolut nicht in privater Sphäre, spielte keine Rolle. Ich fühlte mich verwegen, begehrt und einfach nur gut. Dass Alex ein so sympathisch wirkender, hübscher Kerl war, machte meine Freude nur größer.

Noch fester zog er mich an sich, sein Kuss wurde stürmischer. Die Gedanken, die sich in mir breitmachten, erschraken mich: Fragen nach dem Später, nach dem Möglichen. War ich wirklich bereit zu einem One-Night-Stand mit einem Fremden? Die Antwort war eigentlich klar - Nein! - doch meine Libido hatte ihre trotzige Phase.

Gerade, als meine letzte innere Festung ins Wanken geriet, war es Alex, der sich plötzlich von mir löste. Herbe Enttäuschung machte sich in mir breit, als ich seinen Blick suchte. Hatte ich etwas falsch gemacht? Hatte es ihm nicht gefallen? Diese Gedanken waren völliger Quatsch, denn fest an meinen Unterleib gepresst konnte ich seine Erektion spüren, mächtig und schwer, und seine Lippen glänzten im Halbdunkel.

Ich war mir sicher, dass ich einen ähnlichen Anblick bot.

»Es ...«

Alex musste hörbar nach Luft schnappen, was mir eine diebische Freude bereitete. Ich musste mich zusammenreißen, um nicht endlich doch das zu tun, was ich schon vom ersten Anblick an gewollt hatte: die widerspenstigen Strähnen aus seiner Stirn streichen.

»Sorry, so bin ich eigentlich nicht.«

Ich zuckte enttäuscht zusammen. War das jetzt der Versuch, sich schwach aus der Nummer zu ziehen? Sofort begann mein kompliziertes, weibliches Hirn, die Lage zu analysieren. War ich zu stürmisch gewesen? Hatte er etwas überinterpretiert? Hatte ich etwa ...

»Hey.« Seine Stimme war sanft, weich. Plötzlich erschien seine Hand in meinem Blickfeld und für einen winzigen Augenblick fuhren seine Fingerkuppen federleicht über meine Wange. »Mach dir keine Sorgen.« Er beugte sich vor und hauchte mir einen fast schon keuschen Kuss auf die Lippen. »Ich bin einfach nur von mir selbst überrascht.«

Da war er nicht der Einzige. Noch immer fühlte ich mich merkwürdig auf der Kante, kippelnd, kurz davor, abzustürzen und auf dem schmerzlichen Boden der Tatsachen anzukommen. Die Lust in mir verflog in alle Himmelsrichtungen und ließ ein dumpfes Gefühl der Scham zurück. Plötzlich war es mir doch bewusst, wie exhibitionistisch wir hier herumgeknutscht hatten.

Ich versuchte, mich aus seiner Umarmung zu lösen, doch ein Zucken in seinem Arm machte deutlich, dass er dazu noch nicht bereit war.

Sein Blick wurde bittender. »Ich bin nicht der Typ für sowas«, redete er weiter und deutete mit seiner freien Hand vage auf uns. »Ich bin eher ... klassisch. Dates, Rosen und so.«

»Wer sagt denn, dass ich das nicht gut finde«, brachte ich möglichst hochnäsig hervor, doch meine Stimme war noch viel zu rau von der erotischen Attacke.

Sofort wurden Alex' Augen dunkler. »Ich ... Ich bin gerade erst in der Stadt angekommen, ich will einfach nichts überstürzen.«

Nun löste ich mich doch endgültig aus seiner Umarmung. Ich wusste, dass er es nett verpackt hatte, doch im Endeffekt war das hier gerade eine Abfuhr, und die wollte ich mit so viel Würde wie nur möglich überstehen. »Schon okay«, erklärte ich deshalb leichthin. Ich beugte mich vor, um ihm einen Kuss auf die Wange zu hauchen. »Danke für die ... unglaublichen Momente«, fuhr ich fort. Ich versuchte, so deutlich wie nur möglich zu machen, dass ich ganz seiner Meinung war. »Und viel Erfolg für deinen Start hier.«

»Warte doch«, rief Alex, als ich schon im Begriff war zu gehen. »So war das nicht gemeint, ich -«

Was auch immer er sagen wollte, ich mochte es nicht hören. Ich schenkte ihm ein Lächeln, das sowohl freundlich, als auch endgültig war. »Viel Spaß noch.«

Und mit diesen Worten ließ ich ihn stehen.

* * *

Ich brauchte eine ganze Weile, um die Mädels zu finden. Die ganze Zeit über rumorte es in meinem Bauch. Es hätte so schön sein können, so eine tolle, willkommene Ablenkung, doch die Art und Weise, wie Alex unser Knutschen unterbrochen hatte, löste Unbehagen in mir aus. Vermutlich interpretierte ich das Ganze über, doch ich war alleine mit meinen hormongeplagten, alkoholisierten Gedanken. Gedanken, die kurz davor gewesen waren, die Vernunft über Bord zu werfen und ihm wohin auch immer zu folgen - wenn er nicht zur rechten Zeit alles durcheinandergebracht oder besser gesagt geradegerückt hätte. In jedem Fall endeten all meine Gedankengänge bei ein- und demselben Ziel: Ich spürte tiefe Scham.

»Da bist du ja endlich!«

Fast wäre ich an ihnen vorbeigerannt. Erleichterung breitete sich in mir aus, als ich von Lena und Sandra umringt wurde, die sich am Rande der Tanzfläche und in der Nähe der Theke herumgedrückt hatten.

»Hey«, rief ich atemlos. Ein irrationales Kichern blubberte in mir hoch.

»Wo ist der Kerl?«, fragte Lena und ließ ihren Blick konzentriert über die Menge schweifen.

»Weg«, war das Einzige, was ich dazu sagen konnte. »Wenn ihr nichts dagegen hättet, würde ich gerne gehen. Ich kann euch ja auf dem Heimweg erklären, was geschehen ist.«

Das war einer der Aspekte, die ich so an meinen

Mädels liebte: Wenn es darauf ankam, konnten sie bedingungslos hinter einem stehen. Ohne Widerspruch zogen die beiden mich in Richtung des Ausgangs, und während wir langsam (in zwei Fällen hinkend) durch die schwülwarme Luft nach Hause liefen, erzählte ich den beiden, was ich mit Alex erlebt hatte. Sie brachten mir genau das richtige Maß an Mitgefühl entgegen, protestierten an den richtigen Stellen und halfen mir, meine Würde wieder aufzurichten.

Als ich später alleine in meinem Bett lag, machte ich mir gar nicht mehr so große Gedanken darüber, ob ich etwas falsch gemacht hatte, ganz im Gegenteil. Ich hakte es ab als eine typische Partyerfahrung, die jeder wohl mal machen musste, die mir aber bisher verwehrt gewesen war, weil ich mit Markus zusammengekommen war, als ich noch kein Bedürfnis nach solchen Veranstaltungen verspürt hatte - und mit ihm war ich schon mal gar nicht in einer Disko gewesen. Das wäre niemals Markus' Stil gewesen.

Wenigstens habe ich einen guten Küsser erwischt, dachte ich schläfrig, bevor ich endgültig in die alkoholgetränkte Schlafwelt glitt.

Komischerweise hatte ich jedoch als Letztes vor Augen, wie Alex mir sanft mit seinen Fingerkuppen übers Gesicht gestreichelt hatte.

Kapitel 2

Ich bereute den vergangenen Abend in dem Moment, als ich zu Bewusstsein kam. Dröhnende Kopfschmerzen wiesen höhnisch auf den Sekt hin, den ich konsumiert hatte - viel zu viel für eine Person und einen Abend. Unter Aufbietung all meiner Kräfte schaffte ich es, mich in meinem Bett herumzuwälzen. Ich wusste nicht, wie spät es war - ganz bestimmt jedoch viel zu früh, um jetzt schon aufzustehen. Und ganz sicher nicht die Uhrzeit, um fit zu sein.

Na toll.

Ausgerechnet heute. Ich wusste, dass ich das niemandem außer mir zuschreiben konnte. Ich hatte ja getrunken. Auch wenn die Mädels sicherlich Überzeugungsarbeit geleistet hatten, intravenös eingeflößt hatten sie mir den Sekt nicht. Und das Bier. Und den Wodka.

Schon war die Erinnerung an ein gewisses Intermezzo da. Schlagartig brannte es sich wie Säure in meinen Magen.

Stöhnend presste ich mein Gesicht in das Kissen.

Nicht, dass so ein großes Drama geschehen war. Noch am Abend hatten mich Lena und Sandra davon überzeugen können, dass letztlich nichts geschehen war, was mich hätte blamieren können. Vielmehr, und das war etwas, woran niemand etwas ändern konnte, nicht einmal ich, hing es mit meiner absoluten Ahnungslosigkeit zusammen, die ich bezüglich solcher Aktionen hatte. Ich war es nicht gewohnt, mit fremden Typen zu flirten, in dunklen Ecken zu verschwinden und herumzumachen.

Beim Gedanken an seine deutlich spürbare Erektion schoss mir die Scham blutrot ins Gesicht.

Ich hatte sowas noch nie gemacht, konnte es daher nicht ins Verhältnis setzen, und deshalb hatte es mich so aus dem Gleichgewicht gebracht. Zudem - und das wog noch viel schwerer - hatte mich die Situation einfach überrumpelt.

All das war mir klar, glasklar sogar. Warum also schämte ich mich dennoch so?

Es ist doch egal. Du wirst den Typen sowieso niemals wiedersehen. Und wenn doch - dann wird er dich nicht erkennen. Wieso auch? Es war dunkel, wir waren betrunken. Einfach abhaken und gut.

Das war zwar leichter gesagt als getan, aber ich würde mein Bestes geben. Ich hatte so viele andere Dinge im Kopf, die gerade wichtiger waren, allen voran das heutige Tagesprogramm, das mich zwingen würde, einen guten Eindruck zu machen, obwohl es in mir grummelte und rumorte. *Toll gemacht, wirklich toll, Emmi. Du hast ein wichtiges Kennenlernen vor dir und musst dich so betrinken wie schon lange nicht mehr.*

Nun wagte ich doch einen Blick auf die Uhr, indem ich nach meinem Handy grabschte und den Bildschirm aufflammen ließ. Gerade einmal zehn. Ich musste nicht lange nachdenken, um herauszufinden, dass ich kaum sechs Stunden Schlaf bekommen hatte. Vor zwölf würde ich auch gar nicht aufstehen müssen, doch ich spürte, dass von Schlaf nicht mehr die Rede sein konnte. Zu aufwühlende Gedanken - außerdem drückte meine Blase.

Ich atmete einmal tief durch und wuchtete mich dann aus den Federn.

Meine Mutter schien noch nicht wach zu sein, was mich nicht sonderlich wunderte. Unsere Sonntage sahen meistens so aus, dass wir beide lange schliefen und uns dann ein gemütliches Frühstück gönnten. Eines der wenigen Rituale, die wir hegten, und die dafür sorgen sollten, dass unsere Beziehung gut blieb und wir auf dem neuesten Stand waren, was den jeweils anderen anging. In letzter Zeit hatten wir uns nicht mehr so oft gesehen, was sicherlich viel damit zu tun hatte, dass sich die Beziehung zu ihrem neuen Lebensgefährten Jürgen so gut entwickelte. Ich freute mich sehr für sie, denn nach all den Jahren der Einsamkeit hatte sie einen lieben Mann an ihrer Seite mehr als verdient. Manches Mal hatte er uns bei unserem Ritual Gesellschaft geleistet, und ich mochte ihn wirklich gut leiden.

Mit ihm heute essen zu gehen, stellte für mich auch absolut kein Problem dar - ich kannte ihn, er war ein angenehmer Zeitgenosse. Die große Unbekannte war sein Sohn, und die bereitete mir Schwierigkeiten. Ich mochte es einfach nicht, mich neuen Situationen auszusetzen, und mich mit einem völlig fremden, erwachsenen Sohn des Partners meiner Mutter zu treffen, gehörte eindeutig dazu. Erst recht, wenn es dann auch noch ein solcher Exot war.

Bilder von einem blonden, langhaarigen Pummelchen tanzten vor meinem inneren Auge herum und nahmen mir etwas von meiner Anspannung. Das klang fies und niederträchtig, aber mit so einem Gegenüber würde ich besser zurechtkommen als mit einem Adonis, der mich lediglich einschüchtern würde.

Ich hörte, wie die Schlafzimmertür meiner Mutter sich öffnete, und beeilte mich, im Bad fertig zu werden. Aufhübschen würde ich mich erst später, noch hatte ich ja Zeit, bis wir losmussten. Ein letztes Mal horchte ich in meinen katergeplagten Körper, der scheinbar nach fettigem Essen verlangte, dann räumte ich das Feld, um meiner knautschigen Mutter nicht im Wege zu stehen.

* * *

»Guten Morgen. Wie war euer Abend, Schatz?«, begrüßte meine Mutter mich lächelnd, als sie die Küche betrat. Sie sah wach und frisch aus, vielleicht ein bisschen aufgekratzt, und strahlte mich mit ihren hellen Augen an.

Zu viel positive Energie am Morgen, wie immer. Grummelnd rieb ich mir einmal durch das Gesicht, bevor ich zu einer Antwort ansetzte. »Gut«, erklärte ich. »Es hat Spaß gemacht.«

»Wo wart ihr denn?« Sie glitt auf den Stuhl mir gegenüber und griff nach dem Kaffee. In der Zeit, die sie im Badezimmer verbracht hatte, hatte ich mich um den Frühstückstisch gekümmert. Kaffee, Brötchen, Aufschnitt, Marmelade - mehr brauchte ich nicht, um fit zu werden. Meiner Mutter ging es nicht anders.

»Ach, feiern.« Ich wollte nicht ins Detail gehen, war mir jedoch sicher, dass ich nicht drum herum käme. Neugierde war nur eine von vielen prägenden Eigenschaften meiner Mutter.

»Und wo? Mit wem? Lass dir doch nicht alles so aus der Nase ziehen!«, stichelte sie auch sogleich los.

»Und sei du nicht so fit am frühen Morgen!«, ätzte ich milde zurück. Mit meinem Kopf nickte ich demonstrativ in Richtung meines Kaffees. »Ich bin doch noch gar nicht richtig wach.«

Stille breitete sich zwischen uns aus, nur durchbrochen von unserem Schlürfen und Kauen. Es war eine angenehme Stille, nicht bedrückend, und sehr typisch für uns. Ich brauchte Zeit, um richtig wach zu werden, und meine Mutter gab mir diese, in dem Wissen, dass ich all ihre Fragen früher oder später beantworten würde.

Nach der ersten Tasse Kaffee war es so weit. Ich lehnte mich zurück und blickte meine Mutter offen an. »Wir waren tanzen, das erste Mal seit langem. In der Disko am Marktplatz.«

»Ah, dort.« Meine Mutter nickte eifrig mit dem Kopf.

»Ja.« Ich musste mich kurz sammeln. »Lena und Sandra dachten, dass es Zeit wäre, mich ein bisschen abzulenken. Du weißt schon, wegen Markus.« Ich versuchte, nicht auf ihren verständnisvollen Blick einzugehen. »Na jedenfalls waren sie der Meinung, tanzen würde guttun. Und das tat es auch.« Ich würde ganz sicher nichts zu meinem Intermezzo mit dem heißen Typen sagen. Nicht, weil ich mit ihr nicht über solche Dinge reden konnte, sondern eher, weil mir das Ganze immer noch wie Säure im Magen brannte. Zu peinlich.

»Wann bist du denn nach Hause gekommen? Ich habe geschlafen wie ein Stein.« Sie zwinkerte mir verschwörerisch zu. »Und warst du alleine?«

»Mama!« Empört schoss ich nach vorne. »Natürlich war ich alleine, was denkst du denn?«

»Du bist jung und Single. Dir steht die Welt offen.« Noch bevor sie es sagte, wusste ich, was nun kommen würde. »Du weißt, dass ich Markus sehr gemocht habe. Ihn immer noch mag. Aber ich bin froh, dass ihr diesen Schritt gegangen seid. Es ist besser so, für euch beide. Ich bin mir sicher, dass es da draußen jemanden gibt, der noch besser zu dir passt.«

Diese Worte hatte sie so ähnlich schon einmal zu mir gesagt, als ich ihren Rat eingeholt hatte. Die Zweifel an meiner Beziehung hatten schließlich schon länger bestanden. Dass sie es nun noch einmal aussprach, sollte sicherlich beruhigend sein. Ich gab mir ein paar Sekunden Zeit, um herauszufinden, welche Emotionen ihre Worte in mir auslösten, doch mehr als ein leichtes Ziepen war da nicht. »Du hast ja recht«, seufzte ich. »Aber keine zwei Tage nach der Trennung war mir noch nicht nach sowas.«

Das konnte sie verstehen. »Und wie spät ist es nun geworden, junge Dame?«

Ich senkte nur kurz meinen Kopf. »Ich weiß nicht, halb vier?« Sofort riss ich meine Hände hoch und warf ihr einen flehenden Blick zu. »Keine Vorhaltungen, ja? Der Abend war schön. Ein bisschen viel Alkohol und ein bisschen lang, aber schön. Beim Essen werdet ihr nichts davon merken.«

Meine Mutter lachte warm auf. »Ich habe nichts gesagt, oder? Und jetzt sieh zu, dass du deinen Kaffee austrinkst. Du solltest dich bald fertigmachen, damit wir pünktlich los können.«

* * *

Immer wieder zupfte ich an meinem Outfit herum. Ich wusste selber nicht so genau, wieso ich eigentlich nervös war, denn dafür gab es wahrlich keinen Grund. Ich kannte Jürgen, gut sogar, und ich war mir ziemlich sicher, dass sein Sohn nett wäre.

Langes blondes Haar, strähnig, Bierbauch ... ich zuckte zusammen. Dieses Bild wollte einfach nicht weichen und ich war mir nicht sicher, wie ich reagieren würde, wenn es der Wahrheit entspräche. Zum Glück musste ich mich diesem Gedanken jedoch nicht stellen, denn die Chance, dass sich dieses Bild erfüllte, war wahrlich gering.

Auch meine Mutter schien ganz besonders aufgekratzt, was ich noch weniger verstand. Es war schließlich nicht so, als hätte sie ihren Partner schon seit Wochen nicht gesehen.

»Kennst du ihn eigentlich?«, hakte ich nach, während mein Blick durch das Restaurant schweifte. Natürlich waren wir viel zu früh dran gewesen. Um ein Uhr waren wir verabredet, um Viertel vor eins standen Karin und Emily Jakobs im edlen Eingangsbereich des Restaurants. Es war wie immer. Gott sei Dank hatte uns ein nett lächelnder Kellner direkt an unseren Tisch geführt und uns ein erstes Getränk angeboten, das wir aber lächelnd abgelehnt hatten. Es reichte schon, dass wir zu früh waren, dann mussten wir nicht auch noch den Eindruck verstärken, dass wir bereits lange warteten.

»Nur von Jürgens Erzählungen«, antwortete meine Mutter lächelnd. Sie hatte den Eingangsbereich im Blick, dem ich dummerweise meinen Rücken zugewandt hatte. Egal, ich würde es schon merken, wenn Jürgen und sein Sohn erschienen. »Und natürlich habe ich schon ein paar Bilder gesehen. Besonders als Baby war er ganz schön süß! Und er ist ein netter Kerl, da bin ich mir sicher.«

»Warum müssen wir überhaupt so eine formelle Sache daraus machen?«, murrte ich. »Warum kein gemütliches Essen daheim?« Stattdessen mussten wir in ein edles Restaurant gehen, schick angezogen, steif und formell. Das passte überhaupt nicht zu uns. So besonders schien mir der Grund nun auch nicht. Sehnsüchtig dachte ich an unsere gemütliche Couch und den Berg an Lektüren, den ich nach und nach abbauen wollte. Ganz viel klassische Literatur für mein Studium, auf die ich mich tatsächlich freute.

»Weil wir eben etwas Besonderes unternehmen wollten«, antwortete meine Mutter trocken und zupfte an meiner seidig grünen Bluse, die meinen Körper umschmeichelte. Ich hatte mich für eine Blusen-Rock-Kombination entschieden, ähnlich wie meine Mutter, nur dass sie ein Bordeauxrot gewählt hatte. Unsere Röcke waren beide schwarz, meiner jedoch eine Spur kürzer. Böse Zungen hätten behaupten können, dass wir uns viel zu ähnlich kleideten, doch was sollte ich sagen? Wir gingen gerne zusammen shoppen und ab und an bediente ich mich sogar an ihrem Kleiderschrank. Lediglich bei unserer Schuhwahl gingen unsere Geschmäcker weit auseinander - sie bevorzugte schlichte Pumps und ich mochte es entweder extravagant oder flach und schick, so wie heute. Nach der gestrigen Eskapade und diversen Blasen konnte ich nichts anderes tragen, ohne kläglich zu humpeln.

»Oh, da kommen sie!«, rief meine Mutter plötzlich aus und ich zuckte zusammen.

Okay, los geht's. Lächeln und nicht komisch reagieren. Nicht zu viele Fragen stellen, zurückhaltend sein. Das wird schon!, redete ich mir gut zu und pflasterte ein Lächeln auf meine Lippen. »Na, dann sind sie ja pünktlich!«, erklärte ich, bevor ich mich auf meinem Stuhl drehte, um den Eingangsbereich zu fixieren, den meine Mutter so anstarrte.

Im ersten Moment erkannte ich nicht viel. Unsere Blickrichtung war von vielen Sichtschutzelementen durchbrochen, die einzelne Tische abgrenzten. Durch die Vollheit im Restaurant, die vielen umherhuschenden Kellner und das allgemeine typische Durcheinander eines gefüllten Restaurants fiel es mir schwer, etwas auszumachen. Nach einer Weile erkannte ich jedoch Jürgen. Der leicht untersetzte, irgendwie immer strahlende Mann mit seinem feinen Bart war schon alleine an seinem Lächeln zu erkennen.

Ich stellte anerkennend fest, wie gut ihm ein Anzug stand, und fragte mich unwillkürlich, ob er und meine Mutter häufiger so etwas Schickes unternahmen. Irgendwoher musste ja auch die Motivation gekommen sein, gerade in diesen Laden zu gehen.

Bisher hatte er seinen Sohn verdeckt, doch als Jürgen nun die Instruktionen des Empfangs entgegennahm und seine Schritte in unsere Richtung lenkte, wurde mein Blickfeld frei und ich konnte sehen, wer heute der Vierte in unserem Bunde sein würde. Ganz sicher sah ich keinen untersetzten Blonden, keinen typischen Bierbrauer, wie ich ihn mir vorgestellt hatte. Nein. Dort stand ein großgewachsener, braunhaariger Typ, mit keinem bisschen Bierbauch und alles andere als ungepflegt.

Ich erstarrte vor Schreck und mir entfuhr ein leiser, ungläubiger Laut. Das durfte doch nicht wahr sein!

Vorsichtig lächelnd und ebenfalls in einem schicken Anzug, vielleicht zehn Meter Luftlinie von mir entfernt, stand ein ganz und gar nicht Unbekannter.

Jürgens Sohn war Alex, meine zweifelhafte Knutschbekanntschaft von heute Nacht.

Ich hatte keine Zeit, mich mit diesem Gedanken auseinanderzusetzen, da meine Mutter mir bereits aufgeregt in die Seite piekste. »Schau mal, ist das nicht ein hübscher Kerl! Das hat er ganz sicher von seinem Vater!«

Ihr aufgeregtes Kichern flog nur so an mir vorbei, denn mir war definitiv nicht nach Lachen zumute. Die Scham, die ich zuvor beim Gedanken an unsere Knutscherei empfunden hatte, eruptierte in einem schwer kontrollierbaren Crescendo. Ich hatte nicht die leiseste Ahnung, wie ich mich dieser Situation stellen sollte, ohne den Verstand zu verlieren. Schon meldete sich das dumpfe Pochen meines Katers zurück, das ich bis vorhin noch einigermaßen eingedämmt geglaubt hatte. Mein Mund wurde staubtrocken und ich bekam das Bedürfnis, mich laut und deutlich zu räuspern.

Ich drehte mich so eilig wieder auf meinem Stuhl um, dass mir schwindelig wurde. Ich spürte, wie mein zu einem losen Knoten hochgebundenes Haar hüpfte.

Okay, cool bleiben. Da musst du nun durch!, sprach ich mir eilig zu. Ich musste dringend meine Fassung zurückerlangen, damit diese Peinlichkeit nicht noch weiter eskalierte - und das, bevor das eigentlich Schlimme tatsächlich passiert war. Die Begegnung.

Erneut zwang ich mich zu einem Lächeln, obwohl ich am liebsten schreiend davon gelaufen wäre. Oder mich einem hysterischen Kicheranfall hingegeben hätte - denn, mal im Ernst, wie langweilig musste dem Schicksal eigentlich sein, damit es mich einer solchen Situation aussetzen musste?

»Karin, mein Schatz!«

Jürgens Stimme ertönte, warm und sanftmütig, wie ich sie kannte, und mit einem Hauch von Aufregung. Es war also so weit, die Konfrontation stand direkt bevor. Für einen winzigen Moment flammte Neugierde in mir auf - wie würde Alex damit umgehen? Ich war klar im Vorteil, schließlich hatte ich den Schrecken schon ein wenig sacken lassen können, doch er? Würde er sich sofort verraten?

»Da seid ihr ja!« Meine Mutter flog förmlich in die Höhe und ihrem Partner in die Arme.

»Ihr wart wohl früh dran, wie immer«, gluckste der Mann.

Ich konnte es nicht länger hinauszögern. Alles um mich herum verschwamm zu einem bunten Schleier, als ich meinen Kopf hob und langsam aufstand. Bisher hatte ich mehr oder minder mit dem Rücken zu den beiden gesessen, weshalb Alex noch nicht die Chance gehabt hatte, mich zu sehen.

Nun gab ich ihm die Möglichkeit, es mit einem Schlag nachzuholen.

»Hallo«, presste ich so fröhlich wie möglich hervor, mindestens genauso aufgesetzt wie das wackelige Lächeln auf meinen Lippen. Was für eine Ironie. Gestern noch hatten wir auf eine solch intime Art und Weise Hallo gesagt, dass für Worte nur wenig Raum gewesen war - und nun? Ein schales, konservatives Wort, das dem gestrigen nicht nahekommen konnte.

Um es hinter mich zu bringen, blickte ich Alex direkt in die Augen. Die Überraschung, die ihn augenblicklich erfasste, war ihm deutlich ins Gesicht geschrieben. So deutlich, dass ich ein schräges Kichern kaum noch unterdrücken konnte.

»Was zum ...«, brachte er hervor, so verdutzt, dass mein Lächeln sogar tatsächlich echt wurde.

»Hi«, erklärte ich frech.

»Hallo Emmi«, mischte sich Jürgen in diesem Moment ein und nahm mich einmal kurz in den Arm, so wie immer, wenn wir uns sahen. Er bescherte mir so eine kurze Unterbrechung der gegenseitigen Musterung, die Alex und ich begonnen hatten, und die Möglichkeit, meine Gedanken zu sortieren.

»Hallo Jürgen«, erwiderte ich seine Begrüßung und den Druck seiner Umarmung. Ich mochte ihn, daran würde auch diese neue Wendung nichts ändern.

»Darf ich euch beiden meinen Sohn vorstellen? Frisch in Deutschland angekommen. Karin, Emily, das ist Alexander.«

Alexander, soso. Seinen Spitznamen bereits zu kennen, bereitete mir eine kribbelnde Aufregung. Außerdem kannte ich noch mehr von ihm - und das war eine Katastrophe. *Reiß dich zusammen, Emily. Lass es nicht peinlich werden!*

»Schön, euch endlich kennenzulernen. Mein Vater hat schon viel von euch erzählt.« Ganz galant gab Alexander erst meiner Mutter und dann mir die Hand. Als sich unsere Haut berührte, spürte ich ein elektrisierendes Kribbeln, das direkt in meinen Unterleib schoss.

Verdammte Scheiße!

»Ich hoffe doch nur Gutes«, brachte meine Mutter lächelnd hervor.

»Echt jetzt?«, stöhnte ich auf. »Noch abgedroschener geht es doch nicht, Mama!«

Alle lachten auf und ich sah, wie Alexanders angespannte Gesichtszüge weicher wurden. Immerhin etwas. Ich wusste, dass diese Situation nicht leicht werden würde, und ich würde noch verdammt viel Zeit damit verbringen müssen, das alles und die Rolle meiner Pechfee zu analysieren, doch gerade konnte ich mir diesen Luxus nicht leisten. Ich ließ mich auf meinen Stuhl sinken.

Ein absurdes Gefühl hatte von mir Besitz ergriffen.

Diese ganze Situation konnte doch einfach nicht wahr sein. Gestern hatte ich diesen gutaussehenden Kerl getroffen und heute saß er mit mir - mit uns - an einem Tisch, bestellte ein teures Menü und sah noch besser aus in seinem dämlichen Anzug?

Der Sohn des Freundes meiner Mutter.

Immer wieder zupfte ein dämliches Grinsen an meinen Lippen. Dieses komische Gefühl fand kein anderes Ventil.

»Netter Kerl, oder?«, zischelte meine Mutter mir leise zu, als Alex' Gesicht gerade durch ein Weinglas verdeckt wurde, das er an seinen Mund geführt hatte.

Wenn du wüsstest. Ich nickte bloß stumm.

Die nächste Stunde war bestimmt von dem üblichen Geplauder. Hauptthema war natürlich der interessante Werdegang von Alexander, dem Bierbrauer aus Norwegen.

»Das ist so eine verrückte Sache. Wieso bist du ausgerechnet in Norwegen gelandet?«, fragte meine Mutter - frei und frech, so wie immer.

»Und wie kommt man überhaupt auf die Idee, Bierbrauer zu werden?«, ergänzte ich impulsiv. Das waren die ersten Worte, die ich seit unserer Begrüßung an ihn richtete.

Ein amüsiertes Lächeln umspielte Alexanders Lippen. »Glaubt mir, ihr seid nicht die Ersten, die mich das fragen.«

»Dann«, ich prostete ihm provokant mit meinem Weißweinglas zu, »solltest du nun eine wohlstudierte Antwort haben, nicht wahr?«

Diese Aussage löste ein allgemeines Gelächter am Tisch aus. Das war ich schon gewohnt - ab und an preschte ich gerne nach vorne. Das konnte peinlich für mich werden, sorgte aber überall für Erheiterung.

Übrigens eines der Dinge, die Markus immer wieder kritisiert hatte.

Interessant fand ich, dass auch Alex sehr amüsiert wirkte. Seine Augen blitzten, als er zu einer Antwort ansetzte. Ich konnte es nicht weg reden - bei diesem Anblick kribbelte es tief in meinem Magen.

»Ehrlich gesagt - es war nie mein Ziel, nach Norwegen zu gehen. Nicht zuletzt, weil ich gar nicht so sehr auf das Wetter dort oben stehe.« Bedächtig umfasste er sein Weinglas und betrachtete die bernsteinfarbene Flüssigkeit. »Warum ich Bierbrauer geworden bin? Ich wollte etwas anderes machen. Und ein Freund von Papa«, er lächelte Jürgen kurz zu, »war da ein gutes Vorbild.«

Jürgen kratzte sich am Kopf. »Ich schwöre, es ging rein um Berufliches. Seine Vorliebe für das Gesöff hat Alex nicht von uns.«

Wieder lachten wir alle auf. Ich konnte es kaum fassen. So abstrus die Situation auch war - ich begann, mich ernsthaft zu amüsieren.

Eine Weile brauchte Alex, um sich wieder zu beruhigen, bevor er normal weiterreden konnte. »Ich machte jedenfalls ein Praktikum in der Hausbrauerei von Jupp und bin quasi dort kleben geblieben.«

Ich zog eine Augenbraue auf. »Dort kleben geblieben? Und warum dann Norwegen?«

»Nicht so eilig, meine Liebe.« Alex blickte mir einen Moment länger in die Augen, als es nötig gewesen wäre. »Ich habe eine Weile dort gearbeitet, auch nach meiner Ausbildung, doch dann kam der große Wunsch, die Welt zu entdecken. Als ich dann von einem Kollegen erfuhr, dass er Kontakte zu einer Brauerei in Norwegen hat und dass diese händeringend nach deutschen Mitarbeitern sucht - da habe ich meine Chance ergriffen.«

Mein Herz klopfte noch immer lautstark. Sein Blick, seine raue Stimme - ich musste sehr mit mir kämpfen, um nicht ständig an vergangene Nacht zu denken. Leise räusperte ich mich. »Aber wieso gerade Norwegen? Und wieso suchen die händeringend Deutsche?«

Nun klinkte sich meine Mutter ins Gespräch ein. Ich musste ein Murren unterdrücken - ich hätte gerne weiter Alexanders Stimme gehört. »Ich denke, das ist gar nicht so verwunderlich. Unser Ausbildungssystem ist sehr gut, viele Länder freuen sich über deutsche Fachkräfte, nicht wahr?« Sie strahlte, als hätte sie soeben eine Lehrerfrage richtig beantwortet.

»Ja, genau.« Alex nickte und bestätigte die Aussage. »Bierbrauer sind besonders beliebt. Jemand aus einer benachbarten Brauerei wurde sogar in die USA geordert, um dort eine Hausbrauerei mit aufzubauen.«

Ich war regelrecht fasziniert. Vergessen waren all meine Vorurteile, die mich und die Mädels noch gestern zum Brüllen gebracht hatten. »Wahnsinn. Ich habe da noch nie von gehört.«

Alex lächelte mir zu. »So faszinierend es auch klingt - letzten Endes sprechen wir hier von einem kleinen, speziellen Berufszweig. Dass da nicht jeder von weiß, ist also ganz normal, schätze ich.«

»Dafür klingt deine Geschichte aber alles andere als normal.« Diese Worte waren draußen, bevor mein Schutzfilter eingesprungen war. Ich wollte nicht klingen wie ein anhimmelndes Groupie-Mädchen, andererseits meinte ich jedes Wort ernst. Das Problem an der Sache war: Ich würde mir diese Gedanken nicht machen, wenn der gestrige Abend nicht geschehen wäre. So krampfte ich also meine

Finger in meine Oberschenkel und wartete ab.

»Danke schön.« Mehr sagte er nicht.

Unser Essen wurde gebracht und für eine Weile kam das Gespräch zum Erliegen. Ich versuchte mich daran zu erinnern, dass die wohlschmeckenden Gerichte einen gesalzenen Preis hatten, doch der Genuss rückte einfach in den Vordergrund. Ich nahm mir viel Zeit, um mein Filet zu genießen und schob die negativen Gedanken in den Hintergrund. Ich musste ja nicht bezahlen und Jürgen und meine Mutter hatten darauf bestanden, hierhin zu gehen - also war es auch in Ordnung.

Beim Nachtisch - Mousse au Chocolat - nahm meine Mutter das Gespräch wieder auf.

»Entschuldige, dass ich so weiterbohre - aber es ist einfach eine so spannende Geschichte. Wie kommt es, dass du Norwegen nun wieder verlassen hast?«

»Mama! Sind wir hier bei einem Verhör?«, zischte ich sie an. Irgendwie war es mir unangenehm, dass sie all diese Fragen stellte. Fragen, die mir selber ebenfalls auf der Zunge lagen.

»Schon okay.« Alex lächelte mich an und wirkte dabei viel zu freundschaftlich. »Ich hatte einfach genug. Ich bin ins Ausland gegangen, um meine Erfahrungen zu sammeln, um auf eigenen Füßen zu stehen. Das habe ich getan und ich bereue auch keine einzige Minute, doch ich habe gespürt, dass es Zeit wurde, nach Hause zu kommen. Und nun bin ich wieder hier.«

»In der guten alten Heimat«, murmelte ich leise vor mich hin, doch laut genug, damit jeder mich hören konnte.

»Darauf stoßen wir an!«, rief Jürgen gut gelaunt und hob sein Weinglas. Klirrend stießen unsere Kelche zusammen. Ich fragte mich, ob das nun eine Art offizielles Ende dieser Veranstaltung werden sollte, als sich Jürgen laut und vernehmlich räusperte. Ich sah, wie sein Blick kurz zu meiner Mutter huschte und spürte, dass mich ein sehr eigentümliches Gefühl ergriff.

Unwillkürlich spannte sich alles in mir an.

Es war meine Mutter, die zuerst redete. »Zuerst einmal möchte ich sagen, dass ich mich sehr freue, dass dieses Essen heute geklappt hat und dass wir uns nun endlich kennenlernen konnten.« Ihr Blick huschte erst zu Alex, dann zu mir. »Jürgen und ich haben uns bewusst für dieses Restaurant entschieden, denn hier ist vor kurzem etwas ... Besonderes passiert.«

Mein Magen machte nun einen ganz besonders großen Hüpfer. Eine sanfte Ahnung begann mich zu beschleichen, doch noch bevor ich das näher hinterfragen konnte, war es nun Jürgen, der das Wort ergriff. Er räusperte sich erneut, dann griff er über den Tisch nach den Händen meiner Mutter.

»Machen wir es kurz und schmerzlos. Ich habe um Karins Hand angehalten. Wir werden heiraten.«

Kapitel 3

Auf dem Rückweg schwirrte mein Kopf - und das nicht nur wegen der drei Gläser Wein, die ich mir gegönnt hatte. Ich wusste nicht, was mich mehr beschäftigen sollte: Die Tatsache, dass der unbekannte Sohn von Jürgen meine gestrige Abendbekanntschaft war - oder aber, dass ich schon bald einen offiziellen Stiefvater haben würde.

»Alles okay bei dir?« Meine Mutter schien zu spüren, wie tief ich in Gedanken war, denn sie schob mir ihre Hand auf den Arm und blickte mich besorgt an.

»Na klar«, gab ich sofort von mir und setzte ein strahlendes Lächeln auf. Ich wollte meine Mutter überzeugen, denn eigentlich war ich wirklich okay. Nur ein bisschen überrumpelt.

»Wir wollten es gerne zusammen verkünden, sonst hätte ich es dir längst gesagt«, fuhr sie leise fort und ich stöhnte auf.

»Mum! Es ist wirklich alles in Ordnung! Ich freue mich riesig für euch, für dich. Jürgen ist ein toller Kerl und ich mag ihn sehr, meinen Segen habt ihr!«

Ihre Züge wurden ein wenig weicher, entspannten sich, doch ganz zufrieden wirkte sie noch nicht. »Und was hat dich dann gerade so grübeln lassen?«

Kurz zögerte ich. Sollte ich ihr sagen, dass ich Alex schon näher kannte, als man es vermuten würde? Alleine der Gedanke jagte mir Unbehagen wie kaltes Eis durch die Adern, also verwarf ich die Idee sehr schnell wieder und beschloss, mich auf den wesentlichen Teil der Wahrheit zu beschränken. »Ich habe tatsächlich darüber nachgedacht, dass ihr heiraten wollt«, gab ich zu. »Aber mach dir bloß keine Gedanken. Ich meinte es ernst, ich freue mich sehr für euch! Natürlich hat es mich überrascht und es ist auch nicht üblich, dass man mit zwanzig noch einmal einen Stiefpapa bekommt, aber wenn es schon passieren muss, dann gerne Jürgen. Und du hast alles Glück der Welt verdient.«

Ich wusste, ich hatte den richtigen Ton angeschlagen. Nun strahlte meine Mutter wieder, genauso wie sie es vorhin am Tisch getan hatte, während wir erneut angestoßen hatten - diesmal auf das Glück der beiden frisch Verlobten.

»Wir sind da«, brummelte es plötzlich von vorne. Überrascht blickte ich aus dem Fenster und stellte fest, dass wir tatsächlich schon unser Haus erreicht hatten. Der mürrische Taxifahrer wirkte ein bisschen weicher, als er den Preis verkündete und von meiner Mutter bezahlt wurde, was sicherlich mit unserem Gesprächsthema zusammenhing.

»Alles Gute!«, murmelte er uns zu und tippte an seine imaginäre Schirmmütze, bevor er davonbrauste und uns in milder Nachmittagsluft zurückließ.

»Jürgen kommt später noch vorbei - und vielleicht bringt er Alex mit«, erklärte meine Mutter, als wir das Haus betraten.

»Okay«, gab ich zur Antwort und drehte mich schnell von ihr weg, damit sie nicht sehen konnte, wie sich meine Wangen verfärbten.

»Immerhin haben wir uns jetzt alle schick kennengelernt, dann können wir ja auch zum gemütlichen Teil übergehen, nicht wahr? Vielleicht spielen wir etwas zusammen oder so ...«

Ich nahm den bittenden, hoffnungsvollen Ton wahr und wusste ganz genau, worauf sie hinauswollte. Eine Familie. Eine intakte Familie, das hatte sie sich immer gewünscht. Doch gerade dieser Gedanke drehte mir den Magen um. Nicht wegen Jürgen, ganz sicher nicht, und auch nicht wegen des Gedankens, eine vollständige Familie zu haben. Nein, was mich an diesem Konstrukt störte, war die Rolle von Alex - oder die Art und Weise, wie ich ihn bereits erleben durfte. Denn das waren ganz sicher keine Gedanken, die ich bezüglich meines zukünftigen Stiefbruders hegen wollte.

Um nicht erneut Zweifel aufkommen zu lassen, drehte ich mich eilig um und nahm meine Mutter in den Arm. »Das werden wir tun. Und es wird sicher wunderbar!«, versprach ich ihr atemlos. »Wenn du nichts dagegen hast, ziehe ich mich jetzt aber ein bisschen zurück. Ich merke, dass mir der Abend doch ganz schön in den Knochen hängt.«

»Du wirst eben alt!« Lachend kniff sie mir in die Wange und ließ mich dann gehen. »Mach dir einen gemütlichen Nachmittag. Es dauert ja sowieso noch ein bisschen, bis die Herren auftauchen.«

Ohne ein weiteres Wort eilte ich - so kontrolliert wie möglich - in mein Zimmer.

* * *

Sandra: WAS????

Ich musste grinsen. Die vielen Fragezeichen, das großgeschriebene Wort, all das umschrieb ziemlich genau das Gefühl, das mich erfasst hatte, als Alex heute Mittag in meinem Leben aufgekreuzt war. Ich hatte keine Zeit verschwendet und direkt eine Nachricht in den Gruppenchat geschickt, den ich mit Sandra und Lena führte. Ich hatte weder Kraft noch Lust, um diese Geschichte telefonisch abzuhandeln, weshalb mir das Nachrichtenprogramm nur gelegen kam. Nun lag ich - meiner schicken Klamotten entledigt - in einem übergroßen Shirt und Leggings auf meinem Bett, wühlte mich in die Laken und freute mich, dass ich wohlverdientes Entsetzen und Mitleid erntete.

Lena: Das ist nicht dein Ernst.
Ich: Ich fürchte doch.
Sanda: Ey ... das ist doch irgendein abgekartetes Spiel. Du weißt schon, so eine Verarsche mit Kamera und so. Solche Zufälle kann es einfach nicht geben!!
Lena: Es tut mir so leid, das macht es bestimmt nicht gerade einfach für dich, oder?
Sandra: Naja, aber sie muss ihn ja nicht ständig sehen, oder? Okay, es ist der Sohn vom Freund ihrer Mutter - so what?

Ich stöhnte auf, denn eine ganz wesentliche Information hatte ich noch gar nicht verkündet. Eilig überflog ich die neu eingegangenen Nachrichten, bevor ich die zweite Bombe platzen ließ.

Lena: Naja, vielleicht kannst du dann aber abchecken, warum er so einen Rückzieher gemacht hat? Und er ist ja auch hübsch anzusehen, oder nicht?
Sandra: Lena! Wir waren uns doch einig, dass es besser ist, wenn sie ihn nicht wieder sieht. Einmaliges Vergnügen und so!

Ich: Leute!!! Es ist nicht so einfach wie ihr denkt, denn da ist noch mehr ...
Sandra: Ohoh, was kommt jetzt?
Lena: Ist deine Mum schwanger?? :D
Ich: Nein, aber verlobt. Und nein, nicht mit Alex. Sondern mit Jürgen. Alex ist also bald mein Bruder.
Sandra: WAS????

Ich hatte ein ernsthaftes Gefühl von Déjà-vu. Die folgenden Nachrichten spielten sich alle in etwa gleich ab. Sandra und Lena litten mit mir, sie waren entsetzt und auch gleichermaßen belustigt über die Ironie des beknackten Schicksals.

Dass Alex und Jürgen am Abend wiederkommen würden, nahmen Lena und Sandra auf wie erhofft: mit viel Mitgefühl. Sie boten mir sogar an, ebenfalls vorbeizukommen - *Ein Spieleabend macht mit mehr Leuten doch nur mehr Spaß!* - doch das lehnte ich ab. Ich hatte noch allzu deutlich vor Augen, wie sehr sich meinte Mutter über die Aussicht auf einen intakten Familienabend gefreut hatte.

Nun, da musste ich also durch.

* * *

Um sieben Uhr klingelte es an der Tür. Ich wartete stoisch im Wohnzimmer. Wenn Jürgen alleine kam, eilte ich auch nicht in den Flur - das würde ich jetzt nicht ändern.

Das Stimmendurcheinander zeugte von viel guter Laune. Verkniffen blickte ich auf den Tisch - verschiedene Kartenspiele lagen bereit - und erlaubte mir einen letzten Seufzer. Wenigstens hatte ich meine Mutter davon überzeugen können, dass Activity keine gute Idee war.

»Du kannst schon mal rüber ins Wohnzimmer gehen, Alex. Ich helfe Karin noch eben in der Küche«, ertönte Jürgens Stimme - was mir gar nicht gefiel.

Sofort begannen meine Gefühle durcheinander zu wirbeln. Doch noch bevor ich mich dem Chaos hingeben konnte, bog der braunhaarige Kerl schon um die Ecke.

»Hey, Emily.« Da stand er im Türrahmen. Einen Meter neunzig große Unsicherheit, das sah ich sofort. Verlegenheit blitzte in seinen Augen und spiegelte damit ziemlich genau das wider, was ich fühlte. Interessant, heute Mittag hatte er noch so selbstsicher gewirkt. »Darf ich?« Er deutete auf die Couch neben mir.

Nicht wissend, wie ich mit dieser Frage umgehen sollte, nickte ich lediglich. Ich meine, ich hätte ja nun schlecht Nein sagen können, oder?

Als Erstes stieg mir sein Geruch in die Nase, der sich nur unwesentlich verändert hatte im Vergleich zu gestern. Ein bisschen weniger Party, nicht dieser leicht süßliche Geruch von Menschenmengen und Alkohol, aber immer noch so männlich-herb. Ein bisschen Moschus vielleicht. Für einen winzigen Moment schloss ich meine Augen und sah die gestrigen Geschehnisse vor mir: der bahnbrechende Kuss, seine zärtliche Berührung. Da mein Herz sofort begann, aufgeregt zu klopfen, räusperte ich mich lautstark. »Tja, so schnell sieht man sich wieder.«

Ein leises Lachen kam links von mir - da, wo er sich niedergelassen hatte. Nicht so nahe wie gestern Nacht, aber auch nicht so weit weg wie heute Mittag. »Da hast du allerdings recht.«

Unangenehme Stille breitete sich zwischen uns aus. Ich haderte mit mir - sollte ich die Sache ansprechen, für Klarheit sorgen, bevor der Rest kam? Oder sollte ich so tun, als wäre nie etwas passiert? Ein besonders lautes Lachen erscholl aus der Küche und ich zuckte zusammen.

Tatsächlich war es Alex, der plötzlich das Wort ergriff. »Hör zu. Ich will etwas zu gestern sagen. Und das ist ganz unabhängig von ...« Er deutete vage in Richtung Küche und ich verstand genau, was er meinte. »Von dieser neuen Entwicklung. Oder Ironie des Schicksals, wie man es auch nennen kann.«

»Soso, und was?« Ich wurde neugierig, weshalb ich meine doch eher steife Haltung aufgab und mich ihm zuwandte. Ehrliches Interesse schwang deutlich in meiner Stimme mit.

»Wegen dem, was ich gestern zu dir gesagt habe.« Alex blickte mir ernst in die Augen. »Ich denke, du hast das wirklich falsch verstanden. Ich wollte dich nicht verschrecken, eigentlich hatte ich sogar versucht, auf sehr holprige Art und Weise ein Date mit dir zu erschleichen.«

Sofort formte sich ein dicker Eisklumpen in meinem Magen, der mit der Hitze in meinem Gesicht konkurrierte. Diese Worte, so direkt aus seinem Mund, waren fast mehr, als ich in diesem Moment ertragen konnte. Was, wenn er sie nur sagte, um zu vermeiden, dass ich schlecht von ihm dachte? Im Nachhinein konnte man vieles behaupten - wie sollte man ihm auch das Gegenteil beweisen? Doch letztlich gab es auch keinen Grund, warum er mich anlügen sollte, und er hatte äußerst aufrichtig geklungen. »Ein peinliches Missverständnis«, murmelte ich schließlich leise und vermied es, in sein Gesicht zu schauen. Zu unangenehm.

»So kann man es nennen, ja.« Seufzend lehnte Alex sich zurück. Er schlug sein Bein über und verströmte eine Wolke seines leckeren Geruchs.

»Im Grunde ist es gut so«, erklärte ich mit angestrengt gerümpfter Nase.

Sofort beugte Alex sich wieder vor und wandte sich mir zu. »Wie meinst du das?«, hakte er nach.

Ich wagte es, ihm wieder ins Gesicht zu sehen und sah ehrliche Neugierde. Wusste er denn nicht, worauf ich hinauswollte? »Na, ist doch ganz einfach! Stell dir mal vor, es wäre mehr gelaufen oder wir hätten uns wirklich verabredet. Das wäre noch richtig schlimm geworden! So ist wenigstens nichts dramatisches passiert und wir können uns ... zukünftig noch in die Augen schauen.« Erstaunt stellte ich fest, wie sich Alexanders Gesicht verdüsterte und ich nahm automatisch eine defensive Haltung ein. Leider konnte ich nicht von ihm fortrutschen, da ich direkt an der Lehne des Sofas saß.

»Etwas dramatisches? Wovon redest du? Und wieso ist *das* nun besser so?« Sein Blick bohrte sich förmlich in mich hinein und ich fragte mich, ob er ernsthaft nicht wusste, wovon ich redete.

Für mich war die Sache eindeutig. Er würde mein zukünftiger Stiefbruder sein und das Letzte, was ich wollte, war eine zweifelhafte Beziehung zu ihm. Er wäre schon bald ein Teil der Familie - und hätte ich tatsächlich mehr als nur einen Kuss mit ihm ausgetauscht, hätte ich ihm nie wieder in die Augen blicken können. So war es ja schon schlimm genug. Dass er da ganz anderer Ansicht war, begann ich nur zu erahnen, doch bevor ich ihm antworten konnte, betraten Jürgen und Karin das Zimmer - zum Glück.

Die Situation war so schon merkwürdig genug geworden.

»Soooo da sind wir!«, flötete meine Mutter gutgelaunt. Sie schien die Spannungen zwischen Alex und mir nicht zu bemerken, oder sie war gut darin, sie zu überspielen. »Ein paar Kleinigkeiten zum Knabbern haben wir mitgebracht.«

Das kokette Kichern, das sie an Jürgen richtete, löste eine unbändige Freude in mir aus und verdrängte das unangenehme Wirrwarr von vorhin. So glücklich hatte ich sie schon lange nicht mehr gesehen, und diesen Anblick genoss ich.

Die paar Kleinigkeiten zum Knabbern stellten sich als leckeres Fingerfood heraus. Käsespieße, kleine Schwarzbrotschnitten und Cocktailtomaten, Cashewkerne und Weintrauben sollten unseren Magen füllen, während wir uns - Achtung, Wortspiel - spielerisch näher kamen.

Zunächst spielten wir eine Runde Skip-bo. Dieses Kartenspiel war nicht sonderlich schwer und sorgte für einen leichten Einstieg, bei dem man nicht viel Nachdenken musste. Wir hatten es schon oft zu dritt gespielt, sehr oft, doch mit Alex kam eine ganz neue Dynamik ins Spiel.

Ich musste sehr schnell feststellen, dass er zwar recht gut war, aber ganz und gar kein guter Verlierer, was ihm den einen oder anderen derben Fluch entlockte - denn ich war nahezu ungeschlagen in diesem Spiel. Sein Ärger amüsierte mich und ließ mich sogar fast vergessen, worüber wir uns noch eben unterhalten hatten. Stattdessen begann ich, ihn immer sympathischer zu finden.

»Schon wieder nicht gewonnen!«, presste er zum wiederholten Male zwischen den Zähnen hervor, als ich die Runde kurz vor ihm beendete.

»Du wirst es überleben«, zwitscherte ich ihm unschuldig zu und griff nach dem Tablett. »Tomate?«

Knurrend nahm er mir die kleine rote Kugel aus der Hand und warf sie sich in den Mund.

Dummerweise hatte er sich nicht vom Sofa bewegt, als sich Karin und Jürgen zu uns gesellt hatten. Sie hatten kurzerhand auf Sessel und Hocker uns gegenüber Platz genommen und wirkten hellauf zufrieden.

»Wir können ja jetzt das Spiel wechseln«, schlug Jürgen vor. »Wie wäre es mit Rommé?«

Mit diesem Vorschlag konnte ich gut leben, auch wenn ich in diesem Spiel nicht ganz so todsicher auf der Gewinnerseite war.

Auch diesmal zeigte sich Alex von seiner konzentrierten, gewinnorientierten Seite. Er machte nicht den Eindruck, als würde er einmal eine Fünf gerade sein lassen, damit jemand anderes gewann - um des Friedens willen oder aus reiner Gutmütigkeit, so wie es schon oft der Fall gewesen war, wenn wir in der Vergangenheit hatten. Offenbar spürten das auch die anderen, denn wir spielten so nahe an den Regeln wie schon lange nicht mehr.

Als Alex in der zweiten Runde ein Handrommé legte und freudig jubelnd die Fäuste in die Luft reckte, konnte ich es mir nicht verkneifen, gutmütig seinen Oberschenkel zu tätscheln. »Das hast du gut gemacht, Brauner«, raunte ich ihm zu und erntete dafür lautes Gelächter von allen Seiten.

»Danke, danke«, rief Alex zufrieden und wirkte in keinster Weise pikiert.

»Was habt ihr denn in Norwegen so gespielt?«, knüpfte meine Mutter plötzlich an ihre Fragerei vom

Mittag an und verteilte kleine Stampfer. Offensichtlich hatte sie entschieden, dass nun Zeit für Schnaps war. Wie gut, dass ich montags erst um eins in der Uni sein musste.

»Größtenteils dieselben Spiele wie hier auch«, antwortete Alex gut gelaunt. »Kartenspiele in jeder Variation. Wir haben aber auch oft gedartet oder gekickert, in unserem Haus hatten wir einen großen Raum voller Kinkerlitzchen für Männer.«

»Achso?« Meine Mutter füllte flink die vier Gläser, bevor sie weitersprach. »Ihr Männer? Hast du in einer Art WG gewohnt?«

»Sozusagen. Die Brauerei hatte ein Haus auf dem Gelände, dort konnten Leute wie ich wohnen. Ausländische Mitarbeiter, sozusagen. Mit fünf Leuten haben wir es uns geteilt - und da war massig Platz für uns. Im Grunde eine schöne Sache.«

»Allerdings«, nickte Jürgen und wirkte ziemlich stolz. »Die Brauerei ist ziemlich bekannt dafür, ihre Mitarbeiter gut zu behandeln.«

»Hört, hört«, rief meine Mutter aus, doch noch bevor sie weiterreden konnte, ergriff ich das Wort.

»Tja nun, jetzt bist du aber wieder hier, nicht wahr?«

Alex blickte mich nachdenklich an. »Da hast du vollkommen recht.« Sein Blick war unergründlich und berührte mich zutiefst.

»Und darauf sollten wir jetzt einfach trinken!«, schlug meine Mutter vor und schaffte es so erneut, jegliche Verbindung zwischen Alex und mir zu kappen.

Wie mechanisch griff ich nach meinem Glas und stieß es klirrend mit denen der anderen zusammen, bevor ich die scharfe Flüssigkeit herunterkippte.

Diese ganze Sache wurde immer komplizierter, beförderte sie mich doch in ein Wechselbad unterschiedlichster Gefühle. Das musste geklärt werden, und zwar bald.

»Wo wirst du eigentlich jetzt wohnen?« Die Neugierde meiner Mutter war einfach unerschöpflich.

Alex schien das nicht zu stören. »Erstmal natürlich bei meinem alten Herrn«, er lachte leise auf, als Jürgen spaßeshalber die Fäuste schüttelte, »aber ich hätte gerne so bald wie möglich eine eigene Wohnung. Gar nicht so einfach, wenn man gerade erst in der Stadt angekommen ist und nicht viel mehr besitzt als einen Koffer voller Klamotten.«

Karin blickte ihn mitfühlend an. »Das glaube ich dir sofort. Leider weiß ich da auf die Schnelle auch nicht weiter.« Sie tippte sich nachdenklich mit dem Zeigefinger ans Kinn, als ihr Gesicht sich plötzlich erhellte. »Aber weißt du was? Emily kann dir da bestimmt helfen - nicht war, Emmi?« Der Blick, den meine Mutter mir zuwarf, wirkte nicht gerade wie eine Frage. Ich war mir sicher, dass sie nur rein rhetorisch nachgefragt hatte, denn wie immer glaubte meine Mutter nur an das Gute in mir. »Es ist noch gar nicht lange her, da hat sie einer Freundin dabei geholfen, eine eigene Wohnung zu finden und umzuziehen und all den Kram. Außerdem ist es immer gut, eine weibliche Beratung zu haben, gerade wenn es um die Einrichtung geht. Mit Emmis Hilfe geht das bestimmt wie von alleine!«

Ich hätte meine Mutter am liebsten erwürgt. Ich kannte sie - für sie war es nun beschlossene Sache, dass ich Alex bei seinem Umzug helfen würde. Mehr Zeit mit ihm verbringen, vermutlich alleine, das hielt ich aktuell für keine gute Idee, doch es gab nichts, aber auch gar nichts, was ich sagen konnte, ohne Fragen bei Jürgen und Karin aufzuwerfen. Als dann auch noch Jürgen strahlend nickte, war ich quasi gefangen in einer Sackgasse und hatte keine andere Wahl mehr. »Ja, sicher. Wird bestimmt toll«, murmelte ich wenig überzeugend, doch den Sarkasmus, da war ich mir sicher, verstand nur Alex allein, der mir wieder einen seiner undefinierbaren Blicke zuwarf.

»Herrlich!« Karin klatschte freudig in die Hände und goss danach eine neue Runde Schnaps ein, um auf diesen Beschluss zu trinken.

Das zweite Glas schmeckte noch schärfer als zuvor - doch woran das genau lag, das konnte ich nicht sagen.

Kapitel 4

Germanistik zu studieren hatte schon früh für mich festgestanden. Meine Vorliebe für Bücher war so ziemlich das einzig Positive, das ich auf meinen leiblichen Vater zurückführen konnte. Er hatte mir in besseren Zeiten abends vorgelesen und mir schon früh beigebracht, die Worte selber zu entziffern. Es hatte mich damals mit unbändigem Stolz erfüllt, noch vor allen anderen Klassenkameraden lesen zu können - und diese Leidenschaft war nun so etwas wie ein roter Faden meines Lebens.

Dass ich für das Studium wahnsinnig viel tun musste, war mir schon vorher bewusst gewesen. Ich gehörte nicht zu dem Typ Mensch, der sich gerne auf Unbekanntes einließ, weshalb ich mich sorgfältig auf das Studium vorbereitet hatte. Auch war mir schon jetzt ziemlich klar, wohin mein Weg gehen sollte: Ich wollte am liebsten für einen Verlag arbeiten - und nein, nicht als Autor, sondern auf der anderen Seite. Wahlweise konnte ich es mir auch gut vorstellen, wissenschaftliche Mitarbeiterin an der Universität zu werden. Um mir für Letzteres den Weg offen zu halten, arbeitete ich zweimal die Woche als studentische Hilfskraft für eine Dozentin der Literaturwissenschaft. Meine Arbeit bestand in erster Linie darin, Texte zusammenzusuchen, den Seminarapparat zu pflegen und unzählige Seiten zu scannen, doch ab und an durfte ich auch mal ein Tutorium begleiten und kleine Hausaufgaben korrigieren. Es machte mir viel Spaß, auch wenn es meinen sowieso schon gut gefüllten Stundenplan wirklich zum Platzen brachte.

Fast.

Der sprachwissenschaftliche Teil forderte mich am meisten, obwohl ich niemals behauptet hätte, dass ich in diesem Bereich schwächeln würde. Viel mehr lagen mir die Kurse, in denen ich mich mit der tatsächlichen Literatur beschäftigen durfte. Ob einzelne Schriftsteller oder die geschichtliche Entwicklung - das war dabei egal. Ich wollte mit den Werken arbeiten, wollte in sie versinken, sie verstehen, sie aus anderen Perspektiven betrachten und mich für Neues öffnen - und das gelang mir immer wieder.

Sandra und Lena konnten meine Leidenschaft nicht so recht verstehen, aber das war in Ordnung. Wir waren nicht aufgrund unserer beruflichen Interessen so eng befreundet, sondern weil wir auf anderer Ebene so gut harmonierten. Und außerdem galt es auch für Freundschaften, dass sich Gegensätze durchaus anziehen konnten.

Als ich an diesem Nachmittag den kleinen Raum betrat, der für die Hilfskräfte der Dozentin Schwabel reserviert war, stellte ich überrascht fest, dass Markus sich darin befand.

»Was machst du denn hier?«, rief ich aus und war für einen winzigen Moment unsicher, wie ich ihn begrüßen sollte.

»Hallo Emmi«, erwiderte er und nahm mich kurz, aber fest in den Arm. »Schön dich zu sehen.«

Ich war froh, dass er mir die Entscheidung der Begrüßungsart genommen hatte, merkte aber dennoch, wie sich Irritation in mir ausbreitete. Kurz warf ich einen Blick auf die Uhr, musste jedoch feststellen, dass ich mich nicht vertan hatte. »Ernsthaft - wie kommt es, dass du hier bist?«

Offenbar hatte ich vergessen zu erwähnen, dass Markus, seit neuestem mein Ex-Freund, seinen Teil dazu beigetragen hatte, dass ich mich für Germanistik entschieden hatte, denn genau das studierte auch er, mittlerweile jedoch schon im Master. Er arbeitete für denselben Lehrstuhl wie ich, allerdings bei einem anderen Dozenten, der sich gemeinsam mit Frau Schwabel den Raum teilte. Eigentlich hatten wir die Zeiten so aufgeteilt, dass wir überwiegend keine Überschneidungen hatten. Eine allgemeine Regelung, die bei einem Pärchen natürlich umso mehr Sinn gemacht hatte - immerhin sollte die Zeit mit Arbeit verbracht werden und nicht mit Privatgeplänkel. Es war so gut wie nie vorgekommen, dass Markus und ich beide den Raum blockiert hatten, und dass dies ausgerechnet heute - so kurz nach der Trennung - der Fall war, verwunderte mich schon sehr.

Als er dann auch noch verlegen an seinem Hinterkopf kratze, war ich nicht mehr grundlos misstrauisch. Lautstark schob ich die Tür hinter mir zu und schlängelte mich an ihm vorbei, um mich auf meinen Stuhl fallen zu lassen. Der Schreibtisch war nun zwischen uns und für den Moment war mir das am liebsten. »Also?«

Ich sah zu, wie Markus sich auf der anderen Seite des Schreibtisches auf einen Stuhl setzte. Beim Anblick seiner vertrauten Züge formte sich ein Kloß in meinem Hals, der jedoch wesentlich kleiner war, als ich erwartet hatte.

»Eigentlich ...«, begann er schließlich und sah dabei nach wie vor aus, als wäre ihm das Ganze ein bisschen unangenehm, »... bin ich aus zwei Gründen hier.«

Ich lehnte meine Ellenbogen auf die Tischplatte und beugte mich vor, in der Hoffnung, möglichst offen und gleichzeitig neutral zu wirken. Was auch immer er nun wollte - es interessierte mich. Es war in all den Jahren unserer Beziehung nur selten vorgekommen, dass ihm etwas so unangenehm gewesen war. Um ihn zum Weiterreden zu ermuntern, nickte ich ihm zu.

»Also ...« Sein Blick wanderte umher, ohne mich zu fokussieren, seine Hände spielten nervös mit einem Stapel Papiere vor ihm. Es war so untypisch für ihn, derart fahrig zu sein, dass ich die Geduld verlor.

»Markus!« Ich versuchte, so scharf wie möglich zu sprechen, was mir generell schwerfiel ihm gegenüber. »Komm doch einfach zum Punkt, hm?«

Mit weit aufgerissenen Augen erstarrte er. Seine Wangen färbten sich hellrosa. Dieser Anblick löste eine ganze Menge Erinnerungen in mir aus, die ich schnell beiseiteschob.

Er seufzte tief auf, sammelte sich endlich, und begann, eilig zu reden. »Okay, du hast es ja so gewollt. Oma feiert nächste Woche ihren 80. Geburtstag und sie hat nach dir gefragt. Ich habe ihr noch nicht gesagt, dass wir uns getrennt haben - und ich würde ihr gerne die Freude machen.«

Nun war ich diejenige, die mit weit aufgerissenen Augen starrte. Damit hatte ich wirklich nicht gerechnet. Meine Gedanken rasten hin und her. Ich mochte Christa sehr, sie war eine liebe, gutmütige Frau, die mich immer mit einem Strahlen bedacht hatte. In den letzten zwei Jahren hatte sich eine schwerwiegende Demenz bei ihr eingenistet, die ihr den Großteil ihrer Erinnerungen geraubt hatte. Irgendwie hatte sie es jedoch stets abspeichern können, dass ich die Freundin ihres Lieblingsenkels war. Dass Markus ihr noch nicht mitgeteilt hatte, dass sich unsere Beziehung zueinander ... geändert hatte, konnte ich nachvollziehen.

»Wir wissen alle nicht, ob sie überhaupt noch einen weiteren Geburtstag erlebt.« Sein Ton war leise geworden, traurig. »Meinst du, es wäre möglich, mir ... ihr diesen Gefallen zu tun?«

Das war nun eine gute Frage. Mein erster Impuls war natürlich, ihm zuzustimmen, denn Christa lag mir schließlich auch am Herzen. Doch wollte ich einer alten Frau tatsächlich etwas vorspielen? Etwas, was faktisch einfach nicht stimmte? Und wollte ich den ganzen Tag ... Nachmittag ... Abend mit Markus und seiner Familie verbringen? Es würde sicherlich nicht angenehm werden, skurril und schmerzhaft. Und was, wenn Markus sich vielleicht doch mehr davon erhoffte? Die Trennung war noch nicht lange her, vielleicht hatte er es sich anders überlegt ...?

Ich seufzte tief auf. Die Sache gefiel mir ganz und gar nicht, aber wie so oft, wenn ich hin- und hergerissen war, entschied ich mich für mein erstes, für mein Bauchgefühl. »Na gut. Wann genau soll es denn stattfinden?«

Es muss wohl nicht explizit erwähnt werden, dass ich Markus damit eine große Freude machte. Das Glitzern in seinen Augen reichte, um den Raum zu erhellen, doch mir bereitete es vor allem ein ungutes Gefühl. Aber was waren schon ein paar Stunden mit der Verwandtschaft meines Ex-Freundes? So würde ich meine gute Tat des Tages für mindestens drei Monate abhaken, oder?

Der zweite Grund für sein Erscheinen war tatsächlich, dass er herausfinden wollte, wie es mir nach der Trennung ging. Ich weiß nicht, was er erwartet hatte - ob er gedacht hatte, ich würde unendlich leiden - aber als ich ihm ziemlich überzeugend verdeutlichen konnte, dass es mir mittlerweile ganz gut ging, glaubte er mir das und wirkte auch erleichtert. Ihm selbst schien es jedenfalls auch ganz gut zu gehen - nicht nur aufgrund meiner Bereitschaft, mit ihm zum Geburtstag seiner Oma zu kommen.

Als er sich von mir verabschiedete, machten wir aus, dass er sich vor dem Geburtstag am kommenden Samstag noch einmal melden würde, damit wir alles Genauere besprechen konnten. Ich ließ mich unbeholfen in den Arm nehmen und winkte ihm hinterher, als er schließlich ging.

Im Anschluss war ich froh, mich in meine Arbeit stürzen zu können. Meine Dozentin brauchte passende Textbeispiele aus Klassikern, weshalb ich die kommenden Stunden dazu nutzte, verschiedene Bücher zu wälzen und eine geeignete Vorauswahl zu treffen. Wenigstens war es mir so möglich, all die Gedanken von mir zu schieben, denn von denen horteten sich genügend in meinem Hinterkopf.

Für den Moment blieben sie auch genau dort.

* * *

Als ich später in einer Vorlesung saß und sorgfältig meine Notizen machte, schweiften meine Gedanken immer wieder ab. Interessanterweise dominierte dabei jedoch nicht Markus meine Aufmerksamkeit, sondern die Tatsache, dass ich mich am kommenden Tag mit

Alex treffen würde. Wir wollten zusammen den Wohnungsmarkt checken und klären, wie seine Vorstellung von einer geeigneten Wohnung war.

Und dann ... mal schauen. Eventuell würde ich ihn auf diese Sache zwischen uns ansprechen, oder zumindest auf das, was ich mir einbildete. Meiner Meinung nach stand der Abend zwischen uns und ich wollte nicht, dass es auch zukünftig so sein würde. Es kam mir viel zu anstrengend vor, viel zu unnütz. Alleine schon im Rahmen der Hochzeit würde es nicht ausbleiben, dass wir miteinander auskämen, und ich hoffte, dass dies ohne Spannungen klappen konnte.

Es ärgerte mich, dass ich mich so von der Uni ablenken ließ, denn eigentlich interessierte mich der Stoff sehr. Wie dumm, dass ich schon immer dazu tendiert hatte, Dinge zu Tode zu analysieren.

Als der Dozent zu einer Diskussionsrunde aufrief, nahm ich dies als Anlass, mich aus den Grübeleien zu reißen. Zwar hatte ich den Anschluss ein wenig verloren, doch ich kannte die Grundlage - ein Buch - und hoffte, dass ich interaktiv wieder ins Geschehen einsteigen konnte. Zum Glück gelang mir dies relativ problemlos und den Rest der Veranstaltung war ich wieder konzentriert bei der Sache.

Kapitel 5

Abends trafen wir uns bei Lena, um einen gemütlichen Fernsehabend zu machen. Aktuell lief keine Serie, die wir gemeinsam schauten, aber dank der diversen digitalen Möglichkeiten fanden wir auch so immer etwas, was wir uns anschauen wollten.

Wie nicht anders zu erwarten, wollten Lena und Sandra zunächst bis ins kleinste Detail erfahren, wie der Sonntag verlaufen war.

Mit dampfenden Tellern voller Nudeln lagen wir gemütlich auf der Couch und ließen uns von einem Film berieseln, der im Grunde nicht viel mehr als eine geeignete Hintergrundmusik darstellte für das, was tatsächlich zwischen uns stattfand: eine lautstarke Diskussion über Sinn und Unsinn, Zufälle und das Schicksal.

»Jetzt mal ernsthaft«, rief Sandra und fuchtelte dabei mit ihrer Gabel herum. Ich beobachtete fasziniert, wie sie kleine Tröpfchen roter Soße verteilte, und fragte mich, ob Lenas Stirnrunzeln genau dieser Tatsache geschuldet war. »Das geht doch nicht mit rechten Dingen zu. Da gehen wir *einmal* tanzen, *ein einziges Mal*, und du lachst dir einen Typen an - und dann das?«

Lena wirkte wesentlich gefasster, als sie sanft nach Sandras Hand griff und ihr die Gabel entwand. »Aber was soll es denn deiner Meinung nach sonst sein, hm? Eine groß geplante Verschwörung der Regierung? Amor, der zu viel getrunken und ein paar Pfeile falsch verschossen hat?«

»Lena!«, mischte ich mich empört ein. »Lass Amor da raus, der hat ja wohl gar nichts damit zu tun!«

Nun blickten mich beide mit hochgezogenen Augenbrauen an.

»Ich mein ja nur«, murrte ich. »Ich habe nie behauptet, dass da Gefühle im Spiel sind - abgesehen von der ganzen Verwirrung, natürlich.«

»Ja, ja, schon klar«, kommentierte Sandra das trocken, holte sich ihre Gabel zurück und drehte ein paar Nudeln auf.

»Jedenfalls finde ich, dass ihr das alles ein bisschen überbewertet«, redete ich mutig weiter. »Klar ist das eine miese Sache, aber was soll's. Wir haben rumgeknutscht, mehr nicht. Das ist zwar erstmal komisch, aber mehr ist eben auch nicht gelaufen. Wir werden schon damit zurechtkommen. Letzten Endes sind wir ja auch nicht blutsverwandt oder so!«

»Deshalb verstehe ich auch nicht, warum du das alles so negativ bewertest!«, warf Sandra an. »Nicht blutsverwandt - also. Der Kerl ist heiß, er hat dich scharfgemacht. Was spricht dagegen, es weitergehen zu lassen?«

»Hallo?« Nun richtete ich mich empört auf, wobei mein Teller mir beinahe vom Schoß rutschte. »Vielleicht sind wir nicht blutsverwandt, aber immerhin bald Geschwister! Ich mache sicher nicht mit meinem Bruder herum!«

»Stiefbruder!«, warf Sandra ein und grinste mich anzüglich an. »Das ist ein ganz schöner Unterschied!«

Mir blieb die Spucke weg. »Sandra, ich werde ganz sicher *nicht* mit meinem Stiefbruder rummachen - oder mehr! Wie sieht das denn aus?«

»Wie die Mutter, so die Tochter«, erwiderte meine

vorlaute Freundin ungerührt und schob sich ihre Gabel voller Kohlenhydrate in den Mund.

Hin- und hergerissen zwischen dem Bedürfnis zu schreien und vor Lachen vom Sofa zu fallen richtete ich meinen anklagenden Blick auf Lena. »Sag du doch etwas!«

Sie seufzte auf. »Was soll ich denn sagen? Ich finde, dass Sandra recht hat - ihr habt nichts Schlimmes getan. Denk dran, die ganzen negativen Blickwinkel richten sich gegen leibliche Geschwister. Allerdings kann ich sehr gut verstehen, dass dir das alles sehr unangenehm ist. Und die Vorstellung, mit dem Sohn des zukünftigen Mannes der Mutter herumzumachen, ist nicht wirklich prickelnd.« Vernünftig und schlichtend wie eh und je, die Gute.

»Genau das meine ich doch auch!«, pickte ich den Teil der Aussage heraus, der mir am besten schmeckte, doch Sandra schüttelte nur mit dem Kopf.

»Es ist nichts Falsches daran!«, bekräftigte sie ihre Meinung.

»Ich kann es nicht fassen.« Genervt rieb ich mir die Stirn und stellte fest, dass es keinen Zweck hatte, weiter mit den beiden darüber zu reden. Egal was ich sagen würde - Sandra hatte ihre Meinung mehr als deutlich kundgetan und Lena versuchte wie üblich zu schlichten. Keine schlechte Eigenschaft an sich, doch gerade hätte ich ein bisschen mehr Zuspruch gebraucht. Ich versuchte mich spontan in einem Themawechsel, ohne dabei zu bedenken, dass ich vom Regen in die Traufe gelangen würde.

»Markus hat heute im Büro auf mich gewartet.«

»Was?« Dieser Aufschrei kam unisono aus zwei weiblichen Hälsen und klang dadurch nicht sonderlich erbost.

Ich musste kichern. »Derzeit bringe ich euch aber oft aus dem Konzept«, stellte ich fest.

Kurz wurden wir abgelenkt durch einen spitzen Schrei, der aus dem Fernseher erscholl.

»Wie passend«, murmelte Sandra trocken. »Wir sind bei einem Horrorfilm angekommen.«

Lena drehte die Lautstärke ein bisschen herunter und wandte sich mir dann zu. »Dann schieß mal los, was wollte er?«

Ich zögerte kurz, dachte an den Nachmittag zurück, an die Bitte, die er an mich gerichtet hatte, und merkte, wie das Unbehagen wieder aufflammte. Genau die richtige Stimmung für das folgende Geständnis. »Er hat mich gefragt, ob ich ihn zu Christas Geburtstag begleiten kann. Sie wird nächste Woche 80.«

Ich wurde erneut mit einem aufgeregten »Was?« konfrontiert und musste diesmal lautstark auflachen. »Ihr könntet auftreten. Das doppelte, aufgeregte Lottchen!«

»Was hast du gesagt? Du hast doch hoffentlich abgelehnt?«, überging Sandra meine Aussage.

Sofort spürte ich, wie ich unsicher wurde. »Hm, also eigentlich nicht ...«

Lenas Hand lag plötzlich auf meinem Oberschenkel. »Wieso sollst du ihn denn begleiten?«, hakte sie sanft nach.

Da war es wieder, ihr sanftes Verständnis und ihre Offenheit allem gegenüber und das konnte ich gerade gut gebrauchen. Ich warf ihr einen dankbaren Blick zu. »Ihr wisst doch, dass sie mich immer gut leiden konnte.« Mehr musste ich nicht ins Detail gehen, denn dass Markus‘ Oma mich immer sehr gemocht hatte - und ich sie - war den beiden bekannt. »Und außerdem wisst ihr auch, dass sie mittlerweile ganz schön dement ist. Jedenfalls kann sie sich komischerweise immer noch gut daran erinnern, dass ich Markus' Freundin war - oder besser gesagt - bin. Und sie würde mich sehr gerne bei ihrem Geburtstag dabei haben. Immerhin wird sie 80 …«

»Na und?« Sandra wirkte merkwürdig aufgebracht. »Das ist doch nicht mehr dein Problem, oder? Weiß sie denn nicht, dass ihr nicht mehr zusammen seid?«

»Nein. Ob man es ihr sagt oder nicht - es würde unterm Strich nichts ändern. Viel Aufregung und Trauer auf ihrer Seite und kurz darauf hätte sie es wieder vergessen. Ich tue ihr doch nur einen Gefallen. Vielleicht ist es bereits ihr letzter Geburtstag, wer weiß das schon …«

»Und was kommt als Nächstes? Bist du jeden Sonntag beim Familienessen dabei? Regelmäßig zum Kaffee eingeladen?«

»Sandra«, ermahnte Lena sie leise. »Ich bin mir sicher, dass Emmi sich genügend Gedanken darum gemacht hat, was sie da tut.«

Ich warf ihr einen dankbaren Blick zu, bevor ich Sandra scharf fixierte. »Ich gehe zu dem Geburtstag. Es wird kein Spaß, aber ich mache es Christa zuliebe. Aus keinem anderen Grund. Das eine Mal - mehr nicht.«

Sandra wirkte nicht zufrieden. Ich sah es ihr deutlich an und wunderte mich fast schon, dass sie nicht weiterdiskutierte, denn für gewöhnlich war sie wesentlich offensiver. Ehrlich gesagt verwirrte es mich schon ein bisschen. In Bezug auf Alex hatte sie sich derart ereifert und für ihn gesprochen und nun, bezüglich Markus, war sie so ablehnend? Fast schon hatte ich das Gefühl, dass es da einen Zusammenhang gab, doch welchen genau, das konnte ich noch nicht benennen.

»Da läuft nichts«, versicherte ich den beiden ein letztes Mal. »Wir haben uns letzte Woche getrennt und dabei wird es auch bleiben, wirklich.«

Nicht, dass es irgendeine Rolle gespielt hätte. Sie hatten niemals ein Problem mit Markus gehabt, niemals Streit mit ihm. Warum die Möglichkeit, dass sich da wieder etwas entwickeln könnte, zumindest bei Sandra ein derart rotes Tuch darstellte, konnte ich nicht verstehen.

* * *

Der Rest des Abends verlief zum Glück ruhiger. Scheinbar hatte ich die beiden kurzfristig mit meinem persönlichen Theater bedient, denn wir sprachen nicht mehr weiter darüber und ich konnte mich endlich entspannen. Im Folgenden konzentrierte sich das Gespräch vor allem auf Lena, die derzeit einen kniffeligen Auftrag hatte und sich nicht sicher war, wie die Werbestrategie aussehen sollte. Es ging um eine besonders kalorienarme Schokolade, die der Hersteller extra für Übergewichtige hergestellt hatte. Das Problem war, dass Lena sich nicht richtig darauf einlassen konnte. Als rundliche Frau mit einer ausgeprägten Schokoladenleidenschaft konnte sie dem Projekt nicht viel abgewinnen.

»Das Zeug schmeckt noch nicht einmal!«, jammerte sie, was bei uns auf viel Mitgefühl stieß. »Außerdem ist es das erste Projekt, bei dem ich mehr Verantwortung bekomme. Ich werde bestimmt auf die Probe gestellt. Ich darf es einfach nicht vermasseln!«

Über den makabren Humor ihrer Chefin - übrigens ebenfalls nicht die dünnste, weshalb Lena ihr diese ungünstige Auftragsverteilung nicht allzu übel nahm - konnten wir leider nicht lachen.

Obwohl wir uns große Mühe gaben und dabei sogar die verrücktesten Einfälle hatten - wir schafften es nicht, eine Lösung für dieses Problem zu finden. Ein Werbekonzept, ohne dabei irgendwem zu nahe zu treten, war nur schwer umsetzbar.

»Wie soll ich Schokolade vermarkten, die für Übergewichtige gedacht ist, ohne dabei zu stigmatisieren?«, seufzte Lena auf und zwickte sich dabei in ihre Bauchrolle. »Nicht, dass mir irgendwer da eine böse Absicht vorwerfen dürfte.«

Ich stimmte ihr zu. Im Grunde war das eine völlig bekloppte Idee. Im Rahmen eines Abnehmprogramms passende Riegel anzubieten wie bei Weight Watchers - das war etwas ganz anderes als eine neue Schokoladenproduktion.

»Wenn ich ein Stück Schokolade will, dann nehme ich eins. Ein richtiges«, sprach ich laut aus und lenkte so die gesamte Aufmerksamkeit wieder auf mich.

»Dann solltest du sie dir wohl schnappen«, murmelte Sandra und das katzenhafte Lächeln, das ihre Lippen umspielte, verdeutlichte mir, dass sie dabei auf etwas ganz Anderes anspielte.

Entnervt schleuderte ich ihr ein Kissen ins Gesicht.

Kapitel 6

Vor unserem Treffen wühlte ich eine gefühlte Stunde in meinem Kleiderschrank herum, unsicher, was ich anziehen sollte. Ich verfluchte mich dafür, dass ich mir solche Gedanken machte, denn eigentlich sollte es das Normalste der Welt sein, mich mit meinem zukünftigen Bruder zu verabreden und nach Wohnungen zu schauen - doch seit einem ganz bestimmten Abend war rein gar nichts Normales an der Sache und das lag mir schwer im Magen.

»Wir müssen das noch einmal besprechen«, murmelte ich leise vor mich her, während ich prüfend eine Jeans ins Licht hielt und nachschaute, ob es die mit dem Loch im Schritt war. »Na prima.« Ich seufzte auf. Loch entdeckt, Hose beiseite geworfen.

Ich wollte es nicht übertreiben, aber ich wollte auch nicht verlottert daher kommen. Mein bisheriges Outfit würde da wohl nicht reichen, die verblichene Jeans und das luftige Shirt waren mir - zu einfach.

Warum eigentlich?

Entnervt griff ich in den Schrank und wühlte irgendetwas hervor. Das würde es also werden. Eine hautenge Jeggings und dazu ein tiefrotes Shirt mit Wasserfallausschnitt. Vielleicht nicht die harmloseste Variante, aber darin würde ich mich wohl fühlen.

Wenigstens etwas.

Erschrocken stellte ich fest, wie viel Zeit ich nun schon vor dem Schrank verbracht hatte - und das, ohne auch nur einen Hauch an meinem Äußeren verändert zu haben. In weniger als einer halben Stunde würde Alex vor der Tür stehen - sofern er denn pünktlich war - und ich hatte mich noch nicht im geringsten vorbereitet.

Als ich zum Bad eilte, musste ich einen weiteren Schock erleben: Es war belegt. »Mama!«, rief ich laut und klopfte vehement gegen die Tür. »Wie lange brauchst du noch?«

Zur Antwort gab es nur das Rauschen der Dusche.

»Verdammt nochmal!« Es musste wohl alles schief gehen, was nur schiefgehen konnte. Entnervt jagte ich zurück in mein Zimmer, den Arm voller Kleidung, und schlüpfte dort aus meinen alten Sachen. Eigentlich hatte auch ich geplant, noch kurz unter die Dusche zu springen, aber das würde ich mir nun schenken können. Vielleicht war es auch besser so. Wir wollten ja nicht ausgehen oder so.

Im neuen Outfit stellte ich mich vor mein kleines Regal mit den Parfumfläschchen, sprühte mir einen Hauch Escada auf mein Brustbein und wuschelte mir einmal durchs Haar. Das musste nun reichen.

Eilig griff ich meinen Laptop, den ich für die Suche nach Wohnungen einsetzen wollte, und ging hinüber ins Wohnzimmer. Dort würde ich mich mit ihm an den Esstisch setzen, hatte ich beschlossen, und somit eine ausreichend formale Atmosphäre erzeugen. Gerade überlegte ich, ob ich schon Getränke bereitstellen sollte, als meine Mutter den Raum betrat.

»Hast du eben geklopft, Emmi?«, fragte sie mich und riss mich aus meinen Überlegungen.

»Jap«, bestätigte ich ihre Vermutung und blickte auf die Uhr. Keine zehn Minuten mehr - eine Dusche war ganz definitiv nicht mehr drin.

»Entschuldige, ich habe leider etwas verschlafen«,

seufzte sie und verdrehte die Augen. »Es wird Zeit, dass die Woche rum ist.«

Ich blickte sie mitfühlend an. Meine Mutter arbeitete im Krankenhaus. Aktuell musste sie eine ganze Menge Nachtschichten hinter sich bringen. Zum Glück bewegte sie sich bereits auf das Ende zu, denn mittlerweile merkte man, wie sehr sie diese Dienste schlauchten.

»Ich fahre jetzt noch für ein paar Stündchen zu Jürgen und von dort aus zur Arbeit. Wir sehen uns morgen?« Sie trat zu mir und drückte mir einen Kuss auf die Schläfe.

»Was? Du fährst schon? Aber ...« Damit hatte ich nicht gerechnet. Eigentlich hatte ich gehofft, dass meine Mutter es sich auf dem Sofa bequem machen würde und ich somit nicht mit Alex alleine wäre.

»Ist doch gut so, dann ist das Jungvolk wenigstens alleine.« Sie zwinkerte mir verschwörerisch zu. »Ich finde es toll, dass du ihm hilfst. Du bist einfach die Beste!«

Mit diesen Worten verließ sie das Wohnzimmer und wenig später die Wohnung.

Ich hatte nicht viel Zeit, mich damit zu arrangieren, dass ich nun alleine war, denn nur wenige Augenblicke später klingelte es bereits an der Tür. Überpünktlich also. Bestimmt hatten er und meine Mutter sich noch im Flur getroffen.

Sofort flatterte nervöse Aufregung in meinem Magen hoch, gegen die ich rein gar nichts machen konnte. »Beruhig dich endlich!«, murmelte ich mir scharf zu und machte mich auf den Weg zur Tür. »Das ist nur ein ganz normales Treffen. Wir besprechen das, finden eine Wohnung, und alles ist gut!«

Wie sehr ich mich doch selbst belügen konnte.

* * *

Als erstes fiel mir sein Geruch auf. Das alleine war schon gar nicht gut und gleichzeitig toll. Ohne darüber nachzudenken, fiel ich ihm zur Begrüßung in die Arme.

»Hey«, murmelte ich, als ich mich eilig wieder von ihm löste. Verdammt, das fing ja schon gut an.

»Selber hey.« Seine Stimme klang rau, holprig.

Ich wagte einen Blick und sah, dass seine Augen sehr dunkel wirkten. Offenbar war ich nicht die Einzige, die unmoralische Hintergedanken hatte - mit dem Unterschied, dass ich gegen meine ankämpfe. »Komm doch rein«, bot ich möglichst neutral an und trat einen Schritt zur Seite. »Eine Führung kann ich mir sparen, du warst ja schon hier. Ich dachte, wir setzen uns an den Esstisch im Wohnzimmer.«

Wortlos kam Alex meiner Aufforderung nach und betrat die Wohnung. Erst jetzt stellte ich fest, dass er eine Tasche dabei hatte.

Ganz so, als hätte er meinen Blick bemerkt und richtig gedeutet, hob er den Beutel an. »Ich habe uns etwas zu trinken und zu knabbern mitgebracht«, erklärte er verlegen grinsend.

»Du hättest auch schon hier was bekommen«, erwiderte ich stirnrunzelnd. Ich wusste nicht, ob ich mich über seine Geste freuen sollte oder nicht.

»Aber hast du auch das hier?« Charmant lächelnd zog Alex eine quietschbunte Flasche hervor, die ich erst auf den zweiten Blick richtig erkannte - und ich lachte laut los.

»Ernsthaft?« Ich riss ihm die Flasche aus der Hand.

»Robby Bubble?« Es war gefühlte Ewigkeiten her, dass ich zuletzt diesen Kindersekt getrunken hatte, und der Anblick der bunten Flasche löste eine Welle schöner Erinnerungen in mir aus. Meine Neugierde war geweckt. »Was hast du noch dabei?«

Sein Lächeln wurde noch eine Spur breiter, als er eine knisternde Tüte hervorholte. »Pombären.«

»Du bist echt unglaublich!« Das Eis war gebrochen - so einfach. Strahlend richtete ich meine Schritte in die Küche. »Geh schon mal ins Wohnzimmer, ich besorge uns Gläser.«

Das Grinsen wollte nicht von meinen Lippen weichen, während ich Gläser, eine Flasche Wasser und eine Flasche Cola zusammenklaubte. Welcher normale Mann kam auf die Idee, zu solch einem Treffen Robby Bubble mitzubringen? Ich konnte mich nicht entsinnen, dass Markus jemals etwas derartiges besorgt hatte, weder zu Beginn unserer Beziehung noch mittendrin.

»Ihr habt keinen Balkon, oder?«, rief Alex mir entgegen, als ich das Wohnzimmer betrat. Eilig nahm er mir die Flaschen aus der Hand, die ich mühevoll zwischen meine Finger geklemmt hatte.

»Leider nein«, bestätigte ich bedauernd seine Vermutung. Schade, bei den lauen Temperaturen wäre es sicher schön gewesen, draußen zu sitzen - und dort Kindersekt zu schlürfen.

»Egal, ich nehme auch mit diesem Platz vorlieb.« Elegant zog er einen Stuhl hervor und bedeutete mir, mich zu setzen.

Schon begann mein Herz, wieder schneller zu schlagen. Ich beobachtete, wie er sich schräg neben mir niederließ und sich direkt ein Glas Wasser eingoss. Beim näheren Betrachten fiel mir auf, dass ihm kleine Schweißperlen auf der Stirn standen. »Na, bist du diese Temperaturen etwa nicht mehr gewohnt?«, stichelte ich gutmütig und nahm ihm die Flasche aus der Hand, um mir ebenfalls etwas einzuschenken.

»Ertappt.«

Sein Lächeln war entwaffnend. Ich konnte nicht anders - und musste starren. Alex hatte die unglaublichsten Augen, die ich jemals gesehen hatte. Wie die sturmverhangene See, dunkelblau glitzernd, versprachen sie eine Tiefe, die ich nur zu gerne ergründen wollte. Ich spürte, wie trocken meine Lippen geworden waren, und befeuchtete sie eilig. Alles in mir war durcheinander, wenn ich diesen Kerl nur einen Moment zu lange anschaute - und das war gar nicht gut ...

Mit aller Macht löste ich mich aus diesem Blickkontakt, der nicht nur an mir spürbar vorbeigegangen war. Sein Starren war viel zu intensiv geworden, viel zu forschend, als dass es ohne Bedeutung hätte sein können.

»Ich ... wir sollten anfangen.« Mit einem Ruck riss ich meinen Laptop auf und drückte auf die Start-Taste. Das leichte Zittern meiner Hand entging mir leider nicht.

Schweigen breitete sich zwischen uns aus, unangenehm drückend. Der Kerl war das reinste Wechselbad der Gefühle. Im einen Moment war ich nervös, er löste die Anspannung mit Humor in Wohlgefallen auf, und im nächsten Moment war ich dermaßen in seinem Bann gefangen, dass mein Herz bis zum Hals klopfte ... das war nicht auszuhalten.

»Emily.« Seine leise Stimme drang durch den Strudel meiner Gedanken und ließ mich einmal mehr erstarren.

Ich antwortete nicht, wandte mich ihm jedoch halb zu. Ins Gesicht konnte ich ihm noch nicht wieder schauen. Nicht, solange meine Wangen feuerrot brannten.

»Hey.« Als sich seine Hand auf die meine schob, zuckte ich zusammen. Die Berührung war für den Moment viel zu viel, auch wenn ich nicht sagen konnte, dass sie sich nicht gut anfühlte - im Gegenteil. Meine Haut begann dort zu prickeln, wo sie seine Haut spürte.

Wem zur Hölle machte ich etwas vor? Niemals würde ich es schaffen, so zu tun, als wäre nie etwas zwischen uns geschehen. Meine Augen waren geweitet und blitzten verunsichert, als ich ihn anschaute. »Das muss aufhören.«

Seine Finger begannen in sanften, winzigen Bewegungen über meine Hand zu streicheln. »Was meinst du?«

Ich schnaufte irritiert auf. »Das hier!« Endlich schaffte ich es, mich von seiner Berührung zu lösen und rückte ein Stück von ihm weg. Wie um eine Barriere zu schaffen, griff ich nach meinem Glas und trank einen großen Schluck Wasser. Vielleicht schaffte der es ja, das komische Flattern in meinem Bauch zu beruhigen.

Alex stöhnte auf - und ich war mir sicher, dass ich Frustration darin wahrnahm. »Okay, früher als gedacht. Ich hatte gehofft, dich mit dem Robby abzufüllen, aber was soll's. Schieß los, was stört dich so?« Seine Augen verdunkelten sich. »Am Samstag hatte ich nicht den Eindruck, dass du so schüchtern bist.«

Ich schnappte nach Luft. Obwohl mir klar war,

dass er die letzte Bemerkung nicht ernst gemeint hatte, fühlte ich mich doch in die Defensive getrieben. »Das war etwas ganz Anderes!«, rief ich aus. »Völlig andere Bedingungen!«

Je aufgebrachter ich wurde, desto mehr schien Alex sich zu entspannen. »Ach ja? Gut, wir waren beide betrunken, das stimmt. Jetzt sind wir es nicht - und trotzdem ist da dieselbe Anziehungskraft wie am Wochenende. Sag nicht, dass du es nicht spürst.«

Ich sprang auf und begann, durch den Raum zu tigern, für den Moment zu aufgewühlt, um einfach sitzen zu bleiben. Alex hatte es auf den Punkt gebracht - doch er hatte den wesentlichen Unterschied noch nicht genannt. »Das mag vielleicht sein«, lenkte ich daher knurrend ein, bevor ich zum springenden Punkt kam. »Aber der wirklich wesentliche Unterschied ist doch ein ganz anderer!« Mitten in der Bewegung blieb ich stehen, stemmte meine Hände in die Hüften und fixierte ihn so streng wie möglich. »Falls du es vergessen hast - unsere Eltern werden heiraten! Am Samstag waren wir uns völlig unbekannt - und nun werden wir bald so etwas wie Familie sein!«

»Das, meine Liebe«, elegant glitt Alex von seinem Stuhl und kam auf mich zu, »ist aber doch nicht *wesentlich*. Wie du es schon sagtest: *so etwas* wie Familie. Es gibt kein Gesetz, das verbietet, dass wir miteinander ausgehen.« Direkt vor mir blieb er stehen - so nahe, dass ich seinen warmen Atem spürte, der über mein Gesicht strich. »Nicht einmal, dass wir uns küssen.«

Ehe ich mich versah, lag ich ihn seinen Armen. Seine Hand umschlang meinen Nacken, sanft aber bestimmt, und zog mein Gesicht zu ihm hinauf. »Lass das«, erwiderte ich schwach, doch meine Worte versickerten im Nirgendwo zwischen uns. Die wenigen Millimeter, die sein Gesicht noch von dem meinen trennten, knisterten vor Erregung - Erregung, die aus unseren Poren strömte wie ein dickes, schweres Parfüm.

»Und du willst behaupten, dass wir das einfach so lassen können?«, wisperte er heiser. Seine Stimme vibrierte vor Verlangen. »Ich könnte dich hier und jetzt küssen - was würdest du tun?«

Ich konnte nichts erwidern. Was hätte ich sagen sollen? Ich traute meiner Stimme nicht, hatte Angst vor dem, was ich vielleicht sagen würde. Mein Kopf war wie leergefegt. Alles, was ich spürte, war mein pulsierender Herzschlag.

So schnell, wie er mir nahegekommen war, zog er sich auch wieder zurück, und hinterließ eine schmerzende Leere und einen Hauch seines Geruchs. Ich blinzelte und konnte mir ein enttäuschtes Aufstöhnen nur schwer verkneifen.

Fast schon spöttisch verzogen sich Alex' Mundwinkel, als er auf den Tisch deutete. »Ich schlage vor, wir beginnen einfach mit der Wohnungssuche. Alles andere lässt sich ja doch nicht so einfach zwischen uns klären, nicht wahr?«

Verdammt nochmal, er hatte Recht. Und ich hasste es.

* * *

Die Suche gestaltete sich als nicht allzu einfach. Ich musste feststellen, dass Alex ganz schön hohe Ansprüche an seine zukünftige Wohnung hatte.

Nachdenklich tippte ich mit meinem Kuli auf den

Zettel, wo mir eine lange Liste der Bedingungen entgegensprang. »Am besten erster oder zweiter Stock, Balkon, mindestens drei Zimmer, Bad mit Tageslicht, Einbauküche, hohe Decken und zentrumsnah - das sind die wichtigsten Kriterien, habe ich das richtig verstanden?«, wiederholte ich erneut, um mir die Punkte einzuprägen.

Nachdenklich nickte Alex. »Genau. Ansonsten wäre es mir auch noch ziemlich wichtig, dass die Wohnung nicht komplett gefliest ist. Und ...«

»Hey, stopp!« Ich lachte auf. »Willst du eine bezahlbare Wohnung finden oder einfach bei Jürgen wohnen bleiben, bis er und meine Mutter sich was Eigenes suchen?«

Eine ganze Weile blickte er mich schweigend an, dann fuhr er sich verlegen über den Kopf. Fasziniert beobachtete ich, wie ganze Strähnen seines dicken, braunen Haars wirr stehen blieben. »So schlimm?«

Ich seufzte theatralisch. »Schlimmer. Bei den Ansprüchen wird es wirklich nicht einfach, zeitnah etwas zu finden. Außer wir haben großes Glück.« Ich sah, wie er sein Gesicht verzog, und hatte sofort Mitgefühl. »Sowas kommt vor.«

»Nicht so oft hintereinander«, murmelte er - so leise, dass ich es nur mühsam verstehen konnte, doch die Aussage war klar. Meine Ohren färbten sich rosa und ich starrte konzentriert auf den Bildschirm, wo eine neue Seite darauf wartete, von uns gescannt zu werden.

Nach einer Weile wurde uns bewusst, dass wir an diesem Abend nichts mehr finden würden. Der Wohnungsmarkt sah leider nicht so gut aus - insbesondere, wenn Alex sich nicht in der Lage sah, von einem Teil seiner Anforderungen abzurücken.

Ich konnte ihn ja verstehen. Er hatte genug Geld - eine Andeutung seinerseits hatte mir gereicht, um das zu verstehen - und zudem drei Jahre lang in einem ziemlich tollen Haus gewohnt. Er hatte mir versprechen müssen, mir beim nächsten Mal ein paar Fotos zu zeigen. Nicht dass das bezüglich der Wohnungssuche einen Unterschied machen würde, aber er hatte mich ernsthaft neugierig gemacht.

»Eigentlich hatte ich ja gehofft, dass wir nun auf ein paar Wohnungen anstoßen könnten«, seufzte Alex und griff nach dem Kindersekt, um die Flasche zu köpfen. »Ernsthaft, ich hätte nicht gedacht, dass es so schwer wird. Und ich wäre niemals auf all die Seiten gekommen, die du kennst.«

Offensichtlich war die Suche für heute abgeschlossen. Ein Blick auf die Uhr verriet mir, dass es mittlerweile auch schon halb elf war, spät also. Ich hatte gehofft, schon lange im Bett zu liegen, ein bisschen zu lesen und meine Gedanken herunterzukühlen. Dumm, dass nichts davon wahr geworden war.

»Wie wäre es, wenn wir es uns jetzt noch ein bisschen gemütlich machen?«, schlug ich stattdessen vor - ohne es verhindern zu können. Woher nur waren diese Worte gekommen? Anstatt sie zurückzunehmen, deutete ich auf das Sofa.

»Gerne«, erwiderte Alex freudig und stand auf. Seine Gelenke knacksten lautstark. »Lange genug auf diesen fiesen Stühlen gesessen.«

»So schlimm sind sie auch nicht«, murrte ich - wieder einmal peinlich berührt - und schnappte mir die Pombären, bevor ich ihm voraus die Couch ansteuerte.

»Du lässt dich ganz schön leicht aus dem Konzept

bringen.« Zwar ließ Alex sich auf der Couch nieder, doch er wählte das andere Ende, drehte sich so, dass die Armlehne in seinem Rücken war, und zog ein Bein auf die Sitzfläche. Als er eine offensichtlich bequeme Position gefunden hatte, prostete er mir zu. »Auf dich. Danke, dass du mir bei dieser ganzen Geschichte hilfst.«

»Nicht der Rede wert«, murmelte ich, als ob es das wirklich wäre. In Wahrheit war es alles andere als selbstverständlich für mich und am liebsten hätte ich von jedem weiteren Treffen abgesehen, aber das würde wohl nicht gelingen.

»Mein Vater ist ganz schön glücklich«, wechselte Alex so plötzlich das Thema, dass ich kurz blinzeln musste, bevor ich ihn verstand.

Erleichtert ließ ich mich darauf ein. »Ja, so glücklich wie meine Mutter.«

»Kannst du mir ein bisschen was erzählen? Natürlich hat Dad auch schon etwas dazu gesagt, aber Frauen sind da doch immer ... detailverliebter. Wie haben sie sich kennengelernt?«

Diese Frage verwunderte mich doch ein bisschen. Klar, Frauen waren *detailverliebter.* Und Männer interessierten sich für eben solche Details normalerweise nicht. Dass sich dieser spezielle Mann in mancherlei Hinsicht vom Durchschnitt abhob, hätte mich jedoch nicht verwundern sollen. Im Grunde konnte mir das jedoch egal sein - er hatte mich gefragt und ich würde ihm nur zu gerne antworten, denn bei diesem Thema gab es kein Konfliktpotential.

»Es war ganz klischeehaft«, begann ich grinsend. »Auf der Arbeit.«

»Im Krankenhaus, richtig?«, hakte Alex mit

blitzenden Augen nach.

»Genau. Meine Mutter ist Krankenschwester. Sie war gerade auf der Notfallstation, als dein Vater eingeliefert wurde. Er hatte einen Fahrradunfall und hat sich dabei den Arm fies gebrochen.«

Alex lachte laut auf. »Stimmt, ich erinnere mich. Einer der wenigen Versuche, auf zwei Rädern unterwegs zu sein. Zum Glück hat er nie mit einem Motorrad geliebäugelt.«

Ich stimmte in sein Gelächter ein. »Gott sei Dank. Ich schätze, dann wäre das Treffen der beiden nicht ganz so ergiebig gewesen.«

In der folgenden Zeit berichtete ich von der Anfangszeit unserer Eltern, die sich auf so zufällige Art und Weise kennengelernt hatten. Mit Schalk in den Augen erzählte ich, dass Jürgen noch oft auf seinen gebrochenen Arm anspielte. Immer, wenn meine Mutter sich aufregte, behauptete er, dass sein längst verheilter Bruch schmerzen würde. Das sorgte stets für einen Lacher und der Ärger war vergessen.

Es tat gut, mit Alex über all das zu sprechen, da er zumindest einen der beiden Personen gut kannte. Ich entspannte mich merklich und begann, die Situation zu genießen.

Als ich um kurz vor zwölf auf die Uhr schaute, zuckte ich erschrocken zusammen. Ich hatte die Zeit ganz vergessen und nicht damit gerechnet, dass es schon so spät sein würde. Zum Glück verstand Alex den Wink mit dem Zaunpfahl und schlug geschäftig auf die Oberschenkel.

»Es wird wohl Zeit zu gehen, was?«, scherzte er. Unsere Blicke verschränkten sich und das erste Mal seit Stunden spürte ich erneut, wie das Feuer zwischen uns aufloderte. Plötzlich kam mir die

Distanz zwischen uns nicht mehr weit genug vor und ich erhob mich so schnell von der Couch, dass sich alles in meinem Kopf drehte.

»Hola, pass auf!« Schon war Alex an meiner Seite und stützte mich leicht. »Du sollst doch nicht stürzen, wenn ich in der Verantwortung bin.«

»Ha, ha!« Seine Nähe machte mich benommen, seine Aussage ärgerte mich. Eilig riss ich mich von ihm los und eilte voraus in den Flur, um Alex nach draußen zu geleiten.

»Wann sehen wir uns wieder?«, fragte er mit heiserer Stimme.

Einmal mehr versuchten seine Augen, mich in den Bann zu ziehen, doch dieses Mal blieb ich resistent. Kurz fragte ich mich, weshalb genau er mich denn wiedersehen wollte. Ich zuckte mit den Schultern.

»Wie wäre es mit Samstag? Wir könnten erneut den Wohnungsmarkt scannen und dann vielleicht etwas unternehmen? Mich würde interessieren, wie sich der hiesige Restaurantspiegel verändert hat.«

Aaaaah, Samstag ... ich wusste nicht, ob ich mich freuen sollte oder nicht, dass ich an diesem speziellen Tag schon verplant war. »Leider habe ich da keine Zeit«, erklärte ich. Ein komischer Ton schwang in meiner Stimme mit. Und noch bevor ich darüber nachdenken konnte, redete ich schon weiter. »Aber ich könnte dir Freitag anbieten?«

Alexanders Augen, die sich zunächst vor Enttäuschung verdunkelt hatten, blitzten wieder auf. »Das klingt gut. Sieben Uhr bin ich bei dir, ja?«

Mehr als ein Nicken konnte ich nicht zustande bringen, da nahm er mich schon in den Arm, murmelte ein »Gute Nacht, Süße« und verschwand in der grell aufleuchtenden Helligkeit des Hausflures und aus meinem Sichtfeld.

Kapitel 7

Die restlichen Tage bis zum Wochenende verflogen nur so. Interessanterweise machte mich der Gedanke an Freitag weitaus nervöser als die Tatsache, dass ich am Samstag noch einmal in die Familie von Markus eintauchen würde, doch die Gründe hierfür wollte ich nicht näher beleuchten.

Am Freitag hatte ich wie üblich keine Vorlesungen und das war auch ganz gut so. Ich brauchte den Tag dafür, mich auf das anstehende Wochenende vorzubereiten und nichts konnte mir dabei besser helfen als ein Shoppingtrip mit Freundinnen. Da Lena leider länger arbeiten musste - der blöde Werbeauftrag raubte ihr den letzten Nerv - war ich diesmal mit Sandra alleine unterwegs. Fröhlich plappernd trabte sie neben mir her, während ich nachdenklich durch die Läden streifte, immer auf der Suche nach etwas, was ich nicht benennen konnte.

Da ich wusste, wie wenig Sandra von meinem morgigen Plan hielt, versuchte ich das Thema so gut wie möglich zu vermeiden, doch das gestaltete sich leider als ziemlich schwierig. Meistens versuchte sie es ganz beiläufig, mich in eine etwaige Richtung zu schubsen, nur um mir dann ihre Meinung sagen zu können.

Etwa, als wir uns in einer Abteilung in einem großen Bekleidungsgeschäft befanden, die vor allem schickere Klamotten anbot. Nachdenklich befingerte Sandra einen samtigen Stoff und warf mir dann einen schrägen Blick zu. »Und, musst du dich morgen so richtig aufbrezeln oder wie sieht's aus?«

Ich antwortete mit einem Schnauben. »Liebes, du weißt doch ganz genau, dass ich mich noch nie *so richtig aufbrezeln* musste, wenn in der Familie etwas war, oder?«

Daraufhin konnte Sandra nur mit den Schultern zucken. »Ich meine ja nur.«

Fast schon witzig war es, als wir in einem Drogeriemarkt durch die Gänge schlurften, immer auf der Suche nach neuesten Schnäppchen oder einer möglichen neuen Nagellackkollektion unserer Lieblingsmarke. Witzig war es, weil Sandra erneut mit dem Thema anfing, als wir gerade die Windeln passierten. »Wie alt wird sie nochmal? Achtzig?«

»Ja, genau«, stimmte ich zu, ohne weiter auf das Thema einzugehen. Am liebsten hätte ich jedoch nachgefragt, wieso Sandra ausgerechnet jetzt daran hatte denken müssen. Aber vielleicht war es ja auch einfach nur mein bekloppter Kopf, der diese Verbindung hergestellt hatte - und das machte mich nicht besser.

Doch womit Sandra mich schließlich vollkommen kalt erwischte, war die Frage nach einem Geschenk.

»Ähm«, brachte ich lediglich hervor und wurde sofort blass um die Nase. »Daran habe ich ehrlich gesagt gar nicht gedacht.«

»Das denke ich mir«, nickte Sandra und tippte mit ihrem Zeigefinger ans Kinn. »Ist ja auch eine schwierige Kiste. Ich meine, musst du ihr etwas schenken? Und wenn ja - was? Andererseits - sieht es nicht vielleicht komisch aus, wenn du ihr etwas schenkst und unabhängig von dir auch Markus?«

»Du machst es ja kompliziert«, stöhnte ich auf und

tat das Einzige, was mir logisch erschien: Ich angelte nach meinem Handy und tippte eilig eine Nachricht an meinen Ex-Freund. Er hatte mir sowieso noch überhaupt nichts Näheres verraten - zum Beispiel wann ich wo sein musste - und konnte mir bei diesem Dilemma hoffentlich auch weiterhelfen.

Während ich nervös auf eine Antwort wartete, vertrieben wir uns die Zeit in einem weiteren Bekleidungsgeschäft. Ich brauchte etwas Neues zum Anziehen, auch wenn mein Kleiderschrank ziemlich voll war. Doch was zog man an einem solchen Abend an?

Ja, ich dachte tatsächlich an den heutigen Abend - nicht an das Familienfest. Für den Anlass hatte ich ausreichend Auswahl. Eine Bluse, ein hübscher Rock, alles kein Problem.

»Wonach genau suchst du eigentlich?«, drang Sandras Stimme zu mir durch. Sie klang neugierig und irgendwie auch ein bisschen besorgt. Als mir bewusst wurde, dass ich nun schon seit einer gefühlten Ewigkeit eine Jeans anstarrte, zuckte ich schuldbewusst zusammen.

»Etwas für heute Abend«, gab ich leise zu.

»Was ist denn heute Abend?« Sandras Stirn zog sich kraus. »Habe ich irgendetwas vergessen?«

Ich fand es süß, dass sie sofort dachte, dass ich mich für uns schick machen wollte, musste ihre Illusion jedoch leider platzen lassen. »Nein, hast du nicht.« Und weil ich es ja sowieso nicht verhindern konnte, redete ich weiter. »Ich treffe mich mit Alex.«

Sofort zog Sandra ihre linke Augenbraue so weit nach oben, dass sie fast unter ihrem Pony verschwand. »Ach. Aber da ist rein gar nichts, ja?«

Augenblicklich schoss mir die Hitze ins Gesicht

und ich wandte mich ruppig ab. »Natürlich nicht!« Energisch pflügte ich durch die Stände und hielt Ausschau nach dem richtigen Outfit. Doch wie sollte man das finden, wenn man selber nicht einmal wusste, was einem bevorstand? Was richtig war? Meine Gefühle spielten verrückt und das war nicht richtig.

Hätten wir uns doch niemals geküsst ...

»Wie wäre es hiermit?« Grinsend hielt Sandra mir einen Arm voller Klamotten hin und ich befürchtete schon, dass sie mir knappe Oberteile und Miniröcke zusammengesucht hatte, doch zum Glück war meine Freundin besser als ihr Ruf. Ich sah eine Mischung aus Jeansstoff, Blümchenmuster und dezenten Pastellfarben - Sachen, die ich mir auch so gerne aus dem Regal fischte. Derzeit war ich tatsächlich viel zu abgelenkt, um die schönen Dinge zu erkennen, weshalb ich ihr dankbar zunickte. »Wo ist die Kabine?«

* * *

Wir verließen den Laden etwa eine Stunde später. Ich trug zwei prall gefüllte Taschen und auch Sandra war fündig geworden. Wie sie das geschafft hatte, war mir ein Rätsel, denn es hatte sie viel Aufmerksamkeit gekostet, mich zu einem gelungenen Einkauf zu verleiten und mir die passenden Sachen herauszusuchen, während ich trampelig von einer Ecke des Ladens in die andere gewuselt war, ohne wirklich etwas zu finden.

Dennoch strahlte ich nun über beide Wangen, ebenso wie Sandra, denn es gab einfach nichts Besseres, als erfolgreich Geld für schöne Dinge auszugeben.

»Jetzt ein Eis!«, schlug ich laut vor und deutete auf den Italiener, bei dem man bekanntlich die beste Eiscreme der ganzen Stadt bekam. Ein kurzer Blick auf die Uhr bestätigte mir, dass ich noch ausreichend Zeit für diesen Genuss hatte.

»Sehr gerne«, stimmte meine Freundin zu und folgte mir.

Wir wählten einen Tisch, der mitten in der Sonne stand und einladend blitzte. Es grenzte an ein Wunder, dass er überhaupt passend frei geworden war, denn im gesamten Umkreis war sonst kein einziger freier Platz zu finden. Noch immer euphorisch von dem gelungenen Einkauf, konnte ich mir ein Grinsen nicht verkneifen. »Jetzt wendet sich doch alles zum Guten, hm?«

»Ich wüsste zwar nicht, dass es vorher schlecht gewesen wäre, aber okay!«, konterte Sandra und reckte sich seufzend der Sonne entgegen. »Du bist jetzt super ausgestattet für heute Abend, aber du hast mir noch gar nicht verraten, was ihr eigentlich macht.«

Ich kratzte mir nachdenklich den Kopf. »Wenn ich das so genau wüsste. Wir gucken auf jeden Fall erstmal wieder nach Wohnungen.«

Erneut zog Sandra gekonnt ihre Augenbraue hoch. »An einem Freitagabend.«

»An einem Freitagabend.« Ich nickte ihr leicht zu. »Und danach mal schauen. Ich glaube, dass Alex ausgehen will. Aber wohin - keine Ahnung. Vielleicht gehen wir ein paar Cocktails trinken oder so.« Ich unterbrach mich, da der Kellner erschien. Während wir unsere Bestellung aufgaben, überlegte ich, ob ich vollkommen ehrlich zu Sandra sein sollte oder nicht.

Es war nicht sonderlich einfach, zu einer Antwort zu kommen, da ich mir selber noch nicht ganz im Klaren war, was ich eigentlich wollte.

Zum Glück nahm sie mir die Entscheidung ab. »Und dann? Das ist doch sicher nicht alles, oder? Jetzt mal im Ernst, Emmi. Was läuft da eigentlich? Dir ist schon klar, dass du dabei bist, im völligen Chaos zu versinken, oder?«

Ich kannte sie zu Genüge, um ihr diese Aussage nicht übel zu nehmen. Ich wusste, dass Sandra manchmal recht ruppig herüberkam, doch in Wirklichkeit war sie ein herzensguter Mensch, und ich wusste, dass ihr sehr viel an mir lag. Es war ihre Art und Weise, ihre Zuneigung zu zeigen - sie kümmerte sich.

»Übertreib mal nicht so«, brummelte ich liebenswürdig. »Ich weiß wirklich nicht, wie es weitergeht. Wohin die Reise führt. Ich hoffe von Herzen, dass wir es schaffen, normal miteinander umzugehen. Ich kann mir einfach nicht vorstellen, mit jemandem zusammen zu sein, der per definitionem mein Stiefbruder ist, verstehst du?«

»Da spricht dein Verstand, aber was ist mit deinem Herz?«

Diese Frage hätte mich nicht verwundern sollen - und dennoch musste ich eine Weile schweigen. Zum Glück kam unser Eis und ich hatte etwas, womit ich mich beschäftigen konnte.

»Also wirklich.« Mit dem Mund voller Schokoladeneis fuchtelte Sandra mit ihrem Löffel durch die Luft. Sie schaffte es tatsächlich, mich mit dem blankgeputzten Metall zu blenden. »Ihr habt rumgemacht und jetzt trefft ihr euch das dritte Mal in einer Woche. Hallo?«

Ich schob meine Unterlippe hervor. »Das erste Mal zählt nicht, das war unser Pflicht-Kennenlernen. Da waren unsere Eltern anwesend.« Seufzend dachte ich daran, dass so dieses Chaos erst begonnen hatte. Warum konnte Alex nicht einfach irgendjemand sein? Dann hätte ich mich vielleicht wirklich auf ihn einlassen können. Immerhin hatte er an jenem Abend ja auch nach einem Date fragen wollen ... ich riss mich zusammen. Es war müßig, sich solchen Gedankenspielereien hinzugeben.

»Dann halt zweimal.« Ungnädig richtete sich der Löffel direkt auf mein Gesicht. »Und du bist eindeutig nervös. Immer, wenn ich von Alex rede, hast du ganz rosafarbene Wangen. Und deine Augen leuchten. Also tu mir den Gefallen und lüg uns beide nicht mehr an, ja?«

Manchmal wünschte ich mir wirklich, dass Lena da wäre. Oder dass Sandra ein bisschen mehr von Lenas weicher Diplomatie besaß. Aber auch das waren unnütze Gedankenspielereien. »Was willst du von mir hören?«, fauchte ich ungehalten los. »Ich mag ihn, ja. Verdammt nochmal, ich finde ihn heiß! Ich wünschte, ich könnte meinen dämlichen Kopf ausschalten und einfach reinfallen in diese Geschichte, aber ich kann es eben nicht!«

Noch bevor ich ihr Grinsen sah, wusste ich, dass Sandra erreicht hatte, was sie wollte. Ich fühlte mich in die Ecke gedrängt und ertappt und hätte am liebsten den gesamten, leicht geschmolzenen Inhalt meines Eisbechers in ihren Schoß geschüttet.

»Ich wusste es doch«, war alles, was sie triumphierend sagte.

Kapitel 8

Bald würde Alex vorbeikommen - das war alles, woran ich denken konnte. Dieses Mal wären wir wenigstens nicht alleine, denn meine Mutter blieb heute Abend zu Hause. Jürgen hatte seinen monatlichen Stammtisch und in den wollte sie sich nicht integrieren. »Männersache«, nannte sie das immer schmunzelnd und kuschelte sich dann auf dem Sofa ein, um irgendwelche Schmonzetten zu lesen.

Wir saßen gerade beim Abendessen. Ich versuchte, mich über den leckeren Auflauf zu freuen, den ich für gewöhnlich in Windeseile aufaß, doch heute blieb mir jeder Bissen viel zu lange im Hals stecken.

Natürlich blieb das meiner Mutter nicht verborgen. »Also, schieß los. Was ist mit dir, hm?« Aufmunternd legte sie ihre Hand auf die meine und blickte mich aus warmen, braunen Augen an.

Ich hatte schon genügend Bekenntnisse für einen Tag hinter mir und versuchte deshalb, vom Thema abzulenken. »Ach, keine Ahnung. Ich bin ein bisschen erschöpft. Mehr nicht!«

»Als ob.« Leider war meine Mutter ähnlich direkt wie Sandra. »Hat es mit morgen zu tun?«

Ich verdrehte genervt die Augen. Irgendwie machte mein Umfeld ein größeres Drama daraus, als ich vermutet hatte. Immerhin hatten Markus und ich uns ja nicht im Streit getrennt oder so. Es war auch nicht allzu überraschend gekommen. Wieso also dieses Misstrauen aus jeder Richtung? »Nein, ich schätze nicht.« Mir fiel ein, dass ich noch nicht wieder nachgeschaut hatte, ob Markus mir meine Fragen beantwortet hatte. Es ärgerte mich ein bisschen, dass noch keine Reaktion von ihm gekommen war. Meine Hand hatte das Handy fast schon ertastet, als ich mich zurückhielt. Meine Mutter konnte ganz schön ungehalten werden, wenn man bei Mahlzeiten sein Smartphone hervorholte.

»Jedenfalls bist du ganz schön durcheinander«, stellte meine Mutter schulterzuckend fest. »Und du hast dich gerade ordentlich bekleckert.«

Fluchend blickte ich an mir herunter - tatsächlich. Ein großer Klecks Tomatensoße floss langsam an meiner rechten Brust herab. Na super. Wie gut, dass ich mich noch nicht für den Abend umgezogen hatte. Eilig tupfte ich ein bisschen an dem Fleck herum, doch mehr als Serviettenfussel auf meiner Bluse zu verteilen schaffte ich dadurch auch nicht. Seufzend gab ich den Kampf auf. »Wie laufen eure Planungen?«, wechselte ich eilig das Thema, damit ich nicht mehr im Mittelpunkt stand. Ich konnte das wissende Lächeln nicht mehr sehen.

Schon verwandelte meine Mutter sich in ein strahlendes Bündel. »Oh, wir überlegen gerade, welches Datum uns am besten passt. Vielleicht nehmen wir tatsächlich unseren Jahrestag!«

Ich verschluckte mich an meinem Wasser. »Was?« Mit weit aufgerissenen Augen und einem kaum zu bändigenden Hustenanfall starrte ich sie an. »Aber - das ist doch schon in wenigen Monaten!«

»Ja und?« Karin blickte mich ungerührt an. »Was ist so schlimm daran?«

»Das ... aber ... ich meine, das ist doch schon bald! Die Planung ... ist das nicht ein bisschen kurzfristig?«

Lachend tätschelte sie mir meine Wange. »Ach Emmi. Wir heiraten beide zum zweiten Mal, standesamtlich. Wir brauchen keine ausladende Feier, das haben wir bereits hinter uns. Ein kleiner Kreis, unsere Familie und unsere engsten Freunde. Wir wollen kein großes Tamtam.«

Mir wurde bewusst, dass ich niemals darüber nachgedacht hatte, warum Jürgen alleinstehend war. Dass er einen erwachsenen Sohn hatte, war ein deutlicher Hinweis darauf, dass es bereits einmal eine Frau in seinem Leben gegeben haben musste, doch da besagter Sohn noch bis vor kurzem weit außerhalb meiner Wahrnehmung geschlummert hatte, war mir niemals der Gedanke an diese Vergangenheit gekommen. Nun spürte ich, wie Neugierde in mir aufflammte. »Ich habe nie gefragt. Wieso ist Jürgen eigentlich geschieden?«

Ein trauriger Ausdruck huschte über das Gesicht meiner Mutter und augenblicklich bereute ich meine Frage. Wie trampelig konnte ich auch sein? Sie erzählte mir von den Hochzeitsplänen - und dann das? Doch bevor ich etwas hinzufügen konnte, redete sie weiter. »Er ist nicht geschieden - nicht so, wie du denkst. Jürgen ist seit langen Jahren Witwer.«

»Oh.« Mehr fiel mir dazu nicht ein. Nun war mein Appetit endgültig verflogen. Mit bedauerndem Ausdruck starrte ich meine Mutter an. Würde sie weiterreden wollen?

»Seine Frau starb an Krebs, eine ganz unschöne Sache«, führte sie ihre Aussage tatsächlich fort. »Es ist aber schon lange her, mittlerweile fast zehn Jahre. Jürgen hat sehr lange gebraucht, sich wieder auf wen Neues einzulassen.«

Ich konnte mich nicht erinnern, dass meine Mutter

jemals über dieses Thema gesprochen hatte, und die Tatsache, dass sie es nun tat, erfüllte mich - trotz der traurigen Umstände - mit Wärme. Neugierig faltete ich meine Hände und forderte sie stumm dazu auf, weiterzureden.

»Als wir uns kennenlernten, hatte er gerade seine ersten Datingversuche hinter sich.« Meine Mutter lachte kurz auf, amüsiert. »Alles nicht sonderlich erfolgreich. Als er in der Notaufnahme landete, hatte er mit dem Thema eigentlich erneut abgeschlossen. Wie gut, dass ich damals Dienst hatte.«

Jedem einzelnen Wort konnte man anhören, wie sehr meine Mutter Jürgen liebte. Ich spürte, wie sich ihr Glück auf mich übertrug. »Ich freue mich so sehr für euch«, erklärte ich aus tiefstem Herzen und erntete ein glückliches Lächeln.

»Danke schön, mein Schatz. Ich wünschte, das könnte ich auch über dich behaupten. Du passt morgen gut auf dich auf, ja?«

So schnell hatten wir das schöne Terrain wieder verlassen. Ich musste mir ein Zähneblecken verkneifen. »Es ist eine einmalige Sache, mehr nicht. Ich bin erwachsen, weißt du? Markus und ich sind kein Paar mehr, und daran wird sich auch nichts ändern.«

Wie sehr da ein gewisser junger Mann seine Rolle zu beitrug, verschwieg ich geflissentlich.

* * *

Nach dem Abendessen kontrollierte ich als Erstes meine Nachrichten. Immer noch nichts. Am liebsten hätte ich lautstark geflucht. Ich überlegte ernsthaft, die ganze Sache abzusagen, immerhin war es ein

Gefallen, um den Markus mich gebeten hatte. Wenn er nun meinte, mich derart in der Luft hängen lassen zu müssen, dann sollte er doch einfach sehen, wo er blieb ...

Leider ging es bei der Sache jedoch nicht um ihn, sondern vor allem um Christa. Also legte ich mein Handy wieder beiseite und kramte meine Sachen zusammen, um mich für den Abend herzurichten.

Das Wissen, dass ich in weniger als einer Stunde Alex wiedersehen würde, legte sich über alles, verdrängte alle anderen Gedanken. Unweigerlich musste ich an Sandra denken, die ihr Bestes gegeben hatte, damit ich mich mit dem Unweigerlichen auseinandersetzte.

Ich wollte Alex. Verdammt nochmal, ja, ich wollte ihn. Aber ich würde meinem Instinkt nicht nachgeben. Nicht dieses Mal. Ich war erst seit kurzem wieder Single, ich hatte mir geschworen, nun erstmal alleine zu bleiben. Und Alex gehörte schon bald zur Familie. Ich hoffte nur, wir würden irgendwie Freunde werden ...

Mit geübten Händen wusch ich meine Haare, schrubbte meinen Körper, bis er frisch duftete, und hüllte mich anschließend in meinen weichen Bademantel. Da mir nicht mehr allzu viel Zeit blieb - das Abendessen mit meiner Mutter hatte länger gedauert als gedacht - ließ ich mir nicht so viel Zeit wie sonst. Schminken, Haare föhnen, in meine neuen Klamotten schlüpfen - all das versuchte ich so parallel wie möglich zu tun, ohne am Ende wie ein gerupftes Huhn auszusehen. Zum Glück gelang mir diese Herausforderung einigermaßen. Die neue Jeans, die ich mir heute gegönnt hatte, lag mir wie eine zweite Haut an. Das flatterige, in verschiedenen Blautönen gehaltene Oberteil, das ich dazu trug, vermittelte einen lockeren und gleichzeitig eleganten Flair. Ich fühlte mich erwachsen und hübsch und gleichermaßen ein bisschen sexy. Diese Mischung gefiel mir - auch wenn ich ohne Sandra niemals dazu gekommen wäre, so etwas auszuprobieren. Für gewöhnlich liebte ich meinen leicht sportiven Look viel zu sehr, um herumzuexperimentieren. Mein Haar schlang ich zu einem losen Knoten im Nacken. Ein paar Strähnen waren noch feucht und kringelten sich hinter meinen Ohren, doch das war okay. *So* eine Lady wollte ich dann doch nicht sein.

In meine Ohren steckte ich silberne Hängeohrringe, die mit kleinen, dunkelroten Steinchen besetzt waren. Sie sollten meine Highlights darstellen. Gerade überlegte ich, ob ich auch noch mein Piercing im Ohr wechseln sollte - ich hatte einen passenden Stecker in Rot - als es an der Tür klingelte.

»Verdammt nochmal«, fluchte ich leise vor mich hin und prüfte ein letztes Mal mein Aussehen. Für meinen Geschmack ein bisschen zu rot im Gesicht, aber das war kein Wunder. Ich hatte zu lange im Dampf des Badezimmers gestanden. Alles an mir schrie nach »Date«, und das gefiel mir noch weniger, aber ich konnte leider nichts dagegen tun. Ich hatte mich einfach herausputzen müssen.

»Emmi? Dein Besuch ist da!«, rief meine Mutter aus dem Flur und ich fluchte ein zweites Mal, diesmal leise. Kurz war ich mir unsicher - hatte ich Mama überhaupt gesagt, dass Alex vorbeikam? Ich warf mir einen kritischen Blick zu und zuckte dann mit den Schultern. Mein Gott, wir wollten nach Wohnungen suchen. Mehr nicht.

»Ich komme«, rief ich ebenso laut zurück und

drehte mich endgültig um. Es wurde Zeit, sich dem Abend zu stellen.

***

Alex hatte sich ebenfalls ganz schön herausgeputzt, wie ich feststellen musste. Sein dunkelbraunes Haar hatte er mit Gel gebändigt - wow, eine kleine Mietze in meinem Magen brummte zustimmend auf - und schon von weitem roch ich sein Aftershave, das mich jedes Mal aufs Neue an jenen Abend in der Disko erinnerte. War das wirklich erst eine Woche her?

Er schlüpfte gerade aus seinen Schuhen und plauderte fröhlich mit meiner Mutter, die grinsend im Türrahmen des Wohnzimmers stand, die Arme locker vor der Brust verschränkt.

»Ah, da bist du ja!«, richtete sie ihre Worte an mich, als ich das Bad verließ und die wenigen Meter bis zur Wohnungstür hinter mich brachte. »Ich wusste gar nicht, dass Alex vorbeikommt.«

»Doch, doch. Wohnungssuche und so«, murmelte ich leise, ohne meinen Blick von ihm zu lassen. Verdammt, ich war wirklich viel zu auffällig - doch was sollte ich tun? Einmal mehr fiel mir sein Körperbau auf; seine schmale Taille, die von breiten, muskulösen Schultern überragt wurde. Das enge Shirt, das er trug, betonte seinen unglaublichen Oberkörper. Erneut fragte ich mich, wo der blöde Klischee-Bierbauch war, den ich ihm eigentlich angedichtet hatte. »Hi.«

»Hallo Emily.« Fast schon förmlich trat Alex auf mich zu und hauchte mir einen Kuss links und rechts auf die Wange.

Ähm, was? Ich konnte nur starren. Die Haut, die er

nur fast berührt hatte, prickelte warm.

»Gut siehst du aus.« Dunkles Blau traf verwirrtes Grau, als unsere Blicke sich verschränkten.

»Danke ... du auch.« Ich stotterte. Ernsthaft?

Ein leises Kichern deutete darauf hin, dass wir nicht alleine waren, und erschrocken stellte ich fest, dass meine Mutter uns nicht aus den Augen ließ. Ihr Blick war wissend, ganz eindeutig, und ich hätte am liebsten aufgestöhnt. So viel dazu. Ich wusste schon jetzt, dass mir einige Fragen bevorstanden. Verdammt!

»Wo wollt ihr euch hinsetzen?« Meine Mutter übernahm erneut die Führung. »An den Esstisch?«

Ich schaffte es, mechanisch zu nicken. »Ja, da saßen wir beim letzten Mal auch schon. Ich hole eben meinen Laptop.« Es kam mir vor wie eine kurze Flucht, und ich war froh darum. Warum schaffte Alex es jedes Mal aufs Neue, mich derart umzuhauen? Mit nichts? Er hatte nichts getan - hatte einfach dagestanden - und ich fühlte mich wie ein dämlicher, verknallter Teenager. Das musste aufhören!

In meinem Zimmer sprühte ich mir eilig etwas von meinem Lieblingsparfüm auf das Schlüsselbein und auf meine Handgelenke und kniff mir kurz in die Wangen. *Alles gut, reiß dich jetzt zusammen!* Ich musste den Abend einfach überstehen, ohne mich selbst zu verlieren! Mit neuer Entschlossenheit und dem festen Vorsatz, mich nicht wieder so von Alex durcheinanderbringen zu lassen, schnappte ich meinen Laptop und kehrte langsam ins Esszimmer zurück.

Schon im Flur konnte ich hören, wie Alex und meine Mutter lachend plauderten. Ganz offensichtlich verstanden sich die beiden gut und ein Lächeln schlich sich auf meine Lippen, da mir diese Tatsache gefiel.

Meine Mutter rückte gerade Gläser zurecht, als ich das Wohnzimmer betrat. Offenbar hatte sie sich dazu entschieden, dass es Zeit für einen Wein war. Zum Glück der Weiße, den mochte ich besonders gerne. Sie schenkte drei Gläser ein, während ich mich neben Alex auf einen Stuhl setzte. »Heute nicht so lange, damit es dein alter Körper mitmacht?«, stichelte ich so leichtherzig wie möglich und griff dankbar nach dem Glas, das meine Mutter mir reichte.

»Das will ich doch hoffen«, antwortete Alex, ohne auf die freche Anspielung einzugehen. Erneut nahm sein Blick mich gefangen und sorgte dafür, dass ganz viele kleine Schmetterlinge in meinem Magen aufwirbelten. »Ich habe noch andere Pläne für diesen Abend.«

Dazu fiel mir nichts ein, weshalb ich mich auf eine dämliche Antwort beschränkte. »Davon will ich dich natürlich nicht abhalten.«

Alex lachte leise auf. »Du meinst wohl uns. Diese Pläne involvieren dich nämlich, schon vergessen?«

»Dann stoßen wir mal auf diesen Abend an!« Einmal mehr zerriss meine Mutter den Bann zwischen uns. Ich wusste nicht, ob ich darüber froh sein sollte - oder ob ich mir lieber wünschte, sie wäre gar nicht hier.

»Auf den Abend!«

Klirrend stießen wir unsere Gläser aneinander. Ich konnte es kaum erwarten, mir einen leichten Schwips anzutrinken, um die kommenden Stunden besser zu ertragen. Wie ich hoch erhobenen Hauptes hier rausmarschieren sollte, war mir leider noch nicht so klar.

Zum Glück zog sich meine Mutter zurück - zwar nur auf die Couch, aber immerhin. Die einschlägigen Seiten waren uns mittlerweile beiden bekannt, weshalb sich diesmal die Suche als etwas leichter gestaltete. Wir hatten beim letzten Mal eine E-Mail-Benachrichtigung eingerichtet, die Alex darüber informieren sollte, wenn passende Wohnungsangebote eingestellt wurden, doch irgendetwas schien schiefgegangen zu sein - er hatte keine einzige Benachrichtigung erhalten, obwohl seit dem letzten Mal einige neue Anzeigen eingestellt worden waren.

Diesmal sah es schon etwas besser aus.

»Schau mal, die da. Kannst du die in einem neuen Tab öffnen?« Seine Stimme klang aufgekratzt, als er auf eine Wohnungsvorschau zeigte.

»Maisonette?« Überrascht darüber folgte ich seinem Befehl. Ich hätte nicht damit gerechnet, dass ihm eine Etagenwohnung gefallen würde.

»Klar, wieso nicht? Ich mag alles, was ein bisschen spezieller ist.«

Die Wohnung sah fantastisch aus. 120 Quadratmeter groß, ein riesiger Wohn- und Essraum im ersten Stock und eine Wendeltreppe, die hinauf in eine riesige Galerie führte. Dort gab es genügend Platz für ein Schlafzimmer, für massig Schränke und Regale und eine Arbeitsecke. Als besonderes Highlight stellte sich aber der Zugang zur Dachterrasse heraus, über die man einen tollen Ausblick über die Südstadt hatte. Dazu ein frisch renoviertes Bad mit Dusche und Wanne. Nur die Küche fehlte leider.

»Die Wohnung ist bestimmt unbezahlbar. Oder schon weg«, murmelte ich leise vor mich hin, noch immer ganz überrascht von diesem tollen Schmuckstück inmitten aller Anzeigen.

»Gib mal her.« Alex übernahm das Ruder - in diesem Fall die kleine, quietschgrüne Computermaus - und scrollte durch die Anzeige. »Irgendwo steht bestimmt die Telefonnummer des Vermieters oder so.«

Tatsächlich wurde er fündig, ungefähr auf der Höhe des Mietpreises. Mir stockte der Atem. »Tausend Euro Warmmiete? Das ist ja unglaublich!« Für mich war das ein unbezahlbar hoher Betrag, doch Alex zuckte nur mit den Schultern. »Du hast doch die Anzeige gelesen, oder nicht? Die Bude ist renoviert und riesig, mal abgesehen von der zentralen Lage. 1000 Euro erscheinen mir da fast schon ein bisschen wenig.«

Verdammt, er hatte recht. Doch was mich mehr schockierte, war die Tatsache, dass er diesen Preis einfach so hinnahm. Wie viel Geld konnte ein Kerl wie er schon besitzen?

»So, ich rufe da jetzt an!«

Ich riss meine Augen auf. »Bist du verrückt? Es ist Freitag und nach acht Uhr!« Ich deutete auf die kleine Uhr an meinem Laptop und stieß dabei fast mein Glas um. Eilig griff ich danach und leerte es in einem Rutsch.

»Egal. Die Anzeige wurde erst vor einer knappen Stunde eingestellt. Ich rufe da jetzt an, sofort.« Alex' Stimme vibrierte vor Aufregung. »Immerhin steht dort ein Privatname. Wäre doch klasse, wenn ich die Maklergebühr umschiffen könnte - und dem Vermieter wäre das sicher auch recht!«

Sein plötzlich so selbstsicheres Auftreten schüchterte mich etwas ein. Ich fragte mich, wozu genau er mich eigentlich bei dieser Alibi-Wohnungssuche brauchte. In meinen Augen kam er auch sehr gut ohne mich zurecht.

Nur mit einem halben Ohr bekam ich mit, wie Alexander telefonierte. Ich scrollte erneut die Fotos durch und spürte so etwas wie Neid in mir aufflammen. Die Wohnung war wirklich wunderschön. Nie im Leben würde ich sie mir leisten können, würde nicht einmal mit dem Gedanken spielen, sie zu mieten - und Alex entschied im Bruchteil einer Sekunde, sein Glück zu versuchen.

»Emmi? Passt dir morgen?« Plötzlich riss er mich aus meinen Grübeleien. Ich sah seinen fragenden Blick, das Handy lose auf die Brust gelegt.

»Hm?«

»Na, hast du morgen Zeit? Für eine Wohnungsbesichtigung?« Seine Stimme war ungeduldig, aufgekratzt.

»Äh ...«

»Morgen hat sie leider keine Zeit«, rief meine Mutter vom anderen Ende des Raums aus. »Frag doch nach Sonntag!«

Gesagt, getan. Noch bevor ich etwas hinzufügen konnte, hatte Alex den Hörer bereits wieder am Ohr und redete geschäftig weiter. Mein Blick schweifte hinüber zur Couch, wo meine Mutter mir einen halb amüsierten, halb fragenden Blick zu warf. Ich konnte nur hilflos mit der Schulter zucken.

»Jeah!« Jubelnd schlug Alex auf die Tischplatte und ließ unsere Gläser erzittern. »Ich konnte den Typen dazu überreden, dass er die Wohnung bis Sonntag reserviert.«

»Was?« Das war nicht nur unüblich, es überraschte mich auch. Um nicht zu sagen - es überrumpelte mich. »Meinst du nicht, dass das ein bisschen voreilig ist?«

»So ein Quatsch!« Alex schüttelte heftig mit dem Kopf. Sein Grinsen war ziemlich ansteckend. »Du hast doch die Bilder gesehen - wenn die Wohnung auch nur halb so schön ist, wie sie dargestellt wurde ...«

»Irgendwo ist sicher ein Haken.« Oh, ich konnte so ein negativer Mensch sein!

Alex ließ sich nicht beirren. Er schenkte uns Wein nach und jubilierte weiter. »Das sehe ich dann noch früh genug. Aber bis Sonntag schnappt mir die keiner weg. Ich habe gesagt, dass wir um fünfzehn Uhr da sind, ich hoffe, dass dir das passt.«

Oh Mann. Das Wochenende wurde ja immer schlimmer. Heute Alex, morgen der Geburtstag, Sonntag wieder Alex ... wie sollte ich das nur überleben? Mit fragend hochgezogenen Augenbrauen nahm ich ihm ein Glas Wein ab. »Wieso willst du mich überhaupt dabei haben?«

»Ich bitte dich!« Nun klang er ehrlich überrascht. »Du hast die nervige Vorarbeit mit mir gemacht. Da schließe ich dich doch nicht aus, wenn es spaßig wird.« Sein Blick wurde dunkel. »Und vier Augen sehen mehr als zwei, nicht wahr?«

Nicht in der Lage, eine vernünftige Antwort zu geben, setzte ich das Glas an. Der Wein war in einem langen Schluck geleert.

Kapitel 9

Ich war mir nicht so sicher, ob es tatsächlich eine gute Idee war, doch als Alex mir bekräftigend zunickte, gab ich mich geschlagen.

»Okay, um zwölf am Capitol.« Ich nickte ebenfalls, obwohl mir bewusst war, dass Lena das nicht sehen konnte, und warf Alex einen kurzen Blick zu. »Bis später!«

Seufzend legte ich auf.

»Ich hoffe, du bist nun zufrieden«, erklärte ich säuerlich und nahm einen großen Schluck von meinem Mai Tai. Puh, ich hatte vergessen, wie stark dieses Gesöff war.

Seit etwa einer Stunde saßen wir bereits in einer kleinen Cocktailbar mitten in der Stadt. Sie war so etwas wie ein Geheimtipp; zentral gelegen, aber von außen nicht gerade überzeugend, war in diesem Laden eigentlich immer ein Tisch frei, wenn man sich einen Drink genehmigen wollte. Die Bar wurde von einigen Freunden geleitet, die sich sozusagen auf innere Werte verließen - und dieses Motto war auch Programm. Ich mochte die Einrichtung, die durch viele kleine Kitschdetails bestach. Nicht gerade typisch für eine moderne Cocktailbar, aber mit viel Liebe und individuell. Es war immer dunkel und schummerig, selbst mitten am Tag, wenn man bei Sandwiches und Kaffee einkehren konnte, doch ich war jedes Mal aufs Neue gerne hier. Dummerweise war das viel zu selten, denn Lena und Sandra bevorzugten die große Kultbar am anderen Ende der Innenstadt - so wie viele andere auch.

Umso mehr freute es mich, dass Alex meine Begeisterung zu teilen schien. Schon beim Betreten der Bar hatte er sich grinsend umgesehen und mit hoch erhobenem Daumen signalisiert, dass ihm das einzigartige Flair gut gefiel. Dass wir dann auch noch eine der bequemen Sitzecken ergattern konnten, hatte ihm den Rest gegeben.

Ich trank bereits an meinem zweiten Cocktail, während er sich einen Whiskey schmecken ließ. Ich konnte der Vorstellung, dieses bernsteinfarbene Zeug pur zu trinken, kaum etwas abgewinnen - selbst gemischt schmeckte es mir nicht sonderlich. *Du musst ihn ja nicht küssen*, schoss es mir durch den Kopf, und ich konnte mir ein verzweifeltes Kichern nicht verkneifen.

Alex blickte mich mit hochgezogenen Augenbrauen an. »Was gibt es da zu lachen?«

»Nichts, nichts«, nuschelte ich eilig und schloss meinen Mund einmal mehr um den pinkfarbenen Strohhalm.

»Ich freue mich auf nachher«, redete er zum Glück weiter, ohne auf mein Kichern näher einzugehen.

Mit einem Plopp lösten sich meine Lippen vom Plastik und ich lachte los - diesmal laut und bewusst. »Das sagst du jetzt.« Ich schüttelte mit dem Kopf. »Warts ab, wie es ist, wenn du die beiden erst einmal kennengelernt hast.«

Alex' Mundwinkel verzogen sich amüsiert. »Meinst du, ich lasse mich von drei durchgedrehten Weibern unterkriegen, oder was?«

Empört schlug ich auf seinen Oberarm. »Was soll das denn bitte?«

Ohne darauf einzugehen, gab er dem Kellner ein Zeichen und bedeutete, die aktuellen Getränke noch einmal haben zu wollen.

»Du willst mich ganz eindeutig abfüllen«, schmollte ich und leerte das Glas mit einem lauten, wenig damenhaften Schlürfen.

Mit einem Mal nahm er mich in einen intensiven Blick gefangen. »Ertappt, oh weh.«

Augenblicklich wurde meine Kehle trocken und ich wünschte, ich hätte mein Glas nicht soeben geleert. »Ich kann Karate, sei also vorsichtig.«

Alex lachte leise auf. »Als ob.« Sein Blick wurde noch feuriger. »Emmi, was tust du mit mir?«

Die Leichtigkeit des Abends war verschwunden, endgültig. Oder wieder einmal? Ich hatte den Anschluss an das ganze Durcheinander verloren, vor allem aber spürte ich, wie mein Herz mir bis zum Hals klopfte. Und das ganz sicher nicht zum ersten Mal an diesem Abend. »Die Frage könnte ich dir auch stellen«, erwiderte ich mit heiserer Stimme, nicht in der Lage, einen klaren Gedanken zu fassen.

Plötzlich schob sich Alex' Hand auf die meine. Obwohl ich jederzeit mit dem Brustton der Überzeugung behauptet hätte, dass ich solche Berührungen niemals mehr zulassen würde zwischen uns beiden, ließ ich ihn gewähren. Seine Wärme übertrug sich auf meine kühle Haut. Er berührte nicht nur meine Hand, er berührte meine Seele, und das war das eigentlich Schlimme an dieser Situation. In seinen Augen zu versinken war so einfach. Selbst im schummerigen Licht der Bar konnte ich die verschiedenen Facetten des Blaus erkennen, die ihm diesen intensiven Blick verliehen. Ich wusste, wie dunkel diese Augen werden konnten, wenn ihn die

Lust packte, und für einen winzigen Augenblick wünschte ich mir, dass er mich erneut so anschauen würde ... doch dann klingelte mein Handy.

Der Moment war gebrochen, die Magie vorbei, und ich löste mich aus seinem Griff. Überdeutlich konnte ich die Enttäuschung in seinem Blick lesen, als ich mich wieder von ihm entfernte - körperlich und emotional.

Ohne auf das Display zu achten, hob ich das Handy ans Ohr, überzeugt davon, dass ich Lena oder Sandra an der Strippe haben würde. »Ja?«

»Hallo Emily.«

Es war Markus, der mich zu dieser merkwürdigen Uhrzeit anrief - und noch deutlicher hätte er mich nicht aus meiner merkwürdig rosaroten Wolke rausholen können. Automatisch neutralisierte sich mein Gesichtsdruck. Ich hatte meinen Ärger auf ihn noch nicht hinter mir gelassen - Mai Tai hin oder her. »Wie schön, dass du dich auch mal meldest«, grummelte ich deshalb auch wenig freundlich in den Hörer.

»Entschuldige, irgendwie war diese Woche noch die Hölle los und heute war ich auch den ganzen Tag unterwegs.«

»Schon gut«, versuchte ich ihn abzuwiegeln. »Du, es ist gerade ein bisschen ungünstig ...« Ich warf Alexander einen Blick zu und sah, wie er mich musterte. Neugierig? Ich war mir nicht sicher.

»Ich höre das schon.« Kurzes Schweigen. *»Bist du unterwegs?«*

Was tat das jetzt zur Sache? Ich verdrehte meine Augen. »Ja, deshalb ...«

»Okay, okay.« Ich konnte förmlich vor mir sehen, wie er abwehrend die freie Hand hob. *»Also, erst einmal: Ich werde dich morgen gegen zwei Uhr abholen. Ab*

halb vier ist ein Kaffeetrinken, zu dem ich gerne mit dir da wäre.«

Puh, zwei Uhr. Das war früher als gedacht. Aber dann hätte ich es vielleicht auch schon eher hinter mir. Ich seufzte lautlos auf. »Okay, zwei Uhr. Und weiter?«

»Abends ist auch noch Programm, aber du musst nicht die ganze Zeit dabeibleiben. Kaffee würde schon reichen.«

»Ja, das klingt nach einem Plan.« Ich versuchte, so freundlich wie möglich zu klingen. Irgendwie gefiel es mir gar nicht, vor Alex mit meinem Exfreund zu sprechen - und dann auch noch über morgen.

»Was das Geschenk angeht: Ich habe natürlich etwas besorgt. Du musst einfach nur auf der Karte unterschreiben und damit ist alles klar.«

Auf etwa solch eine Nachricht hatte ich gehofft und ein Teil der Spannung entwich meinen Schultern. »Gut, das freut mich.«

Erneut schlug mir ein kurzes Schweigen entgegen.

»Also, wenn sonst nichts ist ... ich würde dann ...«

»Ja, ja natürlich.« Markus überschlug sich förmlich. *»Danke Emmi, wirklich. Es bedeutet mir viel, dass du morgen mitkommst und Oma diesen Gefallen tust.«*

»Schon okay«, murmelte ich leise zurück. Mehr konnte ich dazu nicht sagen, das komische Gefühl in meinem Bauch verstärkte sich nur. »Dann bis morgen, ja?«

»Bis morgen um zwei! Ich werde pünktlich sein.«

Nachdenklich starrte ich eine Weile auf mein Display, das noch hell aufleuchtete. Erst als der Standby-Modus ansprang und das Handy schwarz wurde, hob ich meinen Blick.

Alex wirkte irgendwie verschlossen.

»Sorry«, erklärte ich verlegen und schob mein

Handy in die Hosentasche. In der Zwischenzeit waren unsere Getränke gekommen und ich nahm dankbar einen großen Schluck.

Alex schwenkte nachdenklich sein Glas. »Es ging also um morgen, ja?«

Ich wusste nicht, wieso ihn das interessierte, doch ich nickte beiläufig. »Ja, genau.«

Plötzlich hob Alex wieder seinen Blick und starrte mich intensiv an. Ich konnte den Ausdruck nicht recht deuten. »Was hast du denn geplant?«

Ich schlug nur kurz die Augen nieder, entschied mich dann jedoch für die Wahrheit - mehr oder weniger. »Ich bin auf eine Familienfeier eingeladen«, gab ich vorsichtig zu.

»Okay.« Alex nahm einen wohldosierten Schluck der teuren Flüssigkeit und verzog nur geringfügig sein Gesicht. Ich war mir sicher, dass es nichts mit dem Whiskey zu tun hatte. »Von deinem Freund?«

Die Frage war viel zu beiläufig gestellt, der Ton zu neutral. Ich wusste, dass diese drei Worte so viel mehr verbargen. Mit einem Mal wurde mir deutlich, dass Alex eifersüchtig war. Eifersüchtig - und irgendwie auch verletzt.

Dieses Wissen erfüllte mich mit einer merkwürdigen Wärme. »Nein«, lachte ich los. »Zumindest nicht mehr.«

»Nicht mehr?« Alex wirkte verwirrt, wenn nicht gar verärgert. »Was meinst du damit?«

Ich seufzte auf. Da ich diese Situation sowieso nicht würde klären können, ohne ins Detail zu gehen, erzählte ich Alex von dem morgigen Tag. Ich erklärte, wieso Christa mich so gerne sehen wollte und warum ich mich dazu entschieden hatte, zu dieser Feier zu gehen, obwohl ich streng genommen nicht mehr dazugehörte. Dass er mich dabei in erster Linie stumm anstarrte und lediglich an seinem Whiskey nippte, nahm ich als Aufforderung, einfach weiterzureden. Immerhin unterbrach er mich nicht. Mir war klar, wie absurd diese Geschichte klingen musste, ich fand es ja selber etwas unangenehm, morgen dort aufzuschlagen. Dass ich mir gerade einen erstklassigen Schwips antrank und deshalb morgen sicherlich nicht fit sein würde, machte es auch nicht besser.

»... jedenfalls habe ich das Gefühl, dass ich Christa dieses Geschenk machen muss. Ich meine - wer weiß, wie lange sie noch lebt. Und wenn sie so ausdrücklich nach mir gefragt hat ...« Meine Stimme verlor sich. Mehr konnte ich einfach nicht mehr dazu sagen.

Eine ganze Weile schwieg Alex. In diesem Moment wünschte ich mir sehr, ihn irgendwie berühren zu können, ihn fragen zu können, ob alles in Ordnung sei, doch ich ermahnte mich zur Ruhe. Ich hatte lange genug geredet, nun war er an der Reihe. Eine Rechenschaft war ich ihm nicht schuldig, auch wenn es sich ganz danach anfühlte. Und was die Berührungen anging - es war besser so, erinnerte ich mich einmal mehr. Er war ein Freund, mehr nicht.

Wenn man es denn überhaupt schon so bezeichnen konnte.

Gerade, als ich das Schweigen nicht mehr ertragen konnte, räusperte er sich leise. »Das ist sehr nett von dir«, gab er zu. Er blickte in seinen Whiskey und ließ erneut die Stille sprechen, bevor er das überdeutliche »Aber« aussprach, das zwischen uns schwebte. »Ich muss nur zugeben, dass mir die Vorstellung nicht sonderlich gut gefällt.«

Sofort begann alles in mir zu kribbeln. Ich wusste,

dass es falsch war, aber seine Aussage brachte etwas in mir zum Schwingen. »Und wieso?«, nuschelte ich leise, obwohl ich die Antwort bereits erahnte.

Wie in Zeitlupe kam Alex mir näher. Sein Gesicht, sein ganzer Körper rutschte auf dem roten Ledersofa heran, bis uns nur noch ein winziger Sicherheitsabstand trennte. Viel zu wenig für Freunde, viel zu nah und doch nicht nahe genug. Sein Aftershave kribbelte in meiner Nase und ließ mich für den Bruchteil einer Sekunde die Augen schließen. »Weil es mir nicht passt, dass du den Samstag mit deinem Exfreund verbringst.« Seine Stimme war leise, rau, und fuhr mir durch Mark und Bein.

Gott, ich wünschte so sehr, dass diese eine Sache nicht zwischen uns stehen würde. Diese eine Sache, diese Kleinigkeit, diese Aussicht auf - Familie. Ich hätte mich so gerne in seine Arme fallen lassen, hätte dem Unterton gelauscht, der eindeutig in seiner Stimme mitschwang. Für den Moment war ich alkoholisiert und nahezu bereit, über die Konsequenzen hinwegzusehen, doch ich wusste, dass ich mich dafür am nächsten Tag hassen würde. Verdammt, es war so schwer. Ich wollte ihn - aber ich wollte nicht, dass es so war. Ich fühlte mich auf der Kippe - bereit, mich in den Abgrund zu stürzen, nur um für den Moment glücklich zu sein. Doch die Angst in mir war zu groß.

Mit dem Gefühl, als würde etwas in mir zerreißen, rückte ich ein kleines Stück zurück und blickte ihm so fest in die Augen, wie ich nur konnte. »Hör zu, Alex. Das darf so nicht sein.«

Seine Augen verengten sich zu Schlitzen, als er den erneuten Abstand zwischen uns taxierte. »Was ist - glaubst du das etwa immer noch?«

Ich versuchte, selbstgerechte Empörung zu empfinden, doch in mir war nicht viel mehr als eine leise Wehmut. »Ich kann es einfach nicht, okay? Ganz abgesehen davon, dass ich gerade mal wenige Tage Single bin - die Vorstellung, dass meine Mutter und dein Vater heiraten, macht das Ganze einfach nur ... verrückt. Ich glaube nicht, dass das gut gehen kann.«

Es war ausgesprochen. Ungefiltert und ganz genau das, was ich darüber dachte. Dummerweise fühlte ich mich dadurch nicht besser.

Ein tiefer Seufzer entkam seiner Kehle. »Ich verstehe es nicht. Ich meine - ja, ich verstehe, was du meinst. Aber ich sehe das Problem nicht. Wir sind nicht blutsverwandt. Wieso sollten wir darunter leiden, dass unsere Eltern sich vor uns kennengelernt haben? Unabhängig von uns!« Sein Blick loderte auf. »Du kannst mir nicht sagen, dass du das zwischen uns nicht spürst. Seit letztem Samstag spüre ich dich - jederzeit! Du machst mich wahnsinnig, deine Nähe macht mich wahnsinnig! Da ist etwas und ich muss einfach wissen, was es ist. Es macht mich verrückt!«

Ich wusste sehr genau, wovon er redete, doch ich traute mich nicht, das laut auszusprechen. Ich befürchtete, dass er mich dann gar nicht mehr in Frieden lassen würde. Die Chancen dafür standen, wie ich fürchtete, nicht allzu schlecht. »Wir sollten so langsam los, wenn wir uns pünktlich mit den Mädels treffen wollen«, brachte ich stattdessen hervor und hasste mich dafür selbst.

Alex' ungläubiger Blick spiegelte wider, was ich empfand. »Du kannst das nicht einfach totschweigen. Dadurch wird es nicht besser! Glaubst du, es hört einfach so auf?« Seine Finger deuteten auf den Abstand zwischen uns. Ich wusste genau, worauf er anspielte. Auf das undefinierbare Kribbeln.

In diesem Moment fühlte ich mich sehr elend. »Ich weiß es nicht, aber einen Versuch ist es wert, finde ich.«

Kapitel 10

Die Stimmung zwischen uns war merklich angespannt, als wir uns dem Capitol näherten. Mein Bedarf an Alkohol und Party war eigentlich gedeckt und am liebsten wäre ich einfach nach Hause gefahren, doch das hätte nur zu viele Fragen aufgeworfen.

Und von diesen Fragen gab es bereits mehr als genug zwischen mir und Alex.

Ich wusste, dass ihn mein Abblocken verletzt hatte. Kein Wunder, immerhin hatte er mir sein Herz ausgeschüttet. Mehr als meine leise Aussage zum Ende hin hatte ich ihm nicht angeboten und ich hoffte, dass sie ihm genügend vermittelt hatte.

Immer wieder huschte mein Blick zu ihm herüber. Drei große Cocktails hatten dazu geführt, dass ich nicht mehr allzu gerade gehen konnte, und ich war froh, mich für flache Schuhe entschieden zu haben. Das Letzte, was ich nun gebrauchen konnte, war eine peinliche Stolperaktion, während ich Alex verstohlen musterte.

Ich hätte die Distanz mit Freude begrüßen sollen, doch irgendwie gefiel es mir nicht, dass noch so vieles zwischen uns unausgesprochen war. Da die Minuten unserer Zweisamkeit gezählt waren, blieb ich abrupt stehen - nicht ohne ein wenig zu schwanken. »Warte mal bitte, Alex.«

Er blieb stehen, überrascht, und warf mir einen Blick zu. Ich sah, dass er seine Neugierde zu kaschieren versuchte - erfolglos. »Was ist denn?« Seine Stimme hatte er besser unter Kontrolle, sie klang kühl.

Es war verdient und es tat weh. »Ich ...« Unsicherheit ergriff mich, doch ich wusste, dass ich keine Wahl hatte. »Ich möchte gerne ... mit dir befreundet sein.«

Alexanders Kehle entkam ein Geräusch, das all seiner Frustration Luft machte. Innerhalb einer Sekunde war seine ordentliche Frisur völlig durcheinander, weil er sich die Haare raufte. »Ich weiß aber nicht, ob ich das kann. Nur Freundschaft. Verstehst du?«

Das hatte ich befürchtet - und gleichzeitig gewusst, denn mir ging es ähnlich. »Wir sollten es aber versuchen. Irgendwie müssen wir miteinander klarkommen.« Ich überbrückte die Distanz zwischen uns und hob meine rechte Hand, um das Durcheinander auf seinem Kopf zu glätten. Als ich sah, wie Alex seine Augen schloss, bereute ich es sofort wieder und nahm meine Hand eilig zurück.

Alex ließ den Kopf hängen und blickte mich durch dichte Wimpern an. »Okay«, wisperte er. »Wir versuchen es, wir haben ja keine andere Wahl. Aber ich kann für nichts garantieren.«

Erleichtert darüber, dass er sich zunächst darauf eingelassen hatte, fiel ich ihm um den Hals und atmete einmal tief seinen Geruch ein. Was sollte der Geiz? Es würde mich so oder so quälen. So hatte ich wenigstens einen schönen Duft in der Nase. »Danke«, flüsterte ich in seinen Hals und spürte, wie sich eine Gänsehaut über seine Haut zog. Eilig löste ich mich von ihm und machte ein paar tapsige Schritte in Richtung Capitol. »Und jetzt komm, es warten zwei

Mädels darauf, dich kennenzulernen.«

»Wenn du da überhaupt noch reinkommst«, brummte Alex zur Antwort, als er belustigt meine Koordinationsschwierigkeiten wahrnahm. Endlich erhellte dieses freche Grinsen wieder seine Gesichtszüge und ließ ihn automatisch jünger und sorgenfreier erscheinen. Mein Herz klopfte lautstark. Ich musste unbedingt mehr über ihn erfahren, noch war er ein unbeschriebenes Blatt für mich ... doch immerhin waren wir Freunde, nicht wahr? Und die erzählten sich einiges.

»Klar komme ich rein, du Idiot«, rief ich aus und stolperte voran. Freunde waren schließlich auch frech zueinander.

* * *

Unser Aufeinandertreffen war laut - so wie immer. Eifrig jubelnd fielen Lena, Sandra und ich uns in die Arme und für den Moment war es vergessen, dass wir nicht alleine waren.

Und damit war nicht nur Alex gemeint, der etwas ratlos neben uns stand.

Ich roch sofort, dass die beiden auch etwas getrunken hatten, und konnte mir ein Kichern nicht verkneifen. »Erst ewig nicht und jetzt gehen wir schon zum zweiten Mal tanzen. Was ist nur los mit uns?«

Lena stupste mich an. »Na, wir sind auf den Geschmack gekommen.« Dann schob sie mich ein Stückchen von sich. »Gut siehst du aus! Hast du neue Klamotten?«

»Klar«, krähte Sandra sofort los. »Das Weib brauchte was Neues für heute Abend, um ... ups.«

Scheinbar war ihr bewusst geworden, was sie gerade ausplapperte - kurz bevor ich ihr eine hatte reinhauen müssen.

Doch der Schaden war vorhanden.

»Soso, du brauchtest also neue Kleidung?«, raunte Alex mir ins Ohr. »Sieht aber wirklich gut aus. Auch wenn deine anderen Sachen es sicherlich ebenso getan hätten.«

Feuerrot und noch immer mit einem Kribbeln im Ohr gab ich Sandra einen leichten Schubser, bevor ich einen Schritt zurück trat. »Also, ganz offiziell. Darf ich euch vorstellen? Lena, Sandra - das ist der Bierbrauer Alex. Alex - das sind meine besten Freundinnen Lena und Sandra.«

Kurz brach ein kleiner Tumult aus, als jeder versuchte, irgendwie jedem die Hand zu schütteln, und weil das komisch und formal war, fiel sich dann doch jeder jedem um den Hals. Sogar Lena und Sandra, was zu kurzzeitiger Verwirrung und dann zu einem ausgiebigen Lachanfall führte.

»Also, was ist los, wollen wir rein da?«, schlug ich vor und deutete auf die Schlange, die immer länger wurde.

Allgemeine Zustimmung lenkte meine Füße in die entsprechende Richtung.

»Weißt du, wir haben dich uns ganz anders vorgestellt«, begann Lena in diesem Moment und löste so einen automatischen Schweißausbruch bei mir aus. Leider war es zu spät, Alex' Neugierde war geweckt.

»Ach ja, wie denn?« Er warf mir einen bedeutsamen Blick zu, den ich nur schwach erwidern konnte. Eilig kehrte ich ihm den Rücken und konzentrierte mich ganz darauf, gerade in der Schlange stehenzubleiben.

»Naja. Als wir gehört haben, dass du Bierbrauer ist ...« Lena wurde durch ein ausgiebiges Kichern unterbrochen. »Mal im Ernst, wer ist denn schon Bierbrauer?«

»Ich zum Beispiel«, erklärte Alex trocken.

»Jedenfalls - wir hatten ein anderes Bild vor Augen, insbesondere Emmi.«

»Leute, holt schon mal euer Geld raus«, unterbrach ich das Gespräch schrill, doch der Ablenkungsversuch scheiterte kläglich.

Sandra mischte sich ebenfalls ein. »Genau. So mit Bierbauch und so.« Ich spürte, wie sie eine eindeutig formende Bewegung mit den Händen machte. »Groß, grobschlächtig, langes, fettiges Haar«, zitierte sie mich weiter.

Mal ehrlich, wo war das Loch im Boden, wenn man es brauchte?

Statt in den Boden konnte ich in den Laden verschwinden und das tat ich auch, aufs eiligste. Begleitet wurde ich vom lauten, amüsierten Lachen, das sich herrlich zwischen dem von Lena und Sandra anhörte. Sollten die Drei sich doch auf meine Kosten amüsieren, ich ging jetzt jedenfalls feiern!

Die anderen holten mich auf der Tanzfläche ein. Da es noch relativ früh war, hielt sich das Gedränge in Grenzen und die anderen hatten keine Schwierigkeiten, mich zwischen den anderen Tanzwütigen ausfindig zu machen.

Ich hatte den Eindruck, als würde sich Alex zwischen uns Frauen wohlfühlen, und das war einerseits beruhigend, andererseits machte es mich nervös. Er passte einfach zu gut dazwischen.

Im Dämmerlicht der Disko, im Blitzen der bunten Lichter konnte ich ihn ungeniert betrachten. Kleine

Schweißperlen liefen über seine Stirn, während er versuchte, sich im Rhythmus der Musik zu bewegen.

Mit der Zeit füllte sich die Halle, mehr junge Erwachsene zog es auf die Tanzfläche, um beim Tanzen und Trinken zu spüren, wie jung und lebendig sie waren. Manch ein Älterer schlich sich dazwischen und wirkte meist isoliert. So war es wohl, wenn man versuchte, vergangenen Zeiten hinterherzurennen.

Irgendwann verschwand Alex und ich konnte nicht anders, als immer wieder meinen Hals nach ihm zu recken.

»Er ist so heiß!«, schrie Lena mir ins Ohr. »Und er starrt dich ständig an! Er steht sowas von auf dich!«

Super, genau das, was ich nun hören wollte. Eilig sah ich mich um - keine Spur von ihm. »Wir sind nur Freunde!«, schrie ich ebenso laut zurück und versuchte, dabei so überzeugend wie möglich auszusehen.

»Ja, klar!«, rief Sandra und grinste mich frech an.

Genau in diesem Moment kam Alex wieder - die Hand voller Bierflaschen. »Eine Runde für die Mädels!«

Natürlich kam das gut an.

In den nächsten Stunden genossen wir die ausgelassene Stimmung. Ich hatte eindeutig etwas zu viel getrunken - die drei Mai Tais hatten eine ordentliche Grundlage gelegt - und erst, als ich mitten aus dem Nichts heraus das Gleichgewicht verlor, wurde Alex bewusst, was mit mir los war.

»Ich glaube, ich bringe Emmi lieber nach Hause!«, erklärte er Sandra und Lena und nach einer kurzen Verabschiedung war ich bereits auf dem Weg nach draußen.

»Wir teilen uns ein Taxi«, erklärte er mir, als wir an

die frische Luft kamen. Wie ein Paukenschlag sorgte die Frische dafür, dass sich die gesamte Wirkung des Alkohols entfaltete und ich stolperte erneut. »Ich bringe dich ins Bett«, fügte er noch hinzu.

Ich begann halbherzig zu protestieren, doch er wischte meinen Einwand beiseite.

»Nichts da. Du bist fertig für heute. Und so ist das doch mit Freunden, nicht wahr? Sie sind füreinander da.« Sein Arm schlang sich fest um meine Taille. Die Nähe tat mir gut. »Und jetzt hör auf, so zu straucheln. Man wird ja seekrank!«

Kapitel 11

Die dröhnenden Kopfschmerzen wiesen unbarmherzig auf die Exzesse des Vorabends hin. Stöhnend wälzte ich mich durch mein Bett und hoffte, einfach einschlafen und den Tag überspringen zu können. An einem normalen Samstag wäre das sogar realistisch gewesen - aber heute?

Keine Chance.

Leider hatte mich tatsächlich mein Wecker aus dem Schlaf gerissen und der schrie mir förmlich entgegen, dass ich aus meinem Koma erwachen musste. Ob ich wollte oder nicht - mir stand ein anstrengender Tag bevor.

»Oh mein Gott.« Genervt über mich selbst brummelte ich meinen Frust ins Kissen. Ich konnte nicht fassen, dass ich mir das gestern ernsthaft angetan hatte. Drei Mai Tais? Bier? Und nicht zu vergessen der Wein zu Hause, während wir noch nach Wohnungen gesucht hatten? Zutaten eines erstklassigen Katercocktails, den ich mir freiwillig die Kehle hinuntergekippt hatte - im vollen Bewusstsein, dass ich heute eine Art Familiending vor mir hatte.

So viel Dummheit gehörte einfach bestraft und ich würde mich meiner Strafe mit so viel Würde wie nur möglich stellen müssen.

Mit dem Gefühl, als würde ich mich nun auf den Weg zur Schlachtbank machen, rollte ich mich in Zeitlupe aus dem Bett. Die Sonne besaß tatsächlich die Frechheit, ein paar vorwitzige Strahlen durch die

Vorhänge zu schicken, weshalb ich meine Augen blinzelnd zusammenkneifen musste. Zu hell für einen zu verkaterten Kopf.

Langsam schlurfte ich ins Bad und klatschte mir als Erstes ein paar Hände voll kühles Nass ins Gesicht, um mich wenigstens ein bisschen wach zu kriegen. Der Schock der Kälte schaffte es vielleicht nicht, die Schmerzen zu vertreiben, doch wenigstens hatte ich das Gefühl, ein bisschen mehr in Schwung zu kommen. Einmal mehr war ich froh darüber, dass unsere Ibus klischeehaft im Badezimmerschränkchen standen - und auch nur die! - und warf mir direkt zwei ein, bevor ich mich der eigentlichen Morgenwäsche widmete.

In der Küche wartete bereits meine Mutter auf mich und mit ihr eine große, dampfende Kanne Kaffee. Eigentlich fühlte sich mein Magen zu übersäuert dafür an, doch ich konnte meiner Sucht nur schwer widerstehen - erst recht an einem Morgen wie diesem.

»Guten Morgen, mein Schatz«, begrüßte sie mich mit fröhlicher Stimme und schenkte mir bereits einen Becher voll ein.

Seufzend quetschte ich mich an den kleinen Küchentisch, den wir in einer Ecke stehen hatten. Zu zweit - oder auch zu dritt - musste man sich nicht jedes Mal an den großen Esstisch setzen, und darüber war ich dankbar. »Morgen«, erwiderte ich mit raspeliger Stimme. »Gut« fand ich daran nämlich noch nichts.

»Du siehst frisch und munter aus«, zwitscherte meine Mutter. »Und hoch motiviert.«

Mir fiel für den Bruchteil der Sekunde die Kinnlade herunter, bevor ich sie gutmütig anknurrte. »Kann es sein, dass du lebensmüde bist?« Ungnädig nahm ich meinen Kaffee und trank einen großen Schluck. Natürlich verbrannte ich mir dabei den Mund. Hustend und mit Tränen in den Augen streckte ich meine Hand aus, damit meine Mutter mir irgendetwas in die Hand drücken konnte - Küchenrolle, Taschentuch, ganz egal. Sie kam meiner Aufforderung nach und musste dabei leise lachen.

»War es so schlimm gestern?« Sie schnaubte auf. »Oder genauer gesagt: so gut?«

»Du hast ja keine Ahnung«, brachte ich mühsam hervor. Entnervt schob ich meine Tasse beiseite und beäugte meinen Teller. Wollte ich es wagen, etwas zu essen? Bei meinem aktuellen Glück ...

»Dann erzähl mir doch davon«, erwiderte sie lakonisch. »Klingt ja spannend.«

»Ich habe zu viel getrunken, das war's.« Ich schmierte mir eine Scheibe Toast, bereit dazu auszuprobieren, ob es mein Magen vertragen würde, und versuchte den strengen Blick meiner Mutter zu ignorieren. Erst als ich mit dieser Aufgabe fertig war, gab ich mich geschlagen. »Wirklich, Mama. Ich habe zu viel getrunken. Bier, Wein, drei Cocktails. Wir waren in einer Bar und hinterher noch mit Lena und Sandra tanzen. Es war schön - aber es war dumm, denn jetzt geht es mir nicht gut und«, ich blickte auf die Uhr, »in weniger als zwei Stunden holt Markus mich bereits ab. Hast du Tipps, wie ich fit werden kann?«

Natürlich konnte sie mir nicht dabei helfen. Sehr wohl hatte sie aber eine Meinung zum vergangenen Abend - zu jenem Teil, als Alex und ich noch brav am Esstisch gesessen und nach Wohnungen geschaut hatten. »Sag mal, Emmi, ich habe so den Eindruck, als wäre da eine Spannung zwischen euch beiden. Kann das sein?«

Ich wich ihrem Blick nicht aus, das hätte nur weitere Zweifel aufgeworfen, doch die Tatsache, dass sie mich derart offen ansah, machte es mir schwer, mich nicht seufzend in ihren Schoß zu werfen und mich bei ihr auszujammern. »Ich weiß nicht, wovon du redest.«

Zum Glück ließ sie das so stehen - vorerst. Sie zuckte lässig mit den Schultern und ihre Stirn glättete sich. »Dann habe ich mich vielleicht getäuscht.«

Eine Weile lang herrschte Schweigen in der Küche, einzig durchbrochen vom gelegentlichen Klacken des Messers auf den Tellern und den Kaugeräuschen, die ich recht ungehobelt von mir gab. Ich hatte die Möglichkeit, langsam zu mir zu kommen, und der mittlerweile besser temperierte Kaffee tat sein Übriges.

»Wie sehen deine Pläne für das Wochenende aus?«, nahm ich das Gespräch schließlich wieder auf, lenkte aber von mir ab.

»Mal sehen.« Sofort begann meine Mutter zu strahlen. »Jürgen und ich wollen die Hochzeit planen, zumindest grob.«

Ich seufzte auf. »Na toll, da wäre ich gerne bei!« Stattdessen würde ich einer anderen Familie Gesellschaft leisten ...

»Mach dir keinen Kopf, Emmi. Wir werden dich noch früh genug einbinden. Das soll jetzt erstmal nur ein unverbindliches Brainstorming werden - zu zweit.«

»Lasst euch ja keinen Quatsch einfallen«, ermahnte ich sie scherzhaft und wackelte dabei mit meinem Zeigefinger.

»Nichts, was du nicht im Nachhinein ausbügeln kannst«, versicherte sie mir und verdrehte dabei übertrieben die Augen.

Nach dem Frühstück zog ich mich für eine Weile in mein Zimmer zurück. Ich wollte mein Handy kontrollieren - etwas, was ich für heute noch nicht getan hatte - und hoffte, dass ich keine peinlichen Nachrichten im Suff verschickt hatte. Wenigstens, so beruhigte ich mich, hatte ich keine Nummer von Alex, weshalb mir diese Schmach erspart bleiben konnte. Dafür ging es in unserer Gruppe heiß her.

Offenbar hatten Lena und Sandra nicht solche Startschwierigkeiten in den Tag gehabt. Sie ließen sich mehr als ausführlich über den Abend und ganz besonders über Alex aus, der offenbar einen starken Eindruck bei ihnen hinterlassen hatte. Ein bisschen Sorge mir gegenüber schwang auch mit, denn offenbar war ich am Abend doch sehr voll gewesen. Zeit, mich auch zu Wort zu melden.

Ich: Hallo ihr zwei. Bin wach - Kaffee bereits intus. Lieb, dass ihr euch so sorgt. :-P Ich wünschte, ich hätte nicht so viel getrunken, der Tag wird hart genug.
Lena: Guten Morgen Emmi!
Sandra: Wohl eher guten Mittag, haha!
Lena: ... dann sag doch ab? Okay, ist ein bisschen kurzfristig, aber ...
Sandra: Du hast doch nen viel heißeren Typen am Start!!!

Ich seufzte auf.

Ich: Das eine hat doch mit dem anderen nichts zu tun! Und hey - ihr wisst ganz genau, dass nichts draus wird. Also, aus Alex und aus mir. Aber auch nicht aus

Markus und aus mir, nur mal so ergänzt.
Sandra: Achtung. Emmi redet sich wieder selber etwas ein!
Lena: Sandra! Sei nicht so ... gemein!
Sandra: Nur die Wahrheit ...

Genervt legte ich mein Handy beiseite. Die beiden waren mir viel zu aufgekratzt und ehrlich gesagt nervte es mich, dass sie derart auf Alex herumritten. Mir war klar, dass sie gestern etwas bemerkt haben mussten - immerhin waren die beiden meine besten Freundinnen und sie waren auch nicht dumm. Außerdem hatte der Alkohol sicherlich auch nicht gerade dafür gesorgt, dass ich mich klug und besonnen verhalten hatte.

Da mir noch ein bisschen Zeit blieb, entschied ich mich dazu, ein paar Seiten meiner aktuellen Lektüre zu lesen. Um mich nicht völlig in der Zeit zu verrennen, stellte ich mir einen Wecker, sorgte dafür, dass die Töne meines Handys lautlos waren, damit mich der explodierende Gruppenchat nicht verrückt machte, und versank für eine Weile in die harmlose und so einfache Welt des geschriebenen Wortes.

* * *

»Hallo Emmi. Gut siehst du aus!« Für einen Moment herrschte eine komische Stimmung. Ein Zögern lag in der Luft, deutlich spürbar, doch dann überbrückte Markus die Distanz und nahm mich in den Arm. Ein Küsschen auf die Wange gab es inklusive.

Für den Bruchteil einer Sekunde hatte ich erwartet, dass er mir die Hand reichen würde oder so, ganz formell, doch zum Glück hatte sich das nicht bewahrheitet. Nun stand er jedoch vor mir und diese Nähe machte mich merkwürdig unruhig.

»Sollen wir?«, fragte ich und deutete auf sein Auto.

»Ja, natürlich.«

Eilig trat er einen Schritt zurück und steuerte die Fahrerseite an. Erneut hatten mich merkwürdige Vorstellungen gepackt - etwa, dass er mir die Tür aufhalten würde, ganz gentlemanlike. Ich war froh, dass er es nicht getan hatte, denn das hatte er nie, in keinem der vier Jahre, und es hätte mich wahrlich verunsichert, hätte er nun damit angefangen.

Er sah gut aus, musste ich feststellen. Zu einer dunklen, eng geschnittenen Jeans trug er ein helles Sakko und ein weißes Hemd, dessen oberster Knopf geöffnet war. Nicht zu formell, aber auch alles andere als salopp. Ich war sehr froh, dass ich mich für mein Sommerkleid mit den großen, bunten Blüten entschieden hatte. Mit schwarzen Ballerinas und der kleinen Tasche wirkte es schick genug für einen 80. Geburtstag, wie ich fand.

»Was schenken wir deiner Oma?«, hakte ich nach, als ich neben ihm in den Ledersitz glitt. Es würde vermutlich nicht schaden, das vorher zu erfahren. Nur für den Fall.

»Einen Gutschein für die Fußpflege - und jetzt lach nicht!«

Zu spät, natürlich musste ich lachen. Gleichzeitig nickte ich jedoch anerkennend mit dem Kopf. Wenigstens ein praktisches Geschenk - und kein Foto von uns oder so.

»Wissen die anderen eigentlich von uns?«, sprach ich aus, was mich schon eine Weile beschäftigte. »Also, du weißt schon ...«

Markus nickte knapp. »Klar, sie wissen von der

Trennung. Und sie rechnen es dir hoch an, dass du heute trotzdem kommst. Ich denke nicht, dass sich jemand verplappern wird. Letztlich sind wir ja auch nur ein kleiner Kreis heute Nachmittag.«

Das machte mein komisches Gefühl nicht unbedingt besser. Eine Weile sprach keiner von uns ein Wort. Ich betrachtete die Straßen, die nur so an mir vorbeiflogen. Wie oft waren wir in den letzten Jahren hierher gefahren? Unzählige Male, wie es mir schien, und plötzlich erfüllte mich ein Hauch von Wehmut. Ich wusste, dass es vor allem die Anwesenheit des Gewohnten war, die mich plötzlich schmerzhaft den Verlust spüren ließ, denn Liebe war zwischen mir und Markus nicht mehr im Spiel. Es hatte lange gedauert, bis mir das bewusst geworden war. Jeder, der eine langjährige Beziehung beendet hatte, kannte dieses Dilemma vermutlich. Wann war es Liebe, wann war es Gewohnheit, die einen fürchten ließ, den Schritt der Trennung zu gehen? Und wie sollte man diese beiden Aspekte auseinanderhalten?

»Emmi? Wir sind da.« Markus' Stimme drang in mein Bewusstsein und ich zuckte erschrocken zusammen. So schnell war die Fahrt vergangen.

Nervös blickte ich ein letztes Mal in den Beifahrerspiegel und kontrollierte mein dezentes Make-Up. Leider hatte es meine Schatten unter den Augen nicht ganz verdecken können, doch ich fühlte mich nicht mehr ganz so kränklich und das war viel wert. Außerdem wirkten die Kopfschmerztabletten. Ich würde den Tag schaffen, da war ich mir sicher. »Okay«, murmelte ich mir zu. »Los geht's.«

* * *

»Emily, wie schön dich zu sehen!« Mit einem Strahlen, als hätte ich ihr das größte Geschenk überhaupt gemacht, fiel Christa mir um den Hals. Sofort setzte mein schlechtes Gewissen ein; viel zu lange hatte ich die alte Frau nicht mehr gesehen und vermutlich würde es heute das letzte Mal sein. Mir war bewusst, dass sie am Ende des Tages - vielleicht auch erst morgen - bereits vergessen hätte, dass ich konkret heute da gewesen war, doch für den Moment wirkte sie glücklich und das war wohl alles, was zählte. »Ich freue mich, dass du an einem Samstag Zeit für mich hast!«

»Ach Christa!«, gurrte ich ihr entgegen. »Ich lasse mir doch nicht deinen Geburtstag entgehen! Alles, alles Liebe und Gute zu deinem Achtzigsten - und auf die nächsten achtzig Jahre!«

»Oh Kind!« Kichernd schüttelte Christa den Kopf und schob mich eine Armeslänge von sich. Mit gütigen, wässrig blauen Augen taxierte sie mich. »Mag sein, dass ich keine achtzig Jahre mehr habe - aber dir wünsche ich sie von Herzen. Ach, was rede ich - du bist noch so jung. Und heute ist mein Geburtstag. Wir müssen fröhlich sein!«

Mit diesen Worten ließ sie von mir ab und wandte sich Markus zu, um ihn ausgiebig zu begrüßen. Mit einem freudigen Murmeln nahm sie unser Geschenk an - im Flur hatte ich noch eilig auf der Karte unterschrieben - und legte es auf den Gabentisch zu all den anderen Präsenten, die sie bereits erhalten hatte.

Unbehaglich trat ich einen Schritt zurück und blickte mich im Raum um. Das Geburtstagskaffeetrinken fand im Hause der Familie Robbe statt. Natürlich sah ich überall bekannte

Gesichter und die meisten warfen mir doch recht betretene Blicke zu. Klar, sie waren eingeweiht. Und sie wussten ganz definitiv, was der wahre Grund für meine Anwesenheit war. Noch deutlicher konnte ich sie vermutlich nicht an die Sterblichkeit von Christa erinnern.

»Komm, wir setzen uns dort drüben an den Tisch«, murmelte mir Markus plötzlich zu und umfasste sanft meinen Ellenbogen. Ich hatte gar nicht mitbekommen, dass ich meine Arme fest vor meiner Brust verschränkt hatte, und lockerte diese Selbstumarmung nun vorsichtig.

»Alles klar«, stimmte ich ebenso leise zu.

Wir nahmen am Ende des ausgezogenen Kaffeetisches Platz. Er war bereits eingedeckt und das gute alte Meißnerporzellan strahlte auf der schneeweißen Tischdecke. Nur zu ganz besonderen Anlässen holte die Familie Robbe dieses Gedeck hervor - und heute war zweifelsohne ein solcher.

Immerhin hatte sich mein Magen beruhigt und der Anblick der vielen verschiedenen Kuchen und Torten ließ mir das Wasser im Mund zusammenlaufen. Ich würde diese Köstlichkeiten essen können und ich würde sie vertragen - was wollte ich mehr?

Bald waren alle versammelt, die am Kaffeetrinken teilnehmen würden. Mein Blick wanderte über die große Familie. Ich kannte jeden Einzelnen - entweder genauer oder zumindest flüchtig. Alle wussten sie Bescheid? Ich hoffte es und gleichzeitig hoffte ich es nicht.

Eine Hand legte sich auf meinen Oberschenkel, bedeckt durch die lange Tischdecke. Kurz spannte ich mich an, denn es war irgendwie nicht richtig, dass Markus mich so berührte, doch ich wusste, dass er mich nur beruhigen wollte.

»Du solltest dich ein bisschen entspannen«, flüsterte er mir ins Ohr und konnte sich ein Lachen nicht verkneifen. »Sonst fliegst du hinterher noch auf.«

»Ich? Du meinst wohl wir!«, zischte ich zurück. Ich hätte wütend sein sollen, doch Markus hatte lediglich erreicht, was er wollte: Augenblicklich hatte ich mich entspannt und war auf seine Neckerei hereingefallen. Kluger Kerl. Ein letztes Mal huschte mein Blick den Tisch entlang und ich sah, wie Markus' Mutter mir ein kleines Lächeln schenkte. Es war ihre Mutter, deren Geburtstag wir heute feierten, und ich konnte ihr ansehen, dass sie dankbar über meine Anwesenheit war.

Ich lächelte zurück.

Plötzlich ertönte ein schrilles Klirren am Kopfende und ich zuckte zusammen. In Erwartung, das Schlimmste zu sehen, blickte ich nach vorne, doch dort stand lediglich Christa, ein Löffel erhoben, den sie kurz zuvor gegen ein Wasserglas geknallt haben musste.

»Ja, hallo ihr Lieben!« Ein kleines, knuspriges Lächeln entkam ihrer Kehle. »Schön, dass ihr alle gekommen seid, um mit mir meinen Geburtstag zu feiern. Ich schlage vor, wir widmen uns den schönen Dingen. Zum Beispiel Kuchen.« Nach dieser kurzen Rede setzte sie sich mit einem leisen Plumpsen auf den Stuhl vor Kopf, den man ihr zurechtgerückt hatte. Ein Lachen brandete über den Tisch.

Schon begannen alle, sich fröhlich zu bedienen. Eine Kaffeekanne wanderte durch die Runde und der Duft des schwarzen Goldes kitzelte meine Nase.

Die nächste Stunde verging relativ schnell. Ich hielt

mich zurück, lauschte den Gesprächen, ohne mich groß einzubringen. Zum Glück schien das kein Problem zu sein, denn die gesamte Familie war höchst unterhaltsam. Dass ich stiller war als früher, schien niemanden zu stören.

»Ist alles okay?«, fragte Markus irgendwann nach. Bis eben hatte er sich mit seinem Onkel unterhalten, der sich auf seiner anderen Seite niedergelassen hatte.

»Alles gut«, nickte ich ihm zu. Die Unbehaglichkeit war noch nicht ganz verschwunden, doch ich merkte, dass ich mich immer mehr entspannte. Bisher war alles gut gegangen, Schokoladentorte und Erdbeerkuchen hatten meine Laune gesteigert.

»Oma wirkt zufrieden.«

Ich folgte seinem Blick und beobachtete die alte Frau. Markus hatte recht. Obwohl sie, so auf ihrem Stuhl versunken, sehr klein und zerbrechlich wirkte, lächelte sie versonnen in die Runde. Offenbar schien sie ähnlich wie ich eine eher passive Rolle eingenommen zu haben, ganz vertieft in die Gespräche am Tisch. In ihrem blauen Kostüm, das sie zu diesem Anlass angezogen hatte, wirkte sie noch winziger, die gepolsterten Schultern standen leicht ab. Wann hatte sie so abgenommen? Nun, vermutlich war es normal, dass eine demente Frau dünner wurde. Ich konnte mir vorstellen, dass sie nicht mehr viel aß. Nun hatte sie jedoch ein großes Stück Torte auf dem Teller und die Krümel ließen vermuten, dass es nicht ihr Erstes war. Das Lächeln auf ihren Lippen wirkte etwas zerstreut, aber echt. Zunächst langsam, dann jedoch überzeugter begann ich zu nicken. »Du hast recht, sie wirkt zufrieden.«

Nach einer Weile hatte auch der Letzte seinen Teller leergekratzt. Ich warf Markus einen schnellen

Blick zu - würden wir nun wieder aufbrechen? Gerade, als ich ihm diese Frage stellen wollte, ertönte die Stimme seiner Mutter.

»Wie wäre es, wenn die Enkel eine Runde Rummikub mit Oma spielen, während die Erwachsenen sich um den Abwasch kümmern?«

Diese Aufforderung kam gut an - besonders bei den Cousinen von Markus, die mit ihren vierzehn Jahren alles andere als erpicht auf den Abwasch von so vielen Tellern waren.

»Eine Runde und dann bringe ich dich nach Hause?«, fragte Markus eilig nach, bevor er sich zu dem Vorschlag äußerte.

Ich zögerte nur kurz. Eine Runde Rummikub, das würde schon nicht schaden.

Kapitel 12

»Du hast dich tapfer geschlagen.« Markus klang aufrichtig, als er sein Auto startete. Der Blick, den er mir eilig zuwarf, bevor er sich auf die Straße konzentrierte, war offen und ehrlich.

»Danke«, gab ich leise zurück. Mein Kopf schmerzte und ich war froh, dass ich es endlich hinter mich gebracht hatte. Als ich mich auf das Spielen eingelassen hatte, hatte ich nicht erwartet, noch weitere zwei Stunden an den riesigen Tisch gefesselt zu sein. Zu fünft hatten wir eine Runde nach der anderen gespielt und ich hatte es einfach nicht übers Herz gebracht, dem Ganzen ein Ende zu bereiten. Erst recht nicht, weil mich die Cousinen immer wieder aus großen Augen angestarrt hatten. Ich war mir sehr sicher, dass ihnen genau bewusst gewesen war, welche Rolle ich spielte, und ich hatte keine unnötigen Fragen aufwerfen wollen. Erst, als Christa selber angekündigt hatte, keine weitere Runde zu schaffen, ohne vorher in der Küche vorbeizuschauen, hatte sich der Kreis aufgelöst. Dass kein Einziger darauf reagiert hatte, wenn sie sich mit den Zahlenplättchen vertan hatte, zeugte von der großen Empathie, die in der Familie Robbe vorherrschte.

Der Abschied von Christa hatte mich dann schließlich an die Grenze des Ertragbaren gebracht. Schon brannte es wieder in meiner Kehle, als ich an den Anblick der alten Dame dachte, die so klein und mit wässrigen Augen vor mir gestanden hatte -

diesmal wegen der Tränen in ihren Augen. »Danke, dass du gekommen bist, Emmi«, hatte sie mir zugemurmelt und mich dann mit ihren knorrigen Händen an sich gedrückt. Mehr als ein »Von Herzen gern« hatte ich einfach nicht erwidern können.

Noch jetzt war ich mir nicht sicher, inwieweit sie die Beweggründe für meine Anwesenheit durchschaut hatte.

Die Umgebung rauschte nur an uns vorbei, und obwohl ich nach draußen starrte, nahm ich kaum etwas wahr. Immer wieder krabbelte dieses Gefühl der Beklemmung in mir hoch, das mich im Hause der Robbes fest im Griff gehabt hatte.

Erneut legte sich eine Hand auf meinen Oberschenkel, doch diesmal zuckte ich derart zusammen, dass Markus sich sofort wieder zurückzog.

»Entschuldige«, murmelte er beschämt. »Ich ... ach, vergiss es.«

Entschlossenheit durchfuhr mich und auch ein bisschen so etwas wie Erleichterung. Mit dieser Situation konnte ich besser umgehen als mit diesem komischen Durcheinander in meinem Bauch, wenn ich an Christa und an das Kaffeetrinken dachte. »Was ist, Markus?«, fragte ich so streng wie möglich und schaute ihn fest an. Mehr als sein Profil konnte ich nicht erkennen, denn mein Ex-Freund hatte seinen Blick starr auf die Straße geheftet.

»Schon gut, Emmi. Ich bin einfach ein bisschen wehmütig, denke ich.«

»Wehmütig?« Ich seufzte auf. »Ich kann dich schon verstehen - es war wirklich sehr komisch. So zu tun, als wäre alles wie immer - und das inmitten deiner Familie.«

Eine Weile schwieg Markus, bevor er zu einer Antwort ansetzte. »Es hat sich so merkwürdig angefühlt. Einerseits war es alles wie immer, andererseits wusste ich, dass sich alles geändert hat.«

Darauf hatte ich nichts zu erwidern. Mein Blick wanderte zur Windschutzscheibe und ich starrte die Straße an. Die Gegend kannte ich genau, es war nicht mehr weit bis zu meiner Wohnung. Erleichterung ergriff mein Herz - zu früh.

»Denkst du manchmal über unsere Entscheidung nach?« Markus' Blick huschte für einen winzigen Moment zu mir, dann wieder auf die Straße.

Die Erleichterung wich einer klammen Kälte. »Wie meinst du das?« Gott, warum waren wir nicht endlich da?

»Bereust du es?«

Ich seufzte auf. Irgendwie hatte ich befürchtet, dass es darauf hinauslaufen würde. Einzig Klarheit würde nun helfen - und die hatte mich erfasst, seit mich die heißen Gefühle für Alex mitgerissen hatten. »Nein, ehrlich gesagt nicht. Es ist nach wie vor die richtige Entscheidung«, erklärte ich deshalb so deutlich wie möglich, ohne dabei kalt zu wirken. »Wir haben lange darüber nachgedacht, das weißt du. Wir haben uns einfach auseinandergelebt.«

Eine merkwürdige Stimmung hatte sich zwischen uns ausgebreitet, feucht und schwer.

»Ja, das haben wir wohl.« Er klang gepresst, enttäuscht. Da war ich mir sicher.

»Hör zu, es war einfach die ganze Situation. So zu tun, als wären wir wieder zusammen - das war für uns beide nicht einfach. Kein Wunder, dass sich solche Gefühle entwickeln, hm?«

Den Rest der Fahrt verbrachten wir schweigend.

Ich wusste nicht, was Markus durch den Kopf ging, aber ich fühlte mich seltsam unwohl. Die Stimmung zwischen uns beiden war seit der Trennung sowieso nicht mehr die einfachste gewesen und durch seine Frage ... sie hatte es nicht besser gemacht.

Das laute Klackern des Blinkers riss mich schließlich aus meiner Starre und ich stellte fest, dass wir endlich zu Hause angekommen waren. Der Wagen kam zum Stehen und die Stille begann zu schreien.

Ich räusperte mich. »Danke schön.«

Markus lachte leise auf. »Ich habe zu danken.«

Nachdenklich blickte ich in meinen Schoß, wo meine Hände miteinander wrangen. »Hör mal. Lass uns einfach versuchen, Freunde zu bleiben, ja? Wie wir es von Anfang an geplant haben.«

Markus warf mir ein gequältes Lächeln zu. »Klar, Freunde.«

* * *

An diesem Abend passierte nicht mehr viel. Lena und Sandra hatte ich bereits im Vorfeld gesagt, dass sie mich nicht einplanen sollten; ich hatte nicht vorausahnen können, wie lange ich bei dem Geburtstag bleiben würde. Im Grunde war es mir so aber auch ganz recht; mir war nicht nach Gesellschaft, der lange Nachmittag hatte mir gereicht. Außerdem hallten die Fragen von Markus in mir wider. Dass er auf einmal zu zweifeln schien, ob wir die richtige Entscheidung getroffen hatten, war zum einen vollkommen nachvollziehbar, zum anderen behagte es mir nicht. Natürlich hatte auch ich mit meinen Emotionen kämpfen müssen, als ich bei der Familie gesessen hatte. In jeder Ecke waren Erinnerungen an die vergangenen vier Jahre versteckt gewesen - eine lange Zeit in einem bedeutsamen Alter, die mich sicherlich sehr geprägt hatte. Und doch - die Gefühle für Markus, die eine Beziehung rechtfertigten, waren nicht mehr da, und ich war mir sicher, dass es wenig Sinn machte, ihnen hinterherzulaufen. Im Grunde waren wir das beide, immerhin hatten wir uns lange genug darüber unterhalten.

Seufzend schnappte ich mir meine aktuelle Lektüre und kuschelte mich in meinem Bett ein. Ich war alleine zu Hause und für den Moment war mir das nur recht. Keine Gesellschaft bedeutete keine Fragen und daher auch ganz viel Ruhe für mich. Mit den anderen würde ich mich noch früh genug auseinandersetzen können.

Kapitel 13

»Wir sind bald da - glaube ich.« Mit konzentriertem Blick suchte Alex die Straße ab. Schon eine Weile kurvten wir durch das Stadtviertel, auf der Suche nach der Maisonettewohnung, in die er sich am Freitag so verliebt hatte.

Mich hatte ein ungutes Gefühl fest im Griff. Vielleicht war es die Tatsache, dass ich noch nicht oft erlebt hatte, dass solche Angebote wirklich das hielten, was sie versprachen. Ich hatte den Glanz in seinen Augen gesehen, hatte gesehen, wie sehr Alex sich auf diese Besichtigung freute - und ich wollte einfach nicht, dass er enttäuscht wurde. Leider ging ich ziemlich fest davon aus, dass es so kommen würde.

Ich beobachtete sein Profil. Mit einem Hauch von Ironie wurde mir bewusst, dass ich erst gestern in ähnlicher Position in einem anderen Auto gesessen hatte. Interessanterweise fand ich diesen Anblick wesentlich spannender, wenn auch unerreichbar - zumindest in Anbetracht des kribbelnden Gefühls in meinem Magen.

»Das hast du schon einmal gesagt«, erklärte ich mit kratzender Stimme und wandte meinen Blick schnell ab. Das wurde wieder einmal zu kompliziert.

Alex lachte leise auf. »Ich weiß, aber diesmal habe ich recht.«

Und so war es. Wenige Augenblicke später stieß er einen triumphierenden Schrei aus, als wir endlich die kleine Verbindungsstraße fanden, in der sich die Wohnung befinden sollte. Hausnummer 13 - die war schnell erreicht. Gekonnt parkte Alex in eine schmale Lücke an der Seite ein, die ich vermutlich nicht einmal für eine Sekunde in Betracht gezogen hätte. Lieber ein paar Schritte mehr laufen als einen kleinen Parkunfall zu riskieren - so war meine Devise.

Plötzlich wurde es leise im Auto. Ich hatte gar nicht bemerkt, wie laut das Dröhnen eines Autos werden konnte - und wie schwer die Stille, wenn sie nicht durch fröhliche Gespräche durchbrochen wurde. Gerade Letzteres war bei uns irgendwie fehl am Platz, schon die ganze Fahrt über.

»Also, sollen wir?« Alex blickte auf seine Uhr - ja, er gehörte tatsächlich zu den Männern, die noch eine schöne Armbanduhr trugen. Schuldbewusst blickte ich auf mein Handgelenk, das schon lange verwaist war. In etwa so lange, wie ich ein Smartphone besaß, um genau zu sein.

»Klar«, stimmte ich schulterzuckend zu. »Dafür sind wir ja hier.«

»Okay.« Sein Gurt schnalzte, als Alex sich befreite, doch anstatt sich aus dem Sitz zu schälen, blieb er sitzen. »Hör mal, Emmi ...«, begann er leise. Alles in mir spannte sich an. Was würde er nun wollen? Worauf wollte er hinaus? Was sollte der merkwürdige Unterton in seiner Stimme? Gerade wollte ich etwas erwidern, wollte gereizt nachfragen, was nun los war, als er endlich weiterredete. »Ich wollte nur schon einmal danke sagen. Dafür, dass du mir bei alledem hilfst.«

Oh. Mehr nicht? Ich versuchte, meine Miene nicht zu verziehen. »Klar, ist doch selbstverständlich.« Und um mir selbst einen Dämpfer zu verpassen: »Für die

Familie tut man sowas, nicht wahr?«

Augenblicklich zuckte er zurück. Die Worte hatten ihre Wirkung nicht verfehlt. »Du weiß ganz genau, dass wir keine Familie sind. Noch nicht. Und niemals in dem Sinne, wie du es meinst!« Mit diesen Worten stieß er die Autotür auf - Gott sei Dank war die Straße wie verlassen, denn er hatte nicht geschaut, ob jemand kam - und verließ den Wagen.

Ein Hauch von Röte bedeckte meine Wangen, als ich ihm nach draußen folgte. An seiner Haltung konnte ich ablesen, wie angespannt Alex gerade war. Inwiefern sich dies jedoch auf die Besichtigung bezog, konnte ich nicht sagen. Fast schon gierig nahm ich seinen Anblick in mich auf: Wieder einmal trug er dunkle Jeans, die sich eng um seine wohlgeformten Beine legten. Er hatte tatsächlich die Dreistigkeit besessen, sich für ein schlichtes Polohemd zu entscheiden. Wenigstens hatte er den Kragen nicht nach oben geklappt. Immer wieder versuchte ich, ihn und seinen Job in Verbindung zu bringen, doch es war mir einfach nicht möglich. Wenn man ihn so sah, vermutete man alles, vielleicht sogar einen Anzugjob oder so. Ganz bestimmt jedoch nicht so etwas wie Bierbrauerei.

Eilig riss ich meinen Blick von ihm los und erklomm die vier Stufen bis zur Haustür. Wieso musste ich mich immer so selbstkasteien? Jede Chance nutzen, um ihn zu beobachten? Diese Wärme in meinem Bauch wechselte sich hartnäckig mit einem Kübel Eiswasser ab, der immer wieder aufs Neue versuchte, die Emotionen in mir abzukühlen. Es war schwindelerregend.

»Auf geht's«, murmelte Alex neben mir und fuhr sich durch die Haare. Jegliche Ordnung ging spätestens jetzt verloren. »Alles klar?«

Ohne darüber nachzudenken, hob ich meine Hand und streichelte einmal über seinen Rücken. »Na klar, wir machen das schon.« Ein warmes Gefühl der Sehnsucht entbrannte in meiner Brust. Warum nur konnte ich mich nicht einfach an ihn kuscheln, meinen Arm an seinem Rücken lassen, wo es doch alles war, wonach es mich verlangte?

Weil er dein Bruder wird, deshalb.

Stiefbruder.

Wie sieht das denn aus?

Wieso sollte es dich interessieren, was andere denken?

Ich kann einfach nicht -

»Emmi?«

Alex' Stimme durchbrach das Chaos in mir. Erschrocken blickte ich auf und musste feststellen, dass er bereits die Haustür geöffnet und den Flur halb betreten hatte. Mit neugierigem aber auch leicht verwirrten Blick schaute er mich an. Offenbar hatte ich durch den Lärm in meinem Kopf nicht mitbekommen, was sich wirklich abgespielt hatte.

»Oh«, murmelte ich beschämt. »Ich komme.«

* * *

Schon ab dem Zeitpunkt, als wir den großen Wohnraum betraten, durchflutete mich heiße Erleichterung, machte Platz für Aufregung. Es war dem Zufall zuzuschreiben, dass die Sonne heute besonders hell strahlte und so den riesigen Wohnraum bis in seinen letzten Winkel durchflutete und von seiner besten Seite zeigte. Ich wusste nicht, ob ich es mir nur einbildete, doch Alex schien ein scharfes Zischen zu entweichen, als er diesen Anblick in sich aufnahm. Nur mit größter Konzentration konnte ich verhindern, dass ich es ihm gleichtat. Stattdessen setzte ich einen bemüht strengen Gesichtsausdruck auf.

Der Vermieter nahm uns höchstpersönlich in Empfang - ein älterer Mann, der mit seiner Wohnung um die Wette strahlte. »Ah, Herr Rischer, wie schön, dass Sie da sind. Und dann auch noch so pünktlich! Ich bin Herr Kaup.« Mit einem schwungvollen Händedruck begrüßte er Alex und bat ihn dann in die Wohnung - wodurch er einen freien Blick auf mich bekam. »Ah, und Sie sind sicherlich seine Freundin, Frau -«

»Äh.« Seine Freundin? Nicht wirklich, doch ich sah, wie Alex mir einen Blick zuwarf, und ging deshalb einfach über diesen Fauxpas hinweg. »Jakobs«, erklärte ich lediglich und nahm seine Hand entgegen. Er hatte einen angenehmen Händedruck.

»Kommen Sie doch herein.« Mit einer ausholenden Geste bat er auch mich hereinzutreten und schloss die Tür hinter uns.

»Wieso ist die Wohnung komplett leer?«, entfuhr es mir. Irgendwie hatte ich damit gerechnet, dass aktuell noch jemand hier wohnen würde. Mir schoss das Blut in die Wangen, denn so richtig intelligent war diese Frage nicht gewesen.

Herr Kaup lächelte milde. »Die Vormieter sind bereits zum Monatsbeginn ausgezogen. In den letzten zwei Wochen fanden hier ausführliche Renovierungsarbeiten statt.«

»Die Wohnung ist also bezugsfertig?«, klinkte Alex sich ein und trat neben mich. Sein Arm schob sich dezent um meine Taille und am liebsten hätte ich ihn von mir geschoben, doch das hätte vermutlich ein merkwürdiges Bild auf uns geworfen.

»Genau.« Der Vermieter nickte eifrig. »Ich führe Sie nun einfach ein wenig herum?«

Dieser Vorschlag war gut und Alex bedeutete dem Mann, vorauszugehen. Mir bot es die Möglichkeit, mich dezent aus der Umarmung zu befreien und auch für einen bösen Blick fand ich Zeit. »Übertreib es nicht!«, zischelte ich Alex leise zu, bevor ich mich zurückfallen ließ, um in meine Beobachterrolle zu fallen. Ich fragte mich, wieso er diese Show abzog; glaubte er etwa, es würde ihm einen Bonus verleihen, wenn wir als Pärchen auftraten? Dieser Gedanke verschaffte mir einen Schauer der anderen Art und ich musste mich zusammenreißen, um nicht einfach aus der Wohnung zu stürmen.

Konzentrier dich. Du hast eine Aufgabe!, fokussierte ich mich. Ich war nicht hier, um Maulaffen feilzuhalten, ich war auch nicht hier, um Alex' Freundin zu spielen (obwohl er genau das zu tun gedachte). Ich sollte Ausschau halten, sollte meinen weiblichen Blick nutzen und die Wohnung nach Vor- und Nachteilen absuchen.

Auch wenn mir mein Gefühl sagte, dass ich vermutlich nicht allzu viel Einfluss auf die Entscheidung haben würde. Alex lief dem Vermieter viel zu euphorisch hinterher, als dass ein Zweifel an seinen Gedanken bestehen konnte.

Ein leichtes Lächeln umspielte meine Lippen, als ich an die Fensterfront trat. Der Ausblick war wirklich toll; Hinterhöfe, einige Bäume, geschäftiges Treiben in weiter Ferne. Obwohl die Wohnung so zentral lag, befand sie sich in einer ruhigen Ecke der Stadt. Hier würde man seine Ruhe haben und doch in den Trubel flüchten können, wenn die Stille zu sehr auf einem lastete.

Fast schon sanft fuhr ich mit den Fingerspitzen über die Fensterbank - eher eine Geste der Anerkennung denn einer Staubkontrolle - und folgte den Männern langsam in die eine Ecke des Wohnraumes, wo sich der Fliesenspiegel befand.

» ... die Küche wurde von den Vormietern mitgenommen und ich beabsichtige nicht, eine Neue zu stellen. Das sollte Ihnen klar sein.«

Offenbar sprachen sie gerade über wichtige Eckpunkte und eine Küche gehörte definitiv dazu. Ich konnte mich erinnern, dass Alex gerne eine Einbauküche gehabt hätte, doch diesen Zahn hatte ich ihm ziehen können. Es war fast unmöglich, eine gute Wohnung mit vorhandener Küche zu erhalten. Nicht hier in unserer Stadt. Prüfend hob ich meinen Blick und suchte Alex' Gesicht nach Ablehnung ab - doch natürlich war nichts davon zu sehen. Die freudige Aufregung überdeckte alles. Dass er nicht auf den Fußballen wippte, war alles.

»Selbstverständlich!«, stimmte er schließlich wenig überraschend zu.

»Dann gehen wir mal weiter.« Herr Kaup winkte uns freundlich hinter sich her, und wir stiegen die schmale Wendeltreppe hinauf. »Für ältere Herrschaften ist diese Wohnung jedenfalls nicht geeignet.«

Er sprach den Gedanken aus, der mir soeben durch den Kopf geschossen war, und ich musste kichern.

»Ich erkenne hier keine älteren Herrschaften im Raum«, konterte Alex automatisch und brachte damit auch den Vermieter zum Lachen.

»Guter Versuch, Junge.«

Wenn der Wohnraum schon fantastisch gewesen

war, so war der obere Raum unglaublich. Rund 50 Quadratmeter groß und langgezogen, mit Dachschräge und einem mehr als charmanten Querbalken, der den Raum teilte, strahlte er nahezu einladend. Sofort sah ich vor Augen, wie ich alles einrichten würde, und eine ausladende Arbeitsecke, Regale um Regale voller Bücher sowie eine kuschelige Schlafecke brannten sich förmlich in meine Netzhaut.

»Wunderschön, nicht wahr?«, murmelte Alex plötzlich an meiner Seite. Er legte nicht wieder den Arm um mich, doch seine Präsenz reichte aus, um mir einen Schauder über den Rücken zu jagen.

»Ja«, antwortete ich wahrheitsgemäß. Es war wunderschön. Wo war der Haken?

»Hier geht es hinaus zur Dachterrasse«, erklärte der Vermieter und deutete auf eine schwer zu übersehende Glastür, die neben einigen wohlverteilten Fenstern - vornehmlich im Dach - auch diesen Raum mit Helligkeit flutete. Neugierig auf das, was nun kommen könnte, eilte ich sogar noch vor Alex nach draußen - und blieb abrupt stehen.

Ernüchtert drehte ich mich einmal im Kreis. Die so groß angepriesene Dachterrasse war wirklich winzig. Vielleicht konnte man hier mit vier oder fünf Leuten sitzen, mehr nicht. Natürlich war sie toll, die Aussicht atemberaubend und das gebeizte Holz lud förmlich zum Verweilen ein, doch irgendwie ... passte sie nicht zu den ausufernden Größen der restlichen Wohnung.

»Klein aber fein«, erklärte der ältere Herr schmunzelnd und fixierte mich dabei. Sicherlich hatte er meine Gedanken durchschaut. »Und immerhin besser als nichts, nicht wahr?«

»Natürlich! Sie reicht doch vollkommen aus!«, erklärte Alex sofort und verwunderte mich dadurch kein bisschen.

»Nun, jetzt habe ich Ihnen die Wohnung gezeigt -«

»Nicht ganz!«, unterbrach ich Herrn Kaup. »Was ist mit dem Badezimmer?«

Verlegen und etwas verwundert lachte er auf. »Ach du meine Güte, das habe ich ja ganz vergessen! In meinem Eifer bin ich direkt daran vorbeigestürmt.« Er räusperte sich und kratzte laut an seinem Kinn. Man hörte förmlich, wie seine Nägel über die Bartstoppeln fuhren. »Kommen Sie, das fehlt natürlich!«

Flotten Schrittes lief der Vermieter vor, Alex auf den Fersen. Ich selber ließ mir erneut etwas Zeit. Sorgfältig überblickte ich jeden Flecken, den ich erkennen konnte, auf der Suche nach dem großen Haken, der sich meiner Meinung nach irgendwo hinterhältig versteckte. Es konnte doch einfach nicht sein, dass Alex eine solche Wohnung fand - oder?

»Kommen Sie, junge Dame?«, erscholl es von unten. »Das Badezimmer wartet!«

Da diese Aufforderung durchaus sympathisch klang, machte ich mich bereitwillig auf den Weg zur letzten Station.

Ich wurde nicht enttäuscht. Das Badezimmer passte sich der Wohnung an; groß, geräumig, graue Fußbodenfließen und weiße an den Wänden; eine Badewanne ebenso wie eine Dusche und ein extrabreites Waschbecken.

»Und Tageslicht!«, betonte Herr Kaup fröhlich.

Man sah ihm förmlich an, wie er die Hände rieb. Ganz sicher ging er davon aus, dass er uns - also Alex - an der Angel hatte. Und bei dem Blick, den ich besagtem Wohnungssuchenden zuwarf, musste ich dem Vermieter recht geben.

»Dann besprechen wir doch noch einmal die Rahmenbedingungen, vielleicht erneut auf der Dachterrasse?«

Wir folgten dem Angebot. Im Schein der Nachmittagssonne fasste der sympathische Mann zusammen, was die Wohnung zu bieten hatte. Verkaufstalent hatte er allemal, wie ich feststellen musste. Es gelang ihm vortrefflich, die Vorteile hervorzuheben, und Alex schien damit kämpfen zu müssen, seinen Mund geschlossen zu halten.

Als der Vermieter im Anschluss sichergehen wollte, dass die Miete auch bezahlt werden konnte, überraschte der Gute mich zutiefst.

»Natürlich!«, gab Alex lächelnd an. »Noch habe ich Urlaub, doch ab September werde ich als Braumeister in der Hausbrauerei beginnen. Ein unbefristeter Vertrag mit ausreichender Vergütung, gerne kann ich Ihnen eine Kopie zukommen lassen.«

Hin- und hergerissen zwischen dem Bedürfnis, Alex zu schütteln und ihm vors Schienbein zu treten, konnte ich nur starren. Natürlich mit offenem Mund. Interessant. Dass er einen Job hatte, hatte er mir noch nicht erzählt.

Allerdings hatte ich ja auch nicht gefragt.

»Das klingt alles hervorragend.« Der alte Mann strahlte uns beide abwechselnd an. »Haben wir einen Deal?«

Alex schlug in seine Hand ein. »Vereinbaren wir einen weiteren Termin für die Details.«

* * *

Als wir eine gute halbe Stunde später wieder auf der Straße standen, drehte sich mir alles im Kopf. Ich hatte ganz sicher nicht damit gerechnet, dass Alex nun mehr oder weniger eine Wohnung in der Tasche hätte - und auch nicht, dass er mit dem älteren Herrn noch so lange über Biere und deren Qualitäten tratschen würde. Ich selber war froh, dass ich helles und dunkles Bier unterscheiden konnte, und war mir sicher, dass ich einen guten Cocktail bevorzugte. Alles andere waren für mich böhmische Dörfer.

Alex dagegen wirkte ganz gelöst und erleichtert. »Ich hätte niemals geglaubt, dass die Wohnungssuche nun doch so schnell vorbei ist!« Kurz hielt er inne, ein Runzeln huschte über seine Stirn - oder hatte ich mir das nur eingebildet? »Aber es bleibt ja noch genug zu tun. Die Einrichtung und das alles ...«

»Du hast mir gar nicht gesagt, dass du einen Job hast!«, platzte es ohne Vorwarnung aus mir heraus. Selbst ich war über diesen Ausbruch überrascht.

Nun vertieften sich die Runzeln eindeutig in Alexanders Stirn. »Hm, naja. Du hast ja auch nicht gefragt, oder?«

Ich konnte mir ein Schmollen nicht verkneifen. Fest schlang ich meine Arme um die Brust und lenkte meine Schritte in Richtung des Autos. Ich fühlte mich wie ein Kind und das war gut so.

»Mensch Emmi, für mich war das nicht wichtig!« In Sekundenschnelle hatte er mich eingeholt, mich überholt. Vor mir blieb er stehen und umfasste sanft, aber eindringlich meine Oberarme. Seine dunkelblauen Augen funkelten ernsthaft. »Ich hätte nicht gedacht, dass das so eine Rolle für dich spielt, ich meine, für mich tut es das ja auch nicht. Es war klar, dass ich wieder in meiner alten Brauerei anfangen kann - nur eben ein wenig höher auf der Karriereleiter.« Seine Augen nahmen einen schalkhaften Zug an. »Ich habe ja nun ordentlich an Erfahrung dazugewonnen.«

Er hatte ja irgendwie recht - und doch, es hatte mich gestört. Störte mich noch immer. Warum - das konnte ich nicht sagen. Um nicht wie eine dämliche Zicke dazustehen, nickte ich flüchtig. Der Versuch, mich aus seinem Griff zu lösen, scheiterte. Und damit meinte ich nicht seine Hände, die meine Oberarme fast schon liebkosten.

»Wie wäre es, wenn wir nun ein bisschen feiern gehen?«, schlug Alex ungerührt vor, ganz so, als hätten wir nicht gerade eine kleine Auseinandersetzung. »Ich hätte Lust, essen zu gehen und etwas zu trinken. Was meinst du?«

Noch immer vertieft in seine Augen nickte ich erneut. »Von mir aus. Aber nur wenn du zahlst - denn offenbar scheinst du ja in Geld zu schwimmen.«

Spielerisch kniff Alex mir in den Arm, bevor er mich lachend losließ. »Let's call it a date«, rief er mir über die Schulter hinweg zu und ließ mich mit offener Kinnlade stehen.

* * *

Wir entschieden uns für einen kleinen, gemütlichen Italiener, der am Rande der Innenstadt gelegen war. Mit viel Glück ergatterten wir einen Tisch in einer Ecke; zwar nicht am Fenster, dafür aber auch nicht mitten im Raum. Ich mochte es nicht so gerne, beim Essen inmitten anderer Leute zu sitzen und offenbar ging es Alex ähnlich. Immer wieder musterte ich ihn so unauffällig wie möglich; wenn er in die Speisekarte blickte, beim Bestellen der Getränke, als er aufstand und sich für kleine Jungs entschuldigte. Einmal mehr musste ich mich meinem Selbstmitleid ergeben und feststellen, dass ich mich in einer schier ausweglosen Situation befand. Wie nur sollte ich es schaffen, meine Gefühle für Alex zu kontrollieren, wenn sie mir regelmäßig auf der Nase herumtanzten? Es war so unglaublich, so neu für mich. Nie hatte ich derart heftig empfunden, nicht für Markus und vorher auch noch nicht. Vor allem aber konnte ich nicht damit umgehen, wie Anziehung und Ablehnung miteinander rangen. Es war, als würden zwei Herzen in meiner Brust schlagen.

Eilig lenkte ich meinen Blick auf den gut gefüllten Raum. Ich brauchte Ablenkung, sofort, und da ich keines meiner Bücher dabei hatte, musste die Beobachtung echter Menschen herhalten. Während ich die vielen Gesichter betrachtete, alle in einem mehr oder weniger zufriedenen Zustand, beruhigte sich meine aufgewühlte Seele und ich fühlte mich einigermaßen gefasst, als der Kellner an den Tisch trat.

»Darf es schon etwas zu trinken sein?« Der dunkelhaarige Typ sah jung aus und auf südländische Art und Weise gut, doch ausnahmsweise ließ mich diese Tatsache kalt.

»Noch nicht, ich warte auf meine Begleitung«, gab ich höflich zur Antwort und blätterte oberflächlich durch die Karte. Ich musste nicht lange überlegen, ich wusste sowieso, was ich wollte.

Bei Pasta und Pizza schafften wir es tatsächlich, ein nettes Gespräch aufrechtzuerhalten, ohne dabei in übergroße Fettnäpfchen oder drohende Schweigefallen zu treten. Alex erzählte von seinem Job und von allerlei Erlebnissen aus Norwegen, die mich vor allem deshalb fesselten, weil ich seiner

Stimme lauschen konnte. Er hatte eine angenehme Art und Weise, Geschichten zu erzählen, und schaffte es ohne Probleme, mich völlig zu fesseln. Vermutlich hätte er auch von der Dressur verkalkter Kieselsteine sprechen können und ich hätte jedes Wort ernst genommen.

Beim Nachtisch merkte ich, wie sich etwas verschob. Im Restaurant wurde das Licht verändert, gedimmt. Kein Wunder, es ging dem Abendbetrieb zu und der wurde deutlich romantischer gestaltet als der Nachmittagsansturm. Einer der Kellner ging herum und stellte kleine Dekogläser mit einer schneeweißen Kerze auf die Tische, um das Ambiente zu verschönern. Genauso gut hätte er auch lächelnd Rosenblütenblätter auf unseren Tisch streuen können. Ein Teil von mir wurde unruhig, wollte der Situation entfliehen. Alles schrie nach einem tatsächlichen Date und so sehr die Schmetterlinge in meinem Bauch bei der Vorstellung vor Verzückung frohlockten - mein zuverlässiger, nervender Verstand redete Tacheles. Und er war ganz sicher nicht begeistert vom Status Quo.

»Hey.« Plötzlich schob sich Alex' Hand in mein Sichtfeld und ich spürte, wie sich seine raue Hand auf die meine schob. »Alles klar bei dir?«

Ganz offenbar nicht, wie ich feststellte, doch mir fehlten auch die Worte, um ihm das zu erklären. Leider fehlte mir auch die Kraft, ihm meine Hand zu entziehen, denn Verstand hin oder her, die Berührung tat gut. Sie löste feurige Erinnerungen in mir aus, die ich nur allzu gerne vor meinem inneren Auge vorbeischweben sah. »Schon okay«, wehrte ich seine Sorge ab. »Ich glaube, ich werde müde.«

Wie erhofft nahm Alex mir diese Ausrede ab,

weshalb er einen Kellner herbeiwinkte und um die Rechnung bat.

Die Abendluft duftete köstlich würzig, wie so oft an einem lauen Sommerabend. Trotz aller Zweifel merkte ich, dass ich seine Anwesenheit genoss. Es war schön, Zeit mit Alex zu verbringen, meistens sogar sehr unkompliziert. Wäre da nicht die Sache, dass er der Sohn von Jürgen war, hätte ich mich vermutlich ernsthaft in ihn verlieben können.

* * *

Spontan entschieden wir uns für einen kleinen Spaziergang durch die Gassen der Stadt. In diese Ecke verirrten sich nicht allzu viele Menschen, schon gar keine Herumtreiber, und wir genossen die Ruhe. Unsere Gespräche wurden leiser, persönlicher, und im Zauber des Augenblickes schaffte ich es nicht, mich davon abzugrenzen.

Wie nicht anders zu erwarten war, lenkte Alex sein Interesse schließlich auf den vergangenen Tag.

»Wie war es gestern eigentlich auf dem Geburtstag?«, hakte er vorsichtig nach.

Sofort verschloss sich meine Miene - nicht, weil ich nicht bereit war, ihm zu antworten, sondern weil die Erinnerungen alleine schon durch die Rückfahrt mit Markus einen unangenehmen Beigeschmack enthielten.

»Wir müssen nicht darüber reden«, beeilte Alex sich zu sagen. Offenbar hatte er meine Reaktion bemerkt.

Merkwürdigerweise verspürte ich jedoch den Drang, offen mit ihm zu reden. Vielleicht, weil wir so viele Stunden miteinander verbracht hatten. Vielleicht, weil er ein angenehmer Gesprächspartner war. Und vielleicht, weil er mir langsam, aber sicher unter die Haut fuhr. »Es war einerseits sehr schön, andererseits aber auch schwer.« Ich musste schlucken. Ein kurzer Blick verriet mir, dass Alex konzentriert auf den Weg vor uns schaute, als wollte er verhindern, dass wir über eine plötzliche Bodenwelle stolperten. Durch sein Schweigen ermutigt redete ich weiter. »Ich habe Christa eine große Freude bereitet und das tat mir gut. Es war richtig so, dass ich da war!« Ich wurde defensiv. Genervt schluckte ich die Gefühle hinunter und verschränkte einmal mehr meine Arme fest vor der Brust. »Und gleichzeitig fühlte es sich nicht gut an. Zwischen all den Menschen zu sein, die vier Jahre lang sozusagen dazugehörten, hat zu viele Erinnerungen ausgelöst. Es hat mich durcheinandergebracht. Und Markus offenbar auch, denn er hat mich auf dem Rückweg gefragt, ob ich unsere Entscheidung anzweifle.«

»Und?«, schoss Alex pfeilschnell dazwischen.

Verwirrt blickte ich ihn an und kam dadurch leicht ins Straucheln. Automatisch griff er nach mir und verhinderte so, dass ich das Gleichgewicht verlor. »Was?«

»Na - bereust du es?«

Der Unterton in seiner ach so betont ruhigen Frage brachte mein Innerstes zum Kribbeln. »Nein, natürlich nicht«, erklärte ich leise. »Es war richtig so. Ich habe keine Gefühle mehr für ihn. Nicht mehr. Nicht ... solche.«

Eine Gänsehaut durchfuhr mich, markierte Arme und Beine und ließ mich frösteln. Ich hatte gerade so viel ausgesprochen, viel zu viel, und doch konnte ich keines der Worte zurücknehmen. Zum Glück ging Alex nicht darauf ein, zumindest nicht an mich gewandt. Was ihm durch den Kopf ging, konnte ich nicht sagen, allerdings hatte ich den Eindruck, als wäre er ein kleines Stückchen näher gerutscht.

Für den Moment ließ ich es durchgehen.

* * *

Im Auto herrschte Schweigen. Der ereignisreiche Tag lag schwer zwischen uns und ich war mir nicht sicher, wie ich nun mit Alex umgehen sollte. Zum Glück schien er kein Bedürfnis zu haben, die Stille zu durchbrechen, weshalb ich in meinem Sitz zurechtrückte und meinen Kopf an die Scheibe lehnte. Ein bisschen in die Leere starren konnte durchaus guttun.

Einmal mehr zog ich einen Vergleich zwischen dem gestrigen Tag und heute und ich musste daran denken, wie Markus seine Hand auf meinen Oberschenkel geschoben hatte. Während ich mich gestern schnell aus dieser Berührung befreit hatte, wünschte ich es mir heute umso mehr, dass Alex einen solchen Kontakt aufbauen würde. Ich würde ihn ebenso abschütteln müssen, doch wenigstens für einen Moment wollte ich seine Wärme spüren ...

Gequält schloss ich meine Augen. Ich beförderte mich gerade in eine äußerst beschissene Lage. Niemals hatte ich vorgehabt, mich direkt nach Markus wieder zu verlieben. Nicht einmal ein solches Begehren wollte ich spüren, wie es nun immer wieder aufwallte. Einfach ein bisschen Ruhe, Zeit für mich. Und dann musste ja unbedingt Alex auftauchen. Mein Verstand wusste, dass ich einen Bogen um ihn machen sollte, doch mein Herz, meine Seele, mein Bauch - ja, die verdammten Schmetterlinge da unten wollten einfach nicht zuhören. Sie reagierten auf Alex wie auf eine wohlriechende Blume und alles, was ich machen konnte, war zusehen, wie ich fröhlich ins Verderben lief. Emotionaler Selbstmord, sozusagen, und ich konnte nichts dagegen tun. Logik hatte nicht viel zu sagen in diesem Durcheinander, und so sehr ich es mir auch wünschte - machen konnte ich nichts. Alles, was ich tat, war ein unentschiedenes Wanken zwischen dem Bedürfnis, seine Nähe zu akzeptieren, auf meine durchdachten Einwände zu pfeifen - und schreiend wegzulaufen, inklusive hysterischem Wedeln der Hände über dem Kopf.

Ach, ich war so genervt von mir!

»Emmi? Wir sind da.« Alexanders Stimme klang sanft, leicht heiser. Als ich ihn anblickte, sah ich seine dunkelblauen Augen in der Dämmerung leuchten. In diesem Moment wollte ich nicht gehen, ich wollte einfach nicht das Auto verlassen, wollte von ihm mitgenommen werden, irgendwohin. Doch einmal mehr siegte mein Kopf.

»Danke«, erwiderte ich leise, die Hand schon am Türgriff.

Alex lachte leise auf. »Du machst Witze. Ich habe mich bei dir zu bedanken, immerhin hast du mich den Tag über begleitet. Wer weiß, ob ich ohne dich nun diese Wohnung hätte!«

Ein schiefes Grinsen schlich sich in meine Mundwinkel. »Noch hast du gar nichts, mein Lieber.«

»Das würde ich so nicht sagen.« Fast schon in Zeitlupe beugte er sich plötzlich zu mir herüber. Die Distanz verringerte sich, kein Puffer mehr zwischen ihm und mir, und mein Herz setzte aus. Was nun, was wollte er? Sein Atem fuhr sanft über meine Wange, liebkoste mich förmlich. Alles, was ich wollte, war mehr, und dafür hasste ich mich, doch meine Lider sanken verräterisch hinab, anstatt weit aufgerissen einen Weg aus diesem Moment zu suchen.

Alex war nur noch wenige Millimeter von meinem Gesicht entfernt, kein Platz mehr für Angst oder Zweifel, und gerade, als ich mich darauf vorbereitete, seine Lippen zu spüren, hauchte er mir einen fast schon keuschen Kuss auf die Wange.

Enttäuschung flammte in mir auf, ohne Rücksicht auf Verluste.

»Gute Nacht, Emmi. Träum etwas Schönes!«

Völlig entzweigerissen von meinen Gefühlen flüchtete ich nun tatsächlich aus dem Auto. Die Stelle auf meiner Wange, die Alex noch eben berührt hatte, brannte wie Feuer.

Kapitel 14

In der kommenden Woche hörte ich gar nichts von Alex. Nun, so ganz stimmte es nicht, denn meine Mutter ließ ab und an eine Bemerkung über ihn fallen. Offenbar hatte er recht schnell einen Termin gefunden, um sich erneut mit dem Vermieter zu treffen, und die Sache mit dem Mietvertrag war schnell geritzt. Es erfüllte mich mit einer merkwürdigen Enttäuschung, dass er diesen Schritt gegangen war, ohne ein weiteres Mal mit mir darüber zu reden.

Dafür verbrachten wir viel Zeit damit, die kommende Hochzeit zu planen. Auch wenn es nur standesamtlich werden würde, meine Mutter durchlebte den Traum von Weiß, und als sie mich spontan zu einem Bummel durch diverse Läden einlud, musste ich feststellen, wie groß das Geschäft doch mit genau jenem Kleidungszweig geworden war.

Zu Irritationen kam es, da fast durchgängig in jedem einzelnen Geschäft die Verkäuferinnen zunächst davon ausgingen, dass ich die kommende Braut war. Die vielen Blicke, die meine Mutter und ich tauschten, waren nicht an zwei Händen abzuzählen und die überraschten Mienen der Damen unbezahlbar.

Dieser erste Bummel brachte noch keinen Treffer, doch wenigstens fanden wir recht schnell raus, wonach meiner Mutter war: Ein schlichtes, fast schon unauffälliges Kleid, cremefarben und etwa wadenlang.

Noch immer stand kein Datum für die Zeremonie fest, doch es sollte im Herbst stattfinden - mit Strumpfhosen würde ein solches Kleid hoffentlich nicht zu kalt sein, in jedem Fall aber nicht zu warm, sollte es mal wieder heiße Tage geben. Bei den Wettereskapaden nicht unrealistisch.

Worüber wir manche Tasse Kaffee verdiskutierten, war die Tatsache, dass Mama keinen Verlobungsring trug.

»Wir haben einfach beschlossen zu heiraten, dafür brauchten wir keinen Ring oder sonst etwas«, erklärte sie lapidar und sah die Sache damit als erledigt, doch ich konnte mich damit nicht abfinden.

Vermutlich war ich da sehr klassisch eingestellt, andere bezeichneten es vielleicht als verstaubt. Wenn ich einmal heiraten sollte, dann würde ich das volle Programm wollen. Einen tollen Antrag mit Kniefall und Ring, Standesamt und Kirche, umringt von Freunden und Familie. Alles musste nicht außergewöhnlich oder protzig sein, aber ich wünschte es mir von Herzen. Zu viel verlangt fand ich es nicht. Jedenfalls waren diese Vorstellungen derart in meinem Kopf verankert, dass es mir schwerfiel zu akzeptieren, dass es Frauen geben konnte, die anders dachten.

Nun, vermutlich spielte es eine nicht unerhebliche Rolle, dass besagte Frau bereits eine Hochzeit hinter sich hatte.

Auch von Sandra und Lena sah ich nicht viel. Es war nicht ungewöhnlich, dass wir Phasen hatten, in denen der Kontakt etwas weniger wurde, immerhin war jede von uns in ihrem Leben sehr eingespannt, doch gerade jetzt hätte ich es gebrauchen können, mit ihnen zu quatschen - auch wenn ich genau wusste, was sie mir sagen würden. Immerhin tauschten wir regelmäßig Nachrichten in unserer Gruppe aus.

Ich selber nutzte die Zeit und stürzte mich in meinen Unikram. Ich hatte eine ganze Menge zu tun, viel nachzulesen und zusammenzufassen. Die Klausuren rückten näher und mit ihnen die übliche Angst - auch wenn sie völlig unbegründet war. Ich gehörte wohl zu den Studenten, die sich am wenigsten Sorgen um einen Abschluss machen mussten. Mehr Gedanken machte ich mir darum, ob ich Markus über den Weg laufen würde, insbesondere meine Arbeitsstunden verbrachte ich erfüllt von einer inneren Unruhe. Ich hatte einfach keine Lust, mich so schnell wieder mit ihm auseinanderzusetzen. Auch wenn ich ihm gesagt hatte, dass wir Freunde bleiben sollten; etwas in mir verlangte, dass ich zunächst ein bisschen Abstand von ihm hielt. Vielleicht auch, damit er es schaffte, sich endgültig mit dem Gedanken anzufreunden, dass es vorbei war.

Am Samstagabend schafften wir es endlich, einen Mädelsabend zu machen. Diesmal kochten wir bei mir zu Hause, meine Mutter hatte wieder einmal Nachtdienst und wir somit völlige Narrenfreiheit.

Bei köstlichem Ratatouille rollten wir uns auf der Couch ein und ließen uns von einem herrlich leichten Liebesfilm berieseln. Offenbar hatte ich noch die einfachste Woche hinter mir, denn sowohl Sandra als auch Lena wirkten abgekämpft und müde. Da ich mich nicht beklagen wollte, hielt ich mich mit meinen kleinen Problemchen eher bedeckt.

Tatsächlich schien Lena sehr mit ihrer Werbekampagne zu kämpfen zu haben. »Egal was ich tue, es ist nicht gut genug!«, jammerte sie unglücklich und schielte auf die Tafel der Diät-Schokolade, die auf dem Wohnzimmertisch lag. Fast schon anklagend wirkte sie, als würde sie lautstark verlangen, endlich einmal standesgemäß verzehrt zu werden. Mit seltener Zielgenauigkeit warf ich mit einem Kissen danach und bedeckte das verräterische Zeug.

»Die Frage ist«, begann Sandra gedehnt, den Mund noch halb voll mit Gemüse. »Reicht es dir nicht - oder reicht es deiner Chefin nicht?«

Da Lena darauf nur ein genervtes Brummeln zur Antwort hatte, konnte man davon ausgehen, dass es vor allem um Ersteres ging.

Ich seufzte auf. »Meinst du nicht, dass deine Chefin genau weiß, was du drauf hast? Ich glaube nicht, dass sie dich darauf angesetzt hätte, wenn sie an dir zweifeln würde.« Wie nebenbei zupfte ich an meiner schlabberigen Stoffhose, die mit kleinen Blümchen bedruckt und ganz sicher nicht straßentauglich war.

»Toll, mach mir nur noch mehr Druck!«, rief Lena theatralisch auf und schlug genervt auf die leere Sofafläche neben sich. »Das macht es mir sicher leichter!«

»Lass gut sein«, murmelte Sandra und legte ihre Hand auf die verkrampfte Faust unserer Freundin. »Wir haben Samstag, meinst du nicht, dass du auch mal ein paar Stunden abschalten darfst?«

»Ganz meiner Meinung«, nickte ich zustimmend und deutete auf das Kissen, das die merkwürdige Schokolade bedeckte. »Kein Ton mehr über Arbeit. Ich besorge uns gleich Toffifee und dann wird entspannt!«

»Leichter gesagt als getan«, murrte Lena, versuchte dann aber tatsächlich, ihren nervigen Auftrag von sich zu schieben.

Natürlich wählten sie eine der schnulzigsten Stellen

im Film, um das Gespräch letztlich auf Alex zu lenken. Dass die beiden ihn gut leiden konnten, hatte ich mittlerweile oft genug gehört, weshalb es mich nicht mehr überraschte, wenn sie einmal mehr Partei für ihn ergriffen.

»Die Wohnungsbesichtigung war also erfolgreich?«, brachte Sandra das Thema beiläufig in unseren Fokus.

Ein bisschen widerwillig musste ich nicken. »Ja, am Sonntag hat Alex im Grunde schon eine mündliche Zusage für die Wohnung gegeben und diese Woche war er irgendwann beim Vermieter, um den Vertrag zu unterschreiben. Ich weiß es nicht ganz genau, aber ich nehme an, dass er ab sofort einziehen kann.«

»Wenn er denn Möbel hat.« Lena schien sich mehr als bereitwillig auf diesen Themenwechsel zu stürzen, denn mit im Schneidersitz verknoteten Beinen lehnte sie sich aufgeregt vor. »Die kauft ihr doch auch zusammen, oder?«

»Sieh zu, dass er sich ein großes, gescheites Bett aussucht«, kicherte Sandra dazwischen und erntete dafür einen bösen Blick von mir.

»Das ist ja wohl ganz seine Sache!«, empörte ich mich und schob meine Unterlippe hervor. »Was interessiert mich sein Bett?«

»Na ...«, begann Sandra, verschluckte dann aber den Rest ihres Satzes, da ein Kissen mitten in ihr Gesicht knallte. »Du blöde Kuh!«

Ich würde gerne behaupten, dass wir erwachsener sind, aber die nächsten zwanzig Minuten quälten wir uns gegenseitig quer durch die Wohnung. Fliegende Kissen, Kitzelattacken und fiese Angriffe von hinten sorgten für ein heilloses Chaos, und erst als wir versehentlich einen Bilderrahmen von der Wand fegten, hielten wir schwer atmend inne.

»Gott sei Dank hat uns niemand dabei gesehen«, brachte Lena schwer keuchend hervor und stützte sich auf ihren Oberschenkeln ab.

»Das denkst auch nur du«, erwiderte ich mit einem fiesen Unterton.

»Sag nicht, du hast deine geheimen Kameras immer noch aktiv?«, kreischte Sandra und hielt sich theatralisch den Handrücken vor die Stirn.

Zur Antwort flog erneut ein Kissen in ihr Gesicht.

* * *

Eine außerordentliche Hitzewelle überrollte die Stadt. Da ich leider zu den Wettermemmen gehörte, litt ich sehr unter den Temperaturen und hielt mich weitestgehend im Schatten, oder - wenn möglich - in gekühlten Gebäuden auf. Zum Glück zählten hierzu sowohl Bibliotheken als auch Einkaufsgalerien, beides Orte, an denen ich gerne meine Zeit verbrachte. Leider gehörte die Uni nur in den seltensten Fällen dazu, und obwohl ich mir eigentlich vorgenommen hatte, vor Ort für meine Prüfungen zu lernen, verzog ich mich doch immer häufiger nach Hause. Unsere Wohnung wurde wenigstens durch Ventilatoren gekühlt.

An einem dieser Nachmittage lag ich einmal mehr bäuchlings auf meinem Bett, immer wieder angepustet von der mechanisch erzeugten Brise, und blätterte in einem Buch, als es an der Tür klingelte. Ein wenig überrascht, aber ohne näher darüber nachzudenken, erhob ich mich ächzend. Ich trug eines meiner leichten Sommerkleider, nicht nur verknittert, weil es so sein sollte, und mit großen, psychedelisch anmutenden Blüten bedruckt, und schlappte barfuß in den Flur. *Vielleicht der Postbote oder so*, schoss es mir durch den Kopf. Meine Mutter war arbeiten, sonst hätte ich ihr den Vortritt gelassen, aber so musste ich mich dem Fremdling stellen. Meine Kleidung war mir nur ein ganz kleines bisschen unangenehm.

»Ja?«, brummte ich in die Gegensprechanlage und erwartete so sehr das typische »Hallo, ich habe Post für Sie«, dass ich vor Schreck einen kleinen Satz machte, als Alexanders Stimme durch die Lautsprecher hallte.

»Wie schön, dass du da bist! Lässt du mich rein?«

Innerhalb von Nanosekunden färbte sich mein Gesicht tiefrosa, denn ich fühlte mich alles andere als in der Verfassung, um ausgerechnet Alex in Empfang zu nehmen. Das Kleid, mein nicht gerade frisches Haar und der Sonnenbrand auf meiner Nase, den ich mir nach meinem kurzen Aufenthalt in der Sonne am Vortag geholt hatte, schrien laut und deutlich »NEIN!«, ich selber blieb jedoch wie erstarrt stumm.

»Emmi?«, hakte Alex nach, ein Hauch von Ungeduld in seiner Stimme.

»Äh.« Mist. Ich konnte nichts sagen. Ich konnte nicht nein sagen, ich konnte nicht flüchten. »Klar.« Mit zittrigen Fingern drückte ich auf den kleinen Knopf mit dem aufgedruckten Schlüssel und atmete tief durch.

Es gibt keinen Grund, jetzt einen Aufstand zu machen. Es ist nur Alex. Der Sohn meines zukünftigen Stiefvaters. Kein Grund zur Sorge! So sehr ich mir auch Mut zusprach, irgendwie wollten die Worte nicht bis zu meinem Herz vordringen, das bis zum Halse klopfte. Eilig rieb ich meine schweißnassen Handflächen an dem knitterigen Kleid und trat von einem Fuß auf den anderen. Eine neue Frage drang durch mein Bewusstsein und verdrängte für eine kleine Weile meine Unsicherheit. Was wollte Alex? Warum tauchte er einfach so auf? Klar, mir war in den letzten Tagen eingefallen, dass er sich nur schwer bei mir melden konnte, immerhin hatte ich ihm nie meine Handynummer gegeben, doch wer wollte, der fand auch einen Weg. Ich war mir sicher, Jürgen hätte sie ihm gegeben, wenn er gefragt hätte, und wir besaßen auch ein Festnetztelefon. So etwas wie Unwille flammte in mir auf und diese Gefühlsregung nahm ich nur allzu erleichtert in Kauf. Wut war besser als diese schreckliche Unsicherheit, die mich immer wieder in Wellen überrollte, wenn ich an Alexander dachte.

An den gutaussehenden Alexander, der so unglaublich küssen konnte ...

Verdammt!

Schon klopfte es an der Wohnungstür, einmal, zweimal, dreimal. Ich hatte es nicht geschafft, meine Emotionen in den Griff zu bekommen, stattdessen verkrampfte ich mich einmal mehr. Nun einfach so zu tun, als wäre ich spontan verreist, war jedoch nicht möglich, also gab ich mich seufzend geschlagen und öffnete die Wohnungstür mit einem beherzten Schlag auf die Klinke.

Sofort umschlang ich meine Brust und setzte eine neutrale Miene auf.

»Hey.« Mit einem Strahlen im Gesicht betrat Alex den Flur und blieb nur wenige Schritte vor mir stehen. Ein amüsiertes Blitzen erhellte sein Gesicht, als er mein Outfit wahrnahm.

Unsicher, ob ich ihn irgendwie begrüßen sollte - Umarmen? Hand? Gar nichts? - legte ich meinen

Kopf schräg, die Arme noch immer um meinen Leib geschwungen. »Hey. Was treibt dich hierher?«

Fast schon charmant zuckte er mit einer Schulter und schob die Wohnungstür hinter sich zu. »Ich würde ja sagen, ich war gerade in der Nähe, aber das wäre gelogen.«

Mit der Antwort konnte ich nur wenig anfangen. Um mir eine Aufgabe zu geben, steuerte ich die Küche an. »Möchtest du etwas trinken?«

»Ein Wasser wäre nicht schlecht. Ich gehe rüber ins Wohnzimmer«, rief er mir hinterher und ich spürte, dass er sich von mir entfernte.

Verdammt! Schwer atmend stützte ich mich auf der Arbeitsfläche ab und schnaubte durch. Erneut überfiel mich der Drang, in mein Zimmer zu flitzen und andere Kleidung überzuwerfen, doch das hätte nur Fragen, vielleicht sogar Sticheleien herausgefordert. Am besten wäre es, ich würde mich selbstsicher geben und so tun, als trüge ich Chanel. Oder so.

Mit zwei Gläsern, klirrend ineinander gestellt, und einer Flasche Mineralwasser aus dem Kühlschrank trottete ich langsam ins Wohnzimmer. Innerlich stellte ich mich darauf ein, dass er am Esstisch säße, doch natürlich fläzte er sich auf der Couch. Meiner Meinung nach wirkte er viel zu selbstzufrieden.

»Bitte schön«, murmelte ich und füllte beide Gläser mit der perlenden Flüssigkeit. »Sollst ja nicht verdursten.« Dann sank ich in den Sessel ihm gegenüber und starrte ihn schweigend an. Um mich von meinem eigenen Gammeloutfit abzulenken, unterzog ich ihn einer Musterung. Eine relativ kurze Bermudashorts in Anthrazit schmiegte sich an seine Oberschenkel. Im Gegensatz zu meinen bleichen

Beinen waren seine tiefbraun und ich fragte mich nur für einen winzigen Augenblick, ob er ins Solarium ging. Zur Shorts trug er ein dunkelrotes, schlichtes Shirt und ich musste zugeben, dass diese einfache Mischung ihn atemberaubend aussehen ließ.

Weniger ist eben mehr, schoss es mir durch den Kopf und ich fuhr missmutig über eine besonders große Blüte in meinem Schoß.

Da Alex nicht danach aussah, als würde er ein Gespräch beginnen, entschloss ich mich dazu, selber in den Angriff zu gehen. Passenderweise suchte ich mir genau den Augenblick aus, als er sein Glas ansetzte, um zu trinken. »Also, du hast dich hier *in der Nähe herumgetrieben*?« Ich formte Anführungsstriche in der Luft.

Seine Augen weiteten sich kaum merklich, als er seinen Zug beendete. »Ja, sozusagen.«

»Und du dachtest dir, dass du dann einfach mal bei mir vorbeischauen kannst. Völlig unangemeldet.« Ironie umspielte vor allem den letzten Teil meiner Aussage.

Natürlich verstand er sofort, worauf ich hinauswollte. »Einer der Gründe, warum ich hier bin«, gab er bereitwillig zu. »Ich bräuchte deine Nummer. Ich kann ab nächster Woche in die Wohnung und möchte gerne mit der Möbelsuche beginnen. Steht dein Angebot noch, dass du mich dabei begleitest?«

Sofort erinnerte ich mich an Sandra und daran, wie sie mich aufgezogen hatte. Das Bett ... Eilig schüttelte ich den Kopf, ohne darüber nachzudenken, dass dies eine missverständliche Antwort auf seine Frage sein konnte. Sofort verbesserte ich mich. »Natürlich.«

»Das freut mich.« Alex tat, was er immer tat: Er strahlte. »Was denkst du, wann können wir starten?«

Am liebsten gar nicht, hätte ich beinahe entgegnet, doch das widersprach meiner Zusage, also tippte ich lediglich nachdenklich an mein Kinn. »Ich bin da relativ offen. Den Rest der Woche habe ich nicht mehr viel vor.« Das stimmte sogar, ich hatte meine Arbeit bereits erledigt.

»Ich hatte gehofft, du würdest das sagen.« Charmant reckte er die Faust in die Höhe, um seiner Freude Ausdruck zu verleihen.

Erneut breitete sich Schweigen zwischen uns aus. Ich konnte dieses Gefühl nicht einordnen, konnte es nicht ertragen. Fast schon sehnsüchtig dachte ich an unser vergangenes Treffen zurück, an die Leichtigkeit, die sich zwischen uns entwickelt hatte. Nichts war davon noch übrig und ich vermutete stark, dass es von mir abhing. Leider konnte ich nichts dagegen tun.

»Hast du Lust, etwas zu unternehmen?« Vage deutete er auf das Fenster, durch das die Sonne unvermindert schien. »Es ist wunderschön draußen. Freibadwetter. Oder Eis.«

Diese Frage hatte ich erwartet. Ich musste nicht lange nachdenken. »Ehrlich gesagt ist es mir ein bisschen zu warm draußen«, gab ich zu. »Ich bin nicht so der Typ für solche Temperaturen - und erst recht nicht für die Sonne.« Entschuldigend deutete ich auf meine Nase, die sich langsam aber sicher pellte. Fast schon tat es mir leid, Freibad klang sehr gut.

Er nickte verständnisvoll. »Okay, das kann ich verstehen. Aber ich habe da eine Idee.« Mit einem Satz sprang er von der Couch, plötzlich voller Tatendrang, und eilte zu mir. Ehe ich mich versah, zog er mich auf die Füße, sodass ich nur wenige Zentimeter vor ihm zum Stehen kam. Eine heiße Welle durchfuhr meinen Körper bis hinab in die

Zehenspitzen, als ich seinen würzigen Geruch in mich aufnahm. »Wir machen uns jetzt auf den Weg, aber ich verrate nicht wohin.« Seine Hände, noch eben fest um meine Handgelenke gelegt, zeichneten kleine Kreise auf meine Haut.

Wie benebelt machte ich einen kleinen Schritt zurück und löste mich so aus seiner Berührung. Obwohl ich es nicht geplant hatte, war ich nun doch bereit, die relative Kühle der Wohnung zu verlassen. Ich wandte ihm den Rücken zu und steuerte den Flur am, um nach meiner Tasche zu greifen, als Alexanders Stimme hinter mir erklang.

»Ach, und Emmi – bleib einfach, wie du bist. Du siehst fantastisch aus.«

* * *

Die Idee von Alex stellte sich als durchaus passabel heraus: Er fuhr zu einem kleinen Waldsee, der schon lange nicht mehr auf meinem Schirm gewesen war. Kaum dass er den Parkplatz angesteuert hatte, der einen kleinen Fußmarsch entfernt von der kleinen Oase lag, fiel er mir wieder ein und mir entfuhr ein kleines Juchzen.

»Gute Wahl?« Mit einem schiefen Grinsen blickte Alex mich von der Seite her an.

»Naja«, brachte ich so würdevoll wie möglich hervor. »Stinkendes Wasser und Mücken. Nicht unbedingt das, worunter ich mir einen gelungenen Nachmittag vorstelle.«

Natürlich nahm er mich nicht ernst und antwortete mit einem amüsierten Lachen.

Den Weg zum See brachten wir schweigend hinter uns. Immer wieder berührten sich unsere Arme, wenn wir beim Marschieren über kleine Grasnarben strauchelten. Ein ums andere Mal fühlte ich einen scharfen, heißen Blitz in meinem Magen.

Endlich erreichten wir das Ufer. Der Waldsee war nicht riesig, man konnte ohne Probleme jeden Zentimeter des Ufers sehen, doch er bot einen kleinen künstlichen Sandstrand, viele Bänke im Schatten der rauschenden Bäume und ein naturtrübes Wasser, auf dem immer wieder Enten in die Tiefe tauchten. Nur kurz bereute ich es, keine Badesachen mitgenommen zu haben, denn in das brackige Wasser wollte ich nicht wirklich springen. Um meine Füße abzukühlen, reichte es jedoch allemal.

Viele Menschen tummelten sich hier, jedoch nicht so viele wie am Baggersee, der zurzeit sicher übervölkert war. Es gab noch genügend freie Flächen, wo man ungestört am Ufer sitzen konnte; lediglich der Sandstrand war von Menschen bedeckt.

»Wie wäre es, wenn wir uns dort vorne hinsetzen?«, schlug Alex vor und deutete auf ein Stück Gras. Dort hatte der See das Ufer ein wenig ausgehöhlt, sodass sich ein kleiner Vorsprung gebildet hatte. Ideal, um mit den Beinen im Wasser zu baumeln, ohne einen nassen Hintern zu bekommen.

Eifrig stimmte ich zu.

Schweigend ließen wir uns nebeneinander nieder. Ich war froh, lediglich in meine dünnen Stoffballerinas geschlüpft zu sein, die nun innerhalb kürzester Zeit im Gras neben mir landeten. Den bunt bedruckten Stoff meines Kleides schob ich bis zur Mitte meiner Oberschenkel hinauf, mit starr nach vorne gerichtetem Blick, und als meine Beine ins kühle Nass tauchten, konnte ich mir ein Quieken nicht verkneifen. Erfrischend war eine euphemistische Bezeichnung für den Zustand des Wassers.

Unser Platz befand sich im Halbschatten. Gemeinsam mit der Kühle des Wassers war es so mehr als gut auszuhalten, trotz meiner Wärmeempfindlichkeit und meines Kreislaufes. Zuneigung für Alex durchflutete mich. »Danke, dass du mich hierher gebracht hast. Die letzten Tage waren nicht so angenehm für mich«, murmelte ich deshalb und meinte jedes Wort ernst.

Er lächelte mich an. »Gerne doch.«

Fast schon zaghaft schob sich seine Hand auf die meine, und sofort verspürte ich den Drang, meine Beine zusammenzukneifen. In diesem Moment war ich so zufrieden darüber, genau hier zu sein, dass ich ihm meine Hand nicht entzog.

Die meiste Zeit verbrachten wir schweigend. Es war schön, dem Rauschen der Blätter zu lauschen, zuzusehen, wie die Enten auf dem Wasser immer wieder in die Tiefe tauchten und nach Futter suchten. Kleine Wellen strömten von ihnen aus, selten stark genug, um bis zu unseren Beinen zu gelangen, die bis zum Knie im See baumelten. Meine Beine cremefarben, seine kaffeebraun und von dichtem Haarwuchs bedeckt. Es tat gut, zu gut.

»Denkst du manchmal an den Abend in der Disko zurück?«, entfuhr es mir schließlich. Die Worte purzelten aus meinem Mund, warfen Wellen in der Luft zwischen uns wie die Enten im Wasser.

Eine Art Schnauben entfuhr ihm, laut genug, damit ich es hörte. »Natürlich«, gab er schlicht zurück. »Immer wieder. Ständig.«

Diese Antwort löste eine kribbelnde Aufregung in mir aus, obwohl sie mich nicht überraschte. »Mir geht es genauso«, gab ich leise zu.

Leise plätschernd begann Alex, mit seinen Beinen durchs Wasser zu pflügen. »Warum verhältst du dich dann immer so widersprüchlich?« Nur bei genauem Hinhören konnte man den Frust wahrnehmen, der in seiner Frage lag. »Im einen Moment weichst du mir aus, im nächsten sowas hier.« Seine Finger trommelten auf meinen Handrücken, der noch immer von seiner Handfläche bedeckt war.

Wie um ihm meine Widersprüchlichkeit zu demonstrieren, entzog ich sie ihm. »Das weißt du ganz genau.«

Er seufzte auf. »Ja, aber ich verstehe es nicht.«

Da war er nicht der Einzige, wie ich zugeben musste, doch das behielt ich lieber für mich. »Es fühlt sich einfach nicht richtig an.«

»Du machst Witze!« Sein Lachen klang trocken, humorlos. »Du kannst nicht behaupten, dass du das alles nicht gut findest. Die Anziehung zwischen uns, das Kribbeln. Ich sehe es doch, wie du reagierst, wenn ich dich berühre. Zu behaupten, dass dich das nicht erregt, ist, als würdest du sagen, dass es gerade schneit.«

Unfähig, erwachsen auf seine Aussage zu reagieren, boxte ich leicht in seine Seite. »Das spielt doch gar keine Rolle. Es geht nicht darum, *ob* ich etwas spüre, sondern darum, ob ich etwas spüren *will*! Und das will ich einfach nicht.«

Blitzschnell hatte er meine Faust umfasst, sein Gesicht kam mir nahe. »Und was ist mit mir? Spielt meine Meinung überhaupt keine Rolle?«

Das »Nein«, das mir sofort auf der Zunge lag, verließ meinen Mund nicht. Meine Angst davor, was passieren würde, wenn ich genau jetzt seinen Duft in mich aufnahm, war zu groß. Mit zusammengepressten Zähnen schüttelte ich den Kopf.

»Das sehe ich anders.« Noch näher kam er, so nahe, dass seine Stirn sich plötzlich auf meine legte. Diese Pose war so intim, so ergreifend, dass ich die Augen schloss und die Luft mit einem Schwall aus meiner Lunge entwich. Erinnerungsfetzen an den Kuss in der Disko, an all die Küsse, tauchten wie Blasen an der Oberfläche meines Bewusstseins auf, doch auch ohne diese wäre ich dem Moment verfallen. Es war zu schwer, sich immer wieder gegen diese Emotionen zu wehren.

»Du machst es mir nicht leichter«, murmelte ich verzweifelt, nur wenige Zentimeter von seinem Mund entfernt. Als ich nun meine Lippen einen schmalen Spalt offen ließ, atmete ich seine Luft ein, sog sie tief in mich und spürte die Wärme bis in die Fingerspitzen.

»Das ist auch überhaupt nicht meine Absicht.« Stöhnend presste er seine Stirn noch ein bisschen fester gegen meine. Plötzlich fuhr sein linke Hand in meinen Nacken und umschlang ihn, hielt mich in dieser Position gefangen. »Emmi«, hauchte er mir entgegen und ließ meinen Herzschlag aussetzen.

Ein klischeehaftes »Oh, Alex«, verkniff ich mir, schaffte es jedoch nicht, eine schlagfertige, abweisende Antwort um seine Ohren zu pfeffern. Stattdessen schloss ich meine Augen, denn ich konnte den intensiven Blick nicht mehr ertragen.

»Hör auf zu denken«, forderte er mich leise auf. »Bitte.«

Dann legten sich seine Lippen auf die meinen.

Der Kuss war nicht zu vergleichen mit dem in der Disko, er war viel sanfter, intensiver. Gleichzeitig löste er so viel mehr aus. Seine Aufforderung hämmerte immer wieder durch meinen Kopf und nur allzu gerne kam ich ihr nach. Alex nahe zu sein, seine Lippen zu spüren, die sanfte, feuchte Wärme, die von ihnen ausging, war einfach zu viel. Zu gut. All meine Bedenken schob ich beiseite, als ich meine Arme um ihn schlang, mich ihm mehr zuwandte, um uns diesen intimen Augenblick zu vereinfachen.

»Genau so«, murmelte er an meinen Lippen und die Bewegung sorgte für ein tiefes Kribbeln in mir. Wie von alleine öffnete sich mein Mund einen kleinen Spalt und gewährte seiner Zunge Einlass.

Alles um uns herum verlor an Bedeutung, selbst die Sonne, die langsam wandernd unser schützendes Blätterdach durchbrach und mit voller Wucht auf uns strahlte. Keine Außentemperatur konnte mit dem Feuer mithalten, das in mir kochte.

Das körperliche Verlangen nach diesem Kerl machte mich sprachlos. So lange hatte ich schon nicht mehr eine solche Erregung gespürt. Alles in mir schrie förmlich nach Alex, bettelte darum, von seinen langen, rauen Fingern berührt zu werden. Und von seiner Zunge.

Stopp! Schwer keuchend löste ich mich von ihm, so gut es ging, und schaffte einen Sicherheitsabstand zwischen uns. »Aufhören!«, brachte ich mühsam hervor.

Alex knurrte frustriert auf. »Wieso, verdammt? Warum wehrst du dich so dagegen?« Anstatt mich wieder an sich zu reißen, wie ich es fast erwartet hatte, rückte er von mir ab, riss seine Füße aus dem Wasser und sprang auf. Die Schnelligkeit seiner Bewegungen erzeugte eine kleine Welle, die sich spritzend über meine Oberschenkel ergoss. Wie paralysiert blieb ich sitzen, konnte ihn nur anstarren. Das Blut rauschte lautstark in meinen Ohren. »Du kannst mir nicht sagen, dass es dir nichts bedeutet! Also - warum stellst du dich so an? Es gibt keinen Grund, warum wir das nicht tun sollten!«

»*Was* tun?«, entgegnete ich scharf; die einzige Aussage, die wirklich zu mir durchgedrungen war.

»Alles!«, rief er frustriert und begann, unruhig hin und her zu laufen. »Küssen, Daten, Rummachen, das ganze Programm!«

Küssen, Daten, Rummachen. Es klang so gut, ich hätte es gewollt. Doch die Moralsperre war zu hartnäckig. Wesentlich weniger elegant als er versuchte ich, auf die Beine zu kommen, denn es war irgendwie erniedrigend, so zu seinen Füßen zu sitzen, während er derart aufgebracht war. Mit Mühe schaffte ich es, mich aufzurichten, doch irgendwie trat ich auf einen besonders glitschigen Fleck, vermutlich erzeugt durch Alexanders plötzliches Aufspringen. Ein sehr undamenhafter Schrei entfuhr meiner Kehle, als ich so nahe am Wasser das Gleichgewicht verlor und in Richtung des Sees kippte.

All diese Berichte über zeitlupenhaftes Erleben, wenn einem etwas passierte, konnte ich in diesem Moment nachvollziehen, denn der Sturz in Richtung Wasser kam mir unglaublich langsam vor, ebenso Alex, der mit einer bestürzten Miene in meine Richtung eilte - doch zu spät. Es gab einen lauten Platscher, als ich die Oberfläche des Sees durchbrach, und einen dumpfen Aufprall in meinen Ohren, als ich unter Wasser geriet und viel zu früh Kontakt mit dem Boden aufnahm. Der Schock war schneller als der Schmerz, der sich wie ein rotes Feuerschwert durch mein rechtes Bein bohrte. Instinktiv riss ich meinen

Mund auf, um ein weiteres Mal zu schreien, und schluckte so eine große Menge des trüben Seewassers, irgendwie algig und fischig und alles andere als lecker.

Im nächsten Moment wurde ich bereits in die Höhe gezogen. Starke Arme - die von Alex - hielten mich fest umklammert, als ich hustend endlich wieder Boden unter mir spürte, feuchten Boden. Ganz kurz machte ich mir Sorgen um die Grasflecken, die nun zweifelsohne mein Kleid besudeln würden, doch dann überkam mich der Schmerz endgültig und ich jaulte ungefiltert los, immer wieder unterbrochen von dem Drang, brackiges Wasser auszuwürgen.

»Scheiße, verdammt!« Fluchend erblickte nun auch Alex den Quell meines Schmerzes, und dass er dabei blass um die Augen wurde, gefiel mir ganz und gar nicht.

Ich versuchte mich aufzurichten, musste es mit eigenen Augen sehen, was ich mittlerweile schon längst spürte, doch Alex drückte meine Schulter nach unten. »Bleib liegen!«, herrschte er mich an. »Ich rufe einen Krankenwagen.«

»*Was?*« Meine Stimme klang viel zu schrill in meinen Ohren und betäubte für einen winzigen Augenblick das Dröhnen. Dieses Mal konnte er mich nicht zurückhalten, und als ich mich erneut aufrichtete, blickte ich fast schon ängstlich an meinem Bein entlang.

Mir wurde sofort übel.

Eine wirklich große Platzwunde befand sich direkt unterhalb meines Knies. Eine Scherbe, kleine Steinchen und allerlei Dreck waren inmitten des Blutes zu erkennen, das vermischt mit dem Seewasser hellrot über mein Bein floss.

Oh mein Gott.

Sofort spürte ich noch stärkere Schmerzen und mir schossen Tränen in die Augen. Selbstkontrolle? Scheißegal, es tat einfach zu weh. Sofort ging Alex neben mir in die Knie, zog meinen Kopf in seinen Schoß. »Psssst«, murmelte er. »Es tut mir so leid. Das wollte ich nicht.«

Irritation flammte in mir auf - wieso fühlte er sich dafür schuldig? Mit Mühe schaffte ich es, zu lächeln. »Typisch ich, kein Ding.« Dabei war es nicht einmal wahr. Ich mochte ab und an schusselig sein, doch so etwas war mir noch nicht passiert. Idyllischer Waldsee, so ein Witz. Ich hätte kotzen können.

»Ich hätte mich nicht so aufregen dürfen, es tut mir leid«, redete Alex weiter. Seine Augen waren schreckgeweitet, seine Lippen blass. »Ich rufe einen Krankenwagen, ja? Das muss bestimmt genäht werden.«

Ugh. Das Letzte, was ich nun wollte, allem zum Trotz. »Bitte nicht«, flehte ich ihn an. »Kein Krankenwagen!«

»Emmi, ernsthaft, das sieht übel aus!« Seine Stimme gewann an Kraft und seine übliche Selbstsicherheit kehrte zurück. »Ich bin schuld, ich übernehme die Verantwortung.«

»Dann bring mich halt in die Notaufnahme, verdammt, aber kein Krankenwagen!«, fuhr ich ihn an. »Das ist echt übertrieben!«

Ich sah den Zweifel in seinen Augen, sah, wie er zögerte.

»Du willst nur nicht, dass ich dein Auto dreckig mache, was?«, änderte ich meine Taktik. »Wasser und Blut, keine gute Mischung, hm?«

Ich erreichte mein Ziel. »So ein Quatsch!«, antwortete er mit scharfer Stimme. »Okay. Kein

Krankenwagen. Aber ich fahre dich ins Krankenhaus, jetzt sofort.«

* * *

Der Weg zum Auto war mühsam. Alleine der Versuch, mich in die Senkrechte zu bringen, kostete mich derart viel Kraft, dass mir der kleine Fußmarsch zum Parkplatz wie ein Marathon vorkam. Diesmal ließ ich es zu, dass Alex mich berührte; sein Arm war fest um meine Taille geschlungen und er stützte mich, so gut es ging. Jeder einzelne Schritt tat weh, brannte sich wie Feuer durch mein ganzes Bein. Ein ganz anderes Feuer als jenes, das Alex in mir auszulösen pflegte und wesentlich schlechter zu kontrollieren.

»Es tut mir so leid«, presste Alex ein weiteres Mal hervor und griff mit seiner freien Hand nach meinem Arm, um mich zusätzlich zu stützen.

Ich merkte, wie mir die Tränen über die Wangen liefen, konstant und erniedrigend, und obwohl ich genau spürte, dass ich eine fiese Verletzung hatte, die Tränen durchaus rechtfertigte, fühlte ich mich erniedrigt.

Die Wunde pochte und verlor nach wie vor Blut, das in einem Strom direkt in meine Ballerina lief. Einmal kam uns ein Pärchen entgegen; schockiert blieb es stehen und bot uns seine Hilfe an, doch wir winkten ab. Ich wollte eigentlich nur noch nach Hause.

Am Auto angekommen verfrachtete Alex mich eilig auf der Rückbank. Er zog eine Plastiktüte aus dem Fußraum hervor und legte sie unter mein verletztes Bein. »Bleib so liegen, ich hole Verbandszeug!«, wies er mich an und verschwand bereits in Richtung

Kofferraum.

Mein Kopf begann zu schmerzen, meine Kehle brannte von dem verschluckten Seewasser, das ich ausgewürgt hatte. Jede einzelne Zelle meines Körpers beschwerte sich, verhöhnte mich, weil ich mich auf diesen Ausflug eingelassen hatte. Ich war derart in mein Selbstmitleid vertieft, dass ich nicht mitbekam, wie Alex wieder vor mir erschien. Erst, als er vorsichtig eine sterile Kompresse auf die Wunde legte, erinnerte der scharfe Schmerz mich daran, aufmerksam zu sein.

»Versuch einfach so liegen zu bleiben!«, bat er mich mit einem gequälten Gesichtsausdruck. Ein letztes Mal schoss sein Blick auf mein verletztes Bein, dann knallte er die Tür zu und eilte ums Auto herum zur Fahrertür.

Bis zum nächsten Krankenhaus waren es gut zwanzig Minuten. Die Fahrt war unangenehm und ich spürte, wie mir schlecht wurde. Liegend auf der Rücksitzbank über unebene Waldwege zu fahren war nicht hilfreich für das allgemeine Wohlbefinden - erst recht, wenn eine pochende und blutende Wunde hinzukam.

Ich hatte Wasser im rechten Ohr, das einfach nicht abfließen wollte, doch das gehörte gerade zu meinen geringsten Problemen. Schlimmer war der Weg ins Krankenhaus, als wir endlich die Fahrt hinter uns hatten und der allgemeine Schmerz mich in eine Art Dämmerzustand versetzt hatte. Nur langsam schafften wir es in den Eingangsbereich der Klinik und von dort aus ging es dann schnell. Ich hörte Stimmgewirr, immer wieder geleitet von Alex, und als meine Beine zu wackeln begannen und sein Griff nur noch stärker wurde, schob sich plötzlich ein Rollstuhl in meine Kniekehlen.

Die folgenden Augenblicke verschwammen zu einer Art Gelee in meinem Kopf. Ich landete direkt in einem Behandlungszimmer in der Notaufnahme, wo sich zwei Männer und eine Krankenschwester ausgiebig der Wunde widmeten. Fragen zu meiner Person konnte ich nur knapp beantworten, nach bestem Wissen von Alex ergänzt, der blass und hilflos neben mir stand und meine Hand hielt. Wer hier wem Kraft vermittelte, war mir nicht so klar.

Die Spritze, die die Ärzte mir injizierten, ließ mich einmal mehr aufjammern, doch Gedanken an meine Würde konnte ich nicht mehr verschwenden. Die Tatsache, vom Badesee plötzlich auf die Liege in der Notaufnahme verfrachtet worden zu sein, und das in so kurzer Zeit, sprengte förmlich meine Vorstellungskraft.

Als die lokale Betäubung wirkte, säuberten die Mediziner die Wunde und nähten sie sorgfältig zusammen. Acht Stiche benötigten sie, doch diese Angabe sagte mir so viel wie eine Bauanleitung aus dem Möbelhaus. Einzig die Tatsache, dass der Schmerz nachließ, half mir ein wenig. Zumindest, was das Bein anging, denn meine Kehle brachte mich nach wie vor um.

»Badeunfall«

»Dummer Zufall«

»Pech«

Verschiedene Wortfetzen drangen zu mir durch, doch ich versuchte, alles auszublenden. Schmerzen und die Irrsinnigkeit der Situation raubten meinen letzten Nerv.

»Emily?« Alexanders Stimme ertönte plötzlich sanft neben meinem Ohr. »Die Ärzte sind fertig. Wir können jetzt gehen.«

»Gehen?« Ich lachte heiser auf, ironisch. »Wie stellst du dir das vor?« Meine Gedanken fokussierten sich wieder und ich nahm die kahle, kühle Atmosphäre des Raumes in mich auf. Nur zu gerne wollte ich von hier verschwinden. Ruckartig richtete ich mich auf, sodass ich mit baumelnden Beinen auf der Liege saß, und schloss gequält die Augen, weil sich alles in meinem Kopf drehte - von dem merkwürdigen Gefühl in meinem Bein ganz zu schweigen.

»So.« Alex schob den Rollstuhl direkt neben die Liege und half mir vorsichtig, von ihr herunter und auf das Gefährt zu gleiten. Mit fast schon professionellen Griffen stellte er den linken Fußhalter so ein, dass mein Bein darauf zum Liegen kam. »Ich bringe dich jetzt zum Auto. Wir müssen unterwegs noch zur Apotheke und dir Schmerzmittel besorgen und dann bringe ich dich nach Hause.«

Genervt, ein wenig verängstigt und vor allem überfordert mit der Situation konnte ich nur nicken.

Immer und immer wieder betonte Alex, wie leid ihm das Ganze tat. Er hätte das alles nicht tun, hätte mich nicht so aufregen sollen. Ich war zu müde, um ihm zu widersprechen, doch seine Worte malträtierten meine Seele.

Mit einem Zwischenstopp an der Apotheke brachte er mich heim. Mir wurde bewusst, dass meine Mutter arbeiten war und mit heißer Dankbarkeit dachte ich daran, dass sie in einem anderen Krankenhaus arbeitete als in dem, wo wir letztlich gelandet waren.

Alex brachte mich bis vor die Wohnungstür, was aufgrund des Aufzuges ein nicht allzu schweres Unterfangen war. Als ich mit zittrigen Fingern versuchte, die Tür aufzuschließen, nahm er mir kurzerhand den Schlüssel ab und machte es selbst.

»Dein Zimmer?«, fragte er mit belegter Stimme, als wir holprig in den Flur traten, und folgte meinem ausgestreckten Arm in die richtige Richtung.

Mein Kleid klebte noch immer feucht an mir, doch für den Moment war mir das egal. An den leicht morastigen Duft, der aus dem Stoff und aus meinem feuchten Haar drang, hatte ich mich schon gewöhnt.

Die Wunde fiel mir immer und immer wieder ins Auge und ich wünschte mir nichts sehnlicher, als einfach auf mein Bett zu fallen und zu schlafen, bis alles verheilt war. Das kleine Mädchen in mir schrie immer wieder hysterisch auf.

»Na komm.« Sanft führte Alex mich genau dorthin, wo ich hinwollte, doch bevor ich mich auf meine Matratze fallen lassen konnte, hielt er mich fest. »Moment, du musst das Kleid ausziehen.« Ehe ich mich versah, hatte er den schmutzigen Stoff über meinen Körper gezogen und ich stand nur noch in Unterwäsche und Verband vor ihm - dreckig, zittrig und irgendwie kurz vorm Nervenzusammenbruch. »Setz dich, ich komme sofort wieder.«

Er behandelte mich wie eine Vollinvalide. Normalerweise hätte mich das stören müssen, doch da ich mich gerade sehr schwach fühlte, ließ ich seine Behandlung über mich ergehen. Dass diese beinhaltete, dass er mich dabei nahezu nackt sah, sorgte zwar für ordentlich Hitze in meinem Gesicht, doch ernsthafte Gedanken machte ich mir nicht. Dafür war ich in einem viel zu merkwürdigen Zustand.

Um meine Scham nur noch zu vergrößern, kam Alex mit einem Waschlappen und einem Handtuch wieder und begann, mich sorgfältig abzuwaschen. Die Fläche rund um die genähte Wunde ließ er zum Glück aus, doch auch so war das Gefühl unangenehm genug. Als er fertig war, griff er nach einem T-Shirt, das irgendwo auf meinem Klamottenberg herumlag, und zog es mir über den Kopf. Sanft drückte er mich in die Kissen.

»Ich hole dir jetzt etwas zu trinken und deine Tabletten. Hoffentlich sorgen sie dafür, dass du schlafen kannst und dass die Schmerzen nachlassen.«

In seiner Abwesenheit starrte ich aus meinem Fenster. Das Durcheinander auf dem Schreibtisch darunter nahm ich nicht wahr, nicht einmal die diversen Kleidungsstücke, die den Boden tapezierten. Einzig die tiefstehende Sonne drang zu mir durch und sorgte für ein beherztes Fluchen.

Kurz darauf stellte Alex ein Tablett mit Sandwiches, einer Flasche Wasser, einem Glas und meinen Tabletten neben mir ab. Einen Zettel mit seiner Handynummer schob er hinterher. »Wenn etwas ist«, erklärte er mir und verlagerte sein Gewicht peinlich berührt von einem Fuß auf den anderen. »Ich weiß, du kannst es nicht mehr hören, aber ... es tut mir wirklich leid. Ich wollte nicht, dass du dich verletzt.« Langsam ging er rückwärts einen Schritt Richtung Tür. »Ich ...« Fast schon niedergeschlagen zuckte er mit den Schultern. »Wir sehen uns, ja? Erhol dich gut.«

Das schlechte Gewissen folgte ihm wie eine dichte Wolke, als er durch meine Zimmertür verschwand. Noch lange starrte ich die Stelle an, wo er bis eben gestanden hatte, und versuchte, die Ereignisse des Tages irgendwie zu verstehen.

Kapitel 15

Den Rest der Woche schwänzte ich die Uni. Nicht, dass ich noch viele Veranstaltungen gehabt hätte, aber für meine Verhältnisse war das schon eine große Sache. Die Wunde schmerzte ordentlich, nachdem die Betäubung noch am selben Abend nachgelassen hatte, und selbst die Schmerzmittel halfen nicht ausreichend, um die Beschwerden gänzlich auszublenden.

Einen Tag nach dem Unfall kam es zu einem Krisentreffen bei mir zu Hause. Lena und Sandra hatten erwartungsgemäß schockiert auf den Unfall reagiert und unverzüglich auf einen Besuch bestanden.

»Was tust du nur für Sachen?«, jammerte Lena und fiel mir um den Hals, dicht gefolgt von Sandra, die auch noch einen Arm um mich legte. Wie ein verknoteter Haufen standen wir im Eingangsbereich der Wohnung und erst, als mir ein sanftes Stöhnen entfuhr, ließen die beiden von mir ab, um mich in mein Zimmer zu bugsieren. Sie hatten Schokolade dabei - »Die Richtige natürlich«, hatte Lena versichert - und eine hübsche kleine Blume, bei der ich mir sicher war, dass sie spätestens nach einer Woche eingehen würde. Ich hatte es nicht so mit Pflanzen.

Obwohl ich es bereits mehr als ausführlich in der Gruppe erklärt hatte, musste ich noch einmal persönlich berichten, was genau passiert war. Kein Detail ließ ich aus, nicht einmal die Tatsache, was dem plötzlichen Gefühlsausbruch von Alex vorausgegangen war, und schon lag das Interesse der Mädels gar nicht mehr vornehmlich bei dem Unfall.

»Was ist nur los mit euch beiden?«, fragte Sandra nach. »Das ist doch nicht normal. Ihr müsst euch entscheiden - du musst dich entscheiden. Dieses Hin und Her ist doch kindisch.«

»Schönen Dank auch«, schmollte ich und wünschte mir plötzlich, einfach den Mund gehalten zu haben.

»Sandra.« Lenas Ton klang ermahnend. Wieder einmal spielte sie die Schlichterin.

»Ist doch wahr.« Sandra zuckte mit den Schultern. »Am besten entscheidest du dich direkt. Wenn du ihn nicht nimmst, versuche ich vielleicht mein Glück.«

Meine Reaktion kam prompt und war entsetzt. »Auf gar keinen Fall!«

Scheinbar genau das, was Sandra gewollt hatte, denn sie warf mir einen bedeutungsschweren Blick zu. »Noch Fragen?«

***

Noch heftiger war natürlich die Konfrontation mit meiner Mutter. Sie reagierte wie vermutet geschockt und beleidigt. Geschockt, weil ich mich so verletzt hatte, dass ein Eingriff notwendig gewesen war, beleidigt, weil ich mich nicht bei ihr gemeldet hatte und in ihr Krankenhaus gekommen war.

»Ich hätte mich doch dann um dich kümmern können!«, schimpfte sie mich milde aus, als sie neben mir auf der Bettkante hockte.

Der Ventilator ackerte summend vor sich hin und verbreitete angenehme Luft im Zimmer, dennoch liefen mir kleine Schweißperlen über die Stirn. Sie fühlten sich merkwürdig kalt an.

»Glaub mir, ich hatte andere Sachen im Kopf. Alex hat mich zum nächstbesten Krankenhaus gebracht und fertig«, rechtfertigte ich mich. Ich konnte ihren Ärger verstehen, hatte jedoch keine Lust auf Diskussionen. Vorsichtig stopfte ich mir mein Kissen noch fester in den Rücken und lehnte mich an die Wand. Auf Augenhöhe konnte man besser reden.

»Aber warum hast du nicht wenigstens danach angerufen? Ich wäre doch sofort nach Hause gekommen! Hätte ich das gewusst ...« Nun klangen deutlich ihre Selbstvorwürfe durch und ich beschloss, dem Ganzen ein Ende zu bereiten.

»Es ist okay, ja? Lass uns einen Strich darunter ziehen! Ich habe mich verletzt, ich wurde versorgt, ich lebe. Ich habe mir eine Platzwunde zugezogen, keinen Beinbruch oder so! Und abfaulen wird es auch nicht!«

Einen Moment taxierte meine Mutter mich schweigend, dann warf sie ihre Hände in die Luft. »Okay, ich habe verstanden. Du bist ja auch erwachsen. Aber ich bin auch nur deine Mutter und mache mir eben Sorgen!«

Seufzend zupfte ich an meiner Bettdecke. »Ich weiß.«

»Wenigstens hat sich Alex um dich gekümmert. Wie kam es überhaupt dazu, dass du mit ihm unterwegs warst?«

Das Gespräch hatte sich in eine andere Richtung entwickelt, doch leider nicht unbedingt in eine bessere. Mein Zupfen wurde energischer.

»Er stand irgendwann einfach vor der Tür und hat mich quasi zu diesem Ausflug genötigt. Es war ja auch schön und so, aber das Ende ... ich weiß nicht, ob ich so schnell nochmal zum Waldsee möchte.«

»Schade eigentlich, denn im Grunde ist es dort sehr schön«, seufzte meine Mutter. »Aber er hat es ja nur gut gemeint.«

Überrascht blickte ich auf. »Natürlich, das habe ich auch nie in Frage gestellt!«, erklärte ich mit Nachdruck.

Der Gesichtsausdruck meiner Mutter wurde weich, irgendwie mitleidig. »Ja, aber er. Weißt du, er macht sich ziemliche Vorwürfe, zumindest hat Jürgen mir das erzählt. Hast du seitdem schon mal wieder mit ihm gesprochen?«

Schuldbewusst zuckte ich zusammen. Mein Blick huschte zu dem Zettelchen, auf dem er seine Handynummer notiert hatte. Noch hatte ich ihn nicht angerührt.

Meine Mutter deutete mein Schweigen richtig. »Vielleicht solltest du das mal tun, Emmi«, schlug sie vor und erhob sich ächzend. Ihre Hand tätschelte meine Schulter. »Das würde ihm vielleicht das schlechte Gewissen nehmen.«

Mehr als ein Nicken brachte ich nicht zustande.

»Wie läuft es mit der Wohnung?« Noch im Hinausgehen musste meine neugierige Mutter ihre Fragen loswerden.

»Gut, denke ich.« Zumindest war das mein letzter Stand der Dinge. »Es fehlen halt noch die Möbel. Da sollte ich eigentlich mithelfen aber ich schätze, ich habe jetzt etwas Schonfrist.«

»Er ist wirklich ein netter Kerl«, murmelte meine Mutter im Hinausgehen und rief dann lauter über die Schulter: »Ich sag Bescheid, wenn es Essen gibt, ja?«

* * *

Noch am selben Abend schnappte ich mir mein Handy und Alex' Nummer und schickte ihm eine Nachricht. Die richtigen Worte zu finden fiel mir so schwer wie noch nie, insbesondere da die widersprüchlichen Gefühle vom Nachmittag am Waldsee in mir herumflitzten. Sowohl der Kuss als auch sein Ausraster und seine immense Besorgnis brachten meinen Magen einmal mehr zum Flattern und mich selbst zum Verzweifeln. Nach langem Hin und Her konnte ich mich zwar dazu durchringen, meine Nachricht abzuschicken, doch wirklich zufrieden war ich nicht.

> *Hallo Alex. Ich wollte mich nur mal bei dir melden und nachfragen, wie es dir geht. Hoffentlich machst du dir keine Vorwürfe mehr, denn für meine Trotteligkeit bist du ganz sicher nicht verantwortlich. Ich glaube, die Wunde verheilt ganz gut - wann wollen wir uns in die Möbelhäuser wagen?*
> *Liebe Grüße Emmi*

Die Nachricht klang viel zu unpersönlich, passte nicht zu dem, was wir bereits erlebt hatten. Doch was wäre der richtige Ton gewesen? So intensiv meine Gefühle auch waren, wenn ich in seiner Nähe war, so sehr verwirrten sie mich. Es war viel zu kompliziert dafür, dass er so ein netter, bodenständiger Kerl war.

Meistens.

Sein Ausbruch lag mir noch deutlich im Gedächtnis. Es war irgendwie ergreifend gewesen, aber auch beängstigend. Die Gefühle, die er so gezeigt hatte, deuteten auf etwas hin, was ich lieber noch gar nicht näher hinterfragen wollte.

Mein Handy vibrierte und vor Schreck fiel es mir

aus der Hand. Wie gut, dass ich mich im Bett befand, der Sturz war nicht tief.

Hallo Emmi, wie schön, dass du dich meldest. Ich habe schon darauf gewartet. Was das schlechte Gewissen angeht: Spar dir deine Luft, das nützt sowieso nichts. Was hältst du von einem Krankenbesuch - dann können wir auch die Möbelaktion planen. Und ich kann mich selber davon überzeugen, wie gut es dir geht. Alex

Mein Herz galoppierte förmlich in meiner Brust. Nur so eben konnte ich verhindern, dass ich das Handy verzückt an mich presste, stattdessen ließ ich mich mit einem leisen Stöhnen in eine liegende Position sinken. Mein Bein pochte nur leicht.

Du kennst mich. Ich rede wann und wie ich will. Verbote sind da zwecklos. Das gilt auch für den Krankenbesuch. Du kannst gerne kommen, aber ich spare meine Luft nur dann, wenn ich es will, klar? Wie wäre es mit Morgen? Zeit ist egal, ich bin daheim.

Ein Grinsen umspielte meine Lippen. Die Neutralität der ersten Nachricht war weg, ich bewegte mich auf bekanntem Terrain. Frech sein konnte ich gut. Gedankenverloren tastete ich nach dem großen Pflaster an meinem Bein. Nachts deckte ich die Wunde vorsichtshalber ab - oder, um genauer zu sein, meine Mutter tat es - während ich tagsüber nach Möglichkeit Luft an die Naht ließ. In diesem Fall konnte ich dem Wetter danken, das mir ohne weiteres kurze Hosen oder Kleidchen ermöglichte.

Nicht, dass es eine Rolle spielte, denn bisher hatte ich das Haus noch nicht groß verlassen und zu Hause hätte ich auch nackt herumspringen können, wenn es darauf angekommen wäre.

Ich beabsichtigte weder Letzteres zu tun noch die Wohnung zu verlassen, bis ich zum Fädenziehen musste. Dummerweise war das schon bald.

Eine neue Nachricht lenkte mich von dem Pflaster ab.

> *Dir kann es ja gar nicht so schlecht gehen, wenn du schon so frech sein kannst. Das beruhigt mich ehrlich gesagt. Ich komme morgen um drei vorbei. Mal schauen, inwiefern ich dir die Luft rauben kann!*

Diesmal keuchte ich lautstark auf. Noch eindeutig zweideutiger konnte eine Nachricht nicht sein, oder? Heiß und kalt fühlte sich mein Gesicht an, als ich mit meinem unverletzten Bein die Decke beiseite strampelte und mich rastlos aufrichtete. Ich brauchte einen Schluck Wasser, sofort. Und ich brauchte eine Abkühlung. Eilig ging ich hinüber ins Bad und musste einmal mehr feststellen, dass ich zum Glück kaum noch beim Gehen eingeschränkt war. Die ersten zwei Tage hatte die Wunde so geschmerzt, dass sie bei jedem Schritt gepocht hatte, doch nun waren es vor allem direkte Berührungen, die mich noch aufstöhnen ließen.

Eine Handvoll kaltes Wasser half mir, wieder etwas klarer zu sehen. Dummerweise musste ich zugeben, dass Alex mir auch so schon die Luft geraubt hatte - ganz ohne anwesend zu sein. Fast schon war ich versucht, meine Einladung für morgen wieder rückgängig zu machen, denn das wurde mir doch wieder zu heiß.

Vielleicht war es aber auch genau das, was ich

wollte, und davor hatte ich Angst. Irgendwann waren Gefühle nicht mehr kontrollierbar und meine spielten verrückt. Was die von Alex anging - das hatte ich ja am See deutlich genug erlebt.

Ich fixierte mich selbst im Spiegel. Meine Augen wirkten müde, vielleicht auch eine Spur nervös. Meinem Haar sah man an, dass ich es ein paar Tage nicht gewaschen hatte; die heißen Temperaturen halfen dabei auch nicht gerade. Morgen würde ich dringend duschen müssen, bevor ich mich jemand anderem als meiner Mutter präsentieren konnte. Ich würde Alex jedenfalls nicht wieder ausladen können. Egal was ich tat, so wurde mir fast schon schmerzlich bewusst, ich konnte dieser ganzen Sache nicht aus dem Weg gehen. Genauer gesagt: Ich konnte Alex nicht aus dem Weg gehen. Auch wenn mein Herz schmerzte und mein Körper sich nach ihm sehnte - ich musste irgendwie mit ihm klarkommen und das rein platonisch. War das möglich? Ich wusste es nicht. Aber ich musste es versuchen.

Langsam trottete ich zurück in mein Zimmer und antwortete Alex mit einer kleinen Verzögerung.

Ich bin krank, du solltest mich vorsichtig behandeln. Darauf verlasse ich mich, sonst kriegst du keine Besuchserlaubnis.

Leider konnte ich mir den foppenden Unterton nicht ganz verkneifen, so kontraproduktiv er auch war.

Die Antwort kam prompt.

Du kennst mich, ich bin doch immer lieb und vorsichtig. Naja, meistens. Ich gebe mir Mühe, habe ja etwas gutzumachen! :-)

Natürlich schlug mein Herz höher, das verräterische Ding. Eilig tippte ich eine letzte Antwort.

Alles klar. Dann bis morgen und gute Nacht!

Dann stellte ich das Handy auf lautlos, warf es beiseite und angelte nach einem Buch, um zu lesen, bis mir die Augen vor Müdigkeit zufielen.

Kapitel 16

Es war merkwürdig, Alex wiederzusehen. Die Geschehnisse standen zwischen uns, ohne dass ich hätte benennen können wie.

Dass er lieb sein konnte, bewies er alleine durch das kleine Geschenk, das er mir mitbrachte. Andere hätten es vielleicht als affig empfunden, aber ich freute mich über den kleinen Teddybären, den er mir in die Hand drückte, als ich ihm die Tür öffnete. Ein nervöses Kribbeln durchfuhr mein Innerstes, vermischt mit Aufregung.

»Wo ist dein schönes Kleid?«, fragte er mich so ernsthaft, dass ich ihm fast glaubte, dass es ihm gefallen hatte.

Aber nur fast.

»In der Wäsche«, gab ich zur Antwort. »Es hat sich noch nicht von dem Bad erholt.« Sofort huschte ein Schatten über Alex' Gesicht und ich bereute meine Worte. Er schien die Sache ernst und offensichtlich zu bereuen und das wiederum fand ich doof. Um ihn auf andere Gedanken zu bringen, zupfte ich an der kurzen, dunkelgrünen Stoffhose, die bis knapp über meine Knie reichte und mit Sonnenbrillen bedruckt war. »Ist dir die hier etwa nicht gut genug?«

»Sagen wir es mal so: Du hast definitiv einen speziellen Geschmack.« Offenbar hatte ich mein Ziel erreicht, Alex wirkte ein bisschen entspannter. Er deutete auf das Wohnzimmer. »Gehen wir dorthin?«

Den Vorschlag fand ich gut, denn in meinem

Zimmer herrschte wieder einmal Chaos. Ihm voran ging ich in den Raum, bemüht um einen normalen Gang. Dass ich versuchte, die Verletzung zu verdecken, war von vorneherein zum Scheitern verurteilt; die Naht mit den tiefschwarzen Plastikfäden stach grellrot auf meiner blassen Haut hervor.

»Soll ich uns etwas zu trinken holen?«, fragte er mich und brachte mich so zum Erstarren.

»Das ist wohl eher meine Aufgabe«, murmelte ich und wollte meine Schritte gerade wieder gen Küche richten, als er mir den Weg versperrte.

»Nichts da. Du legst dein Bein hoch, ich mache den Rest. Krankenbesuch, du weißt schon!«

Ich spürte, dass Widerstand zwecklos war, also folgte ich seiner Aufforderung. In Wahrheit fand ich es nicht schlecht, mein Bein wieder zu schonen; es pochte ein wenig. Außerdem konnte ich einen kleinen Moment gebrauchen, um meine Fassung wieder ganz zu erlangen und mich darauf zu konzentrieren, was wesentlich war: freundschaftlicher Kontakt zu meinem Stiefbruder in spe, zum Beispiel.

Natürlich stellte er mich auf eine harte Probe.

Um nicht allzu viel über meine Verletzung zu sprechen, lenkte ich das Gespräch immer wieder auf seine Wohnung. Er hatte noch einige Wochen Zeit, sie richtig auszustatten, bevor es mit dem Arbeitsalltag losging. Dass er sich eine kleine Auszeit zwischen den beiden Arbeitsverträgen genommen hatte, fand ich mehr als klug durchdacht. Zum Glück ließ er sich bereitwillig auf diese Lenkung ein und erzählte mir in aller Ausführlichkeit, wie er die Wohnung gestalten wollte.

»Du hast einen guten Geschmack«, musste ich

zugeben, als ich plastisch vor Augen sah, was er mir soeben beschrieben hatte. Sein neues Zuhause würde wunderbar gemütlich werden, da war ich mir sicher.

»Ich weiß«, erwiderte er schlicht und blickte mir dabei eine Spur zu lange in die Augen.

Verlegen wandte ich meinen Blick ab und griff nach der Flasche Wasser, die er mitgebracht hatte.

»Also, was macht dein Bein? Notschlachtung ist nicht nötig?«, kam er schließlich wie beiläufig auf den eigentlichen Grund seines Besuches zurück. Ihm jetzt auszuweichen wäre völlig daneben gewesen und hätte sein Interesse nur noch mehr geweckt.

»Es ist okay. Nächste Woche werden die Fäden gezogen.« Es schauderte mich, die Vorstellung fand ich schrecklich. »Warte mal ab, bald schon bin ich wieder ganz die Alte.«

»Fast«, murmelte er leise, wie für sich, bevor er sich wieder an mich wandte. »Am besten cremst du die Narbe täglich ein, eine normale, fetthaltige Creme dürfte reichen. Das hilft bei der Heilung. Womöglich bleibt dann sogar keine sichtbare Narbe zurück.«

Ich zog verwundert eine Augenbraue hoch. »Na du kennst dich ja aus.«

Verlegen lächelnd hob er sein Shirt und entblößte einen glatten, milchbraunen Bauch ... und eine winzige Narbe unterhalb seines Brustkorbes.

Ich keuchte auf. »Was ist passiert?«

Alex winkte ab. »Ich verbuche es unter Jugendsünden. Ich habe mich damals in eine Kneipenschlägerei eingemischt, um zu schlichten. Ich bekam einen Querschläger ab.«

Wie entgeistert starrte ich ihn an. »Du hast *was*?«

Er lachte belustigt auf. »Entspann dich, Emmi. Es ist Jahre her. Ich wollte helfen und habe nicht gesehen, dass ein Messer im Spiel war. Es tat höllisch weh, musste genäht werden und hat mir beigebracht, nicht mehr kopflos zwischen streitende Parteien zu springen.«

»Ein super Lehrgeld«, murrte ich leise und kämpfte darum, dass meine Besorgnis verschwand. Er hatte ja gesagt, dass es Jahre her war.

»Jedenfalls habe ich die Narbe gut eingecremt und dadurch ist sie sehr blass geworden. Sie ist dir jetzt nur aufgefallen, weil der Rest meines Körpers gebräunt ist«, erklärte er schulterzuckend. »Wer bringt dich hin?«, wechselte er dann so schnell das Thema, dass ich ihn blinzelnd anstarrte. »Na, zum Fädenziehen!«

»Oh.« Darüber hatte ich mir noch keine Gedanken gemacht. »Ehrlich gesagt weiß ich es noch nicht, aber es wird sich schon wer finden.«

Scheinbar war das genau die Antwort gewesen, die er hatte hören wollen. Sein Lächeln wurde breiter. »Wann hast du deinen Termin? Ich hole dich ab.«

Meinen Protest ignorierte er.

* * *

Schneller als gedacht saß ich erneut neben ihm im Auto. Diesmal konnte ich wenigstens wieder den Beifahrersitz nutzen. Beiläufig warf ich einen Blick über meine Schulter und suchte die Rücksitzbank nach Anzeichen von meiner blutigen Reise ab - ohne Erfolg.

»Du hast schon keine Flecken hinterlassen«, erklärte Alex mit einem amüsierten Schmunzeln. »Keine Angst.«

Schmollend richtete ich meinen Blick wieder nach

vorn. Heute trug ich eines meiner Kleider, diesmal eine schlichte, verspielte Version mit kleinen Puffärmeln. Es war weiß und mit winzigen blauen Blüten bedruckt, die herrlich zu meinen Ballerinas passten - ein anderes Paar, denn die vom Seeausflug hatte ich weggeschmissen. Zu viel Blut in zu wenig Stoff.

Ehrlich gesagt war ich etwas nervös. Ich hatte Angst, dass das Fädenziehen schmerzen würde.

»Du brauchst dir keine Sorgen zu machen, es ist wirklich nicht schlimm«, sagte Alex genau in diesem Moment, als hätte er meine Gedanken erraten. »Wenn der Arzt das Okay gibt und die Fäden draußen sind, können wir ja vielleicht noch irgendwo ein Eis essen und meine Umzugspläne besprechen, was meinst du?«

Prinzipiell fand ich die Idee ganz gut, weshalb ich ihm zunickte. »Sofern ich das gleich überstehe.«

Alex lachte auf. »Natürlich tust du das. Du hast schon ganz andere Dinge überstanden.«

Als ich wenig später auf der Liege im Behandlungszimmer lag, konnte ich Alex zwar nicht hundertprozentig zustimmen, doch ich war froh, dass ich lediglich ein kleines Ziepen zu spüren bekam.

»Die Wunde sieht soweit gut aus, sie scheint ordentlich zu verheilen«, war das fachmännische Urteil. »Am besten schmieren Sie die Narbe immer dick mit einer Creme ein.«

»Den Tipp habe ich bereits erhalten«, konnte ich erwidern. Meine Mundwinkel zuckten nach oben.

»Sehr gut. Sollten Sie Beschwerden bekommen, zum Beispiel, weil die Narbe sich entzündet, dann kommen Sie wieder vorbei. Ansonsten dürfte die Behandlung von meiner Seite aus nun zu Ende sein.«

Mit einem dankbaren Händeschütteln

verabschiedete ich mich von meinem Hausarzt, der wie üblich die Aura eines gutmütigen Großvaters ausstrahlte und dem ich ausreichend vertraute, um ihm seine Worte ohne Zweifel abzunehmen. Mit recht beschwingtem Schritt ging ich ins Wartezimmer, um Alex abzuholen.

Meinen Fadenentzug feierten wir beim Italiener in der Innenstadt. Ich gönnte mir einen großen Schokoladeneisbecher, um meiner wahren Natur als Schokoholic gerecht zu werden. Obwohl ich mich gerne in die Sonne gesetzt hätte - heute hatte sie längst nicht solch eine Kraft wie in den vergangenen Tagen - hatte Alex mich in den Schatten bugsiert. »Das ist besser so für deine Narbe«, hatte er mit strengem Unterton erklärt. Am liebsten hätte ich in seinen Zeigefinger gebissen, der oberlehrerhaft vor meinem Gesicht hin und her gewackelt war.

Wir planten, in der kommenden Woche mit dem Möbelkauf weiterzumachen. Dafür würden wir sowohl das große schwedische Möbelhaus besuchen als auch die kleineren Ketten vor Ort. An oberster Stelle standen eine Küche und die Schlafzimmermöbel, aber auch eine schöne Couch und die Einrichtung für den Wohnraum hatten einen wichtigen Platz auf der Agenda.

»Möbel für die Dachterrasse wären auch nicht schlecht«, erklärte ich, den Mund voller Eis. »Die musst du doch nutzen können.«

»Du hast recht«, nickte er. Ein kleiner Fleck Schokosoße klebte knapp über seinem rechten Mundwinkel, doch ich brachte es nicht über mein Herz, ihn darauf hinzuweisen. Es sah süß aus. »Wenn wir dann nach dem Möbelschleppen und -aufbauen zufrieden dort grillen wollen, zum Beispiel.«

»Hallo? Schleppen? Aufbauen? Davon war nie die Rede!« Empört zeigte ich mit meinem triefenden Löffel auf Alex, der sich ein schäbiges Grinsen nicht verkneifen konnte.

»Mitgehangen, mitgefangen«, konterte er gut gelaunt und rammte seinen Löffel in die restliche Eismasse.

Gerade setzte ich zu einer wortreichen Antwort an, als mich eine bekannte Stimme aus dem Konzept brachte.

»Emmi? Mensch, das ist ja ein Zufall!«

Mir entgleisten im wahrsten Sinne des Wortes meine Gesichtszüge, nur für einen winzigen Augenblick, doch lange genug, damit Alex es bemerken konnte. Sofort legte seine Stirn sich in Falten und er taxierte den Fremden eindringlich.

Den Fremden, den ich nur allzu gut kannte. »Hallo Markus«, brachte ich so locker wie möglich hervor und erhob mich, um ihn zur Begrüßung kurz zu umarmen. Leider stieß ich dabei mit der Narbe ungünstig gegen meinen Stuhl und atmete zischend aus.

»Hey, ist alles in Ordnung?« Genauso schnell, wie Markus sich um mein Wohlergehen sorgte, hatte Alex sich bereits aus seinem Stuhl erhoben und meine Schulter umfasst.

»Setz dich lieber wieder, Emmi.« Sein Ton duldete keinen Widerspruch.

Alleine die Tatsache, dass ich es nicht mochte, so herumkommandiert zu werden, sorgte dafür, dass ich erst recht stehen blieb. Ich würdigte ihn keines Blickes. »Schon okay, Markus. Ein kleiner Kratzer, mehr nicht. Was treibt dich hierher?«

»Ach.« Mein Exfreund kratzte sich am Hinterkopf.

Immer wieder huschte sein Blick hinüber zu Alex, der mittlerweile wieder auf seinem Stuhl saß und demonstrativ die Arme vor der Brust verschränkt hatte. Man sah förmlich die Gewitterwolken, die sich hinter seiner Stirn aufbauschten. »Ich habe ein paar Bücher bestellen müssen, mehr nicht. Du weißt schon, für das Forschungsprojekt.«

Vage interessiert nickte ich ihm zu. »Und nun wolltest du dir ein Eis gönnen?«

»Sozusagen.« Sein Lächeln wurde mutiger. »Zur Belohnung. Und ihr zwei ...?«

Ich wusste genau, was er wollte. Herausfinden, wer Alexander war. Sicher gehen, dass ich nicht wen Neues hatte. Hatte ich wen Neues?

»So ähnlich«, mischte Alex sich einmal mehr ein. »Wir haben uns noch gar nicht richtig vorgestellt. Ich bin Alexander und du?« Kein Hände ausstrecken, gar nichts, einfach nur eine verbale Herausforderung.

Was war nur mit Alex los? Ein schier irrationaler Drang zu kichern überkam mich. War er ernsthaft eifersüchtig? Er? Auf meinen Ex?

»Markus, nett dich kennenzulernen.« Er war wenigstens höflich genug, eine gewisse Etikette einzuhalten, auch wenn er ebenfalls keine Hand anbot.

Ich merkte, wie ich unruhig wurde. Die Spannung zwischen den beiden stieg spürbar.

»Ah. Der Ex von Emily. Sie hat davon erzählt«, trieb es Alex weiter auf die Spitze und ich spürte, wie mein Puls stieg - diesmal vor Verärgerung.

»Genau der. Aber wir sind weiterhin befreundet«, gab Markus mit scharfer Stimme zurück. »Und wer bist du? *Deinen* Namen hat sie noch nie erwähnt.«

Ich sah, dass Alex sich aufplusterte, und ging nun

endlich dazwischen. »Er ist der Sohn von Jürgen und gerade erst aus dem Ausland zurückgekommen. Ich helfe ihm, wieder Fuß zu fassen, sozusagen.«

»Achso, okay.«

Ich wusste nicht, was schlimmer war. Die plötzliche Erleichterung in Markus' Gesicht oder die deutliche Enttäuschung, die mir von der anderen Seite des Tisches aus entgegenwogte. Für den Moment hatte ich jedenfalls genug. Bemüht neutral wandte ich mich Alex zu. »Können wir so langsam gehen? Mir wird doch ein wenig warm ...«

Auf dieses Stichwort schien er nur gewartet zu haben. Mit ruppigen Handgriffen zog er das Portmonee aus der Hose und zählte das Geld für die Rechnung ab. Ein Kellner eilte vorbei und Alex deutete auf die Scheine. »Stimmt so!« Dann trat er neben mich und legte eine Hand an meinen Ellenbogen. »Komm, wir gehen. Schönen Tag noch, *Markus*.«

Die Art und Weise, wie er den Namen meines Exfreundes betonte, machte deutlich, wie wenig er seinen Wunsch ernst gemeint hatte.

Eilig drückte Markus mich ein letztes Mal und murmelte mir ein »Wir sehen uns« zu, schon führte Alex mich zu seinem Auto.

* * *

»Was zur Hölle war das denn jetzt?«, fauchte ich ihn an, kaum dass wir beide in dem Gefährt saßen.

»Wovon redest du?«, knurrte Alex durch zusammengepresste Zähne zurück.

Ich hatte ihn selten so wütend gesehen wie jetzt und das gab mir ein wenig zu bedenken. Erst der

Ausbruch am See, dann das hier - was war nur los? Hatte er etwa ein Aggressionsproblem, von dem ich bisher nichts bemerkt hatte?

»Na, dein Höhlenmenschverhalten! Dein unfreundliches Auftreten!«, zischte ich unbarmherzig zurück und trommelte wütend mit der Hand auf meinem unverletzten Bein herum.

Mit quietschenden Reifen lenkte Alex das Auto aus dem Parkhaus und steuerte den Heimweg an. »Da fragst du noch?«

Mit einem Mal spürte ich einen Stich in der Brust. »Ja, da frage ich noch«, äffte ich ihn nach, wenn auch weniger aggressiv als zuvor. Ich erwartete keine Antwort, zumindest keine sinnvolle, weshalb ich überrascht aufkeuchte, als Alex mir eine gab.

»Eifersucht, was denkst denn du?« Seine Stimme klang wie ausgewechselt, leise und defensiv.

Das hatte ich bereits vermutet. Es aus seinem Mund zu hören, war jedoch etwas gänzlich anderes. »Worauf denn, verdammt?«, entfuhr es mir entgeistert.

»Da fragst du noch?«, wiederholte er ironisch seine vorherigen Worte. So aufgebracht er auch war, das Auto lenkte er sicher durch den Stadtverkehr, wie ich erleichtert feststellen musste. »Mich hältst du immer wieder auf Abstand und dann sehe ich, wie du deinem Ex um den Hals fällst. Passenderweise tust du dir dabei noch am Bein weh - an der Stelle, für die ich verantwortlich bin. Entschuldige bitte, aber da sind die Pferde mit mir durchgegangen!«

»Eine ganze Horde davon«, murmelte ich leise. Dann warf ich ihm einen kritischen Blick zu. »Du weißt genau, dass du keinen Grund zur Eifersucht hast. Zwischen mir und Markus ist nichts mehr -«

»Und was war mit dem Geburtstag?«, warf er ein, mehr rhetorisch als alles andere.

»Und außerdem sind wir nicht zusammen, verdammt!« Angestachelt durch seine Zwischenfrage entfuhr mir dieser Satz noch schärfer als geplant und löste ein angespanntes Schweigen zwischen uns aus.

Ich sah, wie Alex stur auf die Straße starrte, fast schon zu regungslos. Ein merkwürdiges Gefühl durchschnitt meinen Magen, wie Scherben, die die Schmetterlinge zum Sturz brachten, und das, obwohl ich die Wahrheit gesagt hatte.

»Wir sind da.« Mit schroffer Stimme wies er mich plötzlich darauf hin, dass wir mein Zuhause erreicht hatten. Das Auto parkte er provisorisch am Straßenrand, den Blinker gesetzt. Ganz offenbar plante er nicht, noch mitzukommen.

»Danke«, entgegnete ich so neutral wie möglich. Es gelang mir nicht, das schlechte Gewissen zurückzukämpfen, das in mir wühlte. »Wir sehen uns nächste Woche Montag.« An diesem Tag hatten wir geplant, die Möbelsuche zu beginnen. »Oder?« Ich hasste die Unsicherheit, die plötzlich in meiner Stimme mitschwang.

»Natürlich.« Alex blickte mich nicht an. Sein Blick war geradeaus gerichtet, seine Knöchel leuchteten weiß am Lenkrad. »Bis dann, Emily.«

Dass er meinen Namen richtig aussprach, zeigte mir deutlich, dass er wütend war. Wütend - oder verletzt? Ich konnte es nicht sagen, konnte nichts tun. Mit schwerem Herzen - im wahrsten Sinne des Wortes - drückte ich die Beifahrertür auf und stolperte auf die Straße. Kaum dass ich die Tür wieder geschlossen hatte, fuhr Alex mit quietschenden Reifen los.

Noch lange starrte ich seinem Auto hinterher, in die Richtung, in die er verschwand. Immer wieder lief die Szene aus dem Auto vor meinem inneren Auge ab, seine Eifersucht, seine Wut. Ich dachte daran, wie beschützend er sich verhielt und wie sehr er in letzter Zeit explodieren konnte. Das alles war ein Ausdruck seiner Gefühle, das wusste ich, und ich konnte nur ahnen, wie sehr ich ihn frustrierte. Ich wollte ihn nicht verletzen, verdammt nochmal, doch ich hatte den Eindruck, dass ich genau das immer wieder aufs Neue tat. Es war nicht meine Absicht, es machte mich unsicher und traurig. Und außerdem war da eine ganz unangenehme Tatsache, die sich immer mehr hinauskristallisierte. Das schwere, schmerzende Gefühl in meiner Brust verdeutlichte mir, was ich die ganze Zeit befürchtet, aber erfolgreich verdrängt hatte: Ich hatte mich natürlich in diesen Blödmann verliebt. In den Kerl, der schon bald mein Stiefbruder werden würde und mich deshalb in eine tiefe moralische Krise stürzte. Der bei mir für ein regelrechtes Wechselbad der Gefühle sorgte, mich zum Lachen brachte, mich wütend machte, mich berührte an Stellen, die schon lange nicht mehr berührt worden waren - im symbolischen Sinn natürlich. Die Verzweiflung in mir wuchs zu einem schmerzhaften Crescendo an.

»Warum?«, fragte ich laut, in dem Wissen, dass mir niemand antworten würde. Tränen rannen über meine erhitzten Wangen. »Warum du?«

Kapitel 17

Die nächsten Tage vergingen wie im Flug. Immer wieder zuckte ich zusammen, wenn eine Nachricht auf meinem Handy einging, doch keine einzige war von Alex und das ließ mich immer wieder aufs Neue aufstöhnen. Am schlimmsten war Markus, der mir kurz nach der Begegnung im Eiscafé eine besorgte Nachricht schickte. Offenbar hatte ihn Alexanders Verhalten so weit verunsichert, dass er sich Gedanken um mich machte - wenn auch nicht auf die Art und Weise, die ich befürchtet hatte.

Hallo Emmi. Ich hoffe, Alexander ist ein netter Kerl. Auf mich wirkte er irgendwie ... angespannt? Lass es mich wissen, wenn etwas nicht okay ist, ja? Grüße, Markus

Bei seiner Wortwahl musste ich tatsächlich auflachen, nur um festzustellen, dass sich der Klang meiner Stimme mit einem Schluchzer vermischte. Angespannt klang gut, beschrieb es doch die Beziehung zwischen Alex und mir ziemlich treffend.

Ich antwortete ihm nicht, so gemein es auch von mir war, doch ich wusste einfach nicht, was ich schreiben sollte.

Auch die Mädels ließen unsere Gruppe glühen. Lena hatte endlich eine zündende Idee für ihre Kampagne gehabt, die auch noch wie eine Bombe beim Produzenten der Schokolade und bei ihrer

Chefin eingeschlagen war. Sie beabsichtigte diesen ersten Auftrag mit uns zu feiern, sobald er wirklich abgeschlossen war - vermutlich in der kommenden Woche. Natürlich hakten beide auch immer wieder nach, was mit mir los sei, weil ich mich relativ bedeckt hielt, absolut untypisch für mich.

Da ich nicht wusste, was ich darauf antworten sollte, schob ich es auf mein Bein und auf die Nacharbeit, die ich für die verpassten Seminare meines Studiums leisten musste.

Immer wieder fiel mein Blick auf die Narbe unterhalb meines Knies. Noch sah sie dick und rot aus, doch ich cremte sie regelmäßig mit einer Fettcreme ein und musste dabei unentwegt an Alex denken. Natürlich sah ich ihn nun ständig vor Augen; seine tiefblauen Augen, sein Lächeln, seine großen, leicht rauen Hände, die sich so gut auf meiner Haut anfühlten.

Wieso nur schmerzte es so sehr, wieso hatte ich den Eindruck, als hätte ich ihn verloren? Dieses schmerzliche Durcheinander in mir war nicht zu vergleichen mit der Trennung von Markus, die eher einer geschäftlichen Entscheidung gleichgekommen war.

Nun taumelte ich so durch den Tag, blickte immer wieder auf mein Handy, erwartete förmlich eine freche Nachricht von ihm - ohne Ergebnis. Natürlich traute ich mich nicht, von mir aus den ersten Schritt zu machen, immerhin hatte ich ihm dermaßen vor den Kopf gestoßen.

Einmal mehr versuchte ich, die Schuld auf ihn zu wälzen, doch diesmal wollte es mir einfach nicht gelingen. Dementsprechend im Keller war dann auch meine Laune.

»So langsam gehst du mir wirklich auf die Nerven, Emmi!«, fuhr meine Mutter mich schließlich eines Abends an. »Was ist nur los mit dir?«

Anstatt ihr eine glaubhafte Antwort zu geben, starrte ich sie eine ganze Weile an. Ich hätte mir irgendetwas aus dem Ärmel schütteln sollen, doch mir wollte einfach nichts einfallen. Keine Ausrede, keine schwammigen Ausflüchte. Doch die Wahrheit kam auch nicht in Frage.

»Du stehst völlig neben dir!«, schimpfte sie weiter, wenn auch weniger scharf als zuvor. »Was ist es? Hast du Schwierigkeiten? Schmerzen?«

Da sie mir verschiedene Antwortmöglichkeiten auf dem Silbertablett präsentierte, nickte ich einmal kurz. Zumindest was die Schmerzen anging, log ich sie wenigstens nicht an.

»Dein Knie?« Schon überwog ihre Besorgnis und sie eilte an meine Seite. »Zeig mal her.«

Natürlich sah sie nichts Besonderes. Die Narbe verheilte gut, es war nicht entzündet, nur leicht geschwollen. Ich bekam eine Schmerztablette und Ruhe auf der Couch verordnet, wo wir uns gemeinsam einen Film anschauten.

Dass ich ihr nicht die Wahrheit sagen konnte, nagte an mir, doch noch war ich nicht so weit - wenn ich es überhaupt jemals sein würde. Es war ein gänzlich ungewohntes Gefühl, denn bisher hatte ich immer über alles mit meiner Mutter reden können. Eine Schippe mehr auf meinem Berg des Unwohlseins, wie ich genervt feststellen musste.

Das Wochenende verbrachte ich zu Hause. Lena und Sandra waren familiär eingespannt und ich eigentlich froh darum, meine Ruhe zu haben. Ich war viel zu unausstehlich - in dem Punkt hatte meine

Mutter recht. Wenigstens hatte ich tatsächlich viel für mein Studium zu tun - neben der Nacharbeit der verpassten Veranstaltungen standen einige Ausarbeitungen an, die ich in den kommenden Tagen würde abgeben müssen. Anstatt sie wie sonst auf dem letzten Drücker zu erledigen, arbeitete ich sie nun Stück für Stück ab und schaffte es wenigstens über diese Schiene, meine Zufriedenheit etwas zu erhöhen. Sich mit alter deutscher Literatur und verschiedenen Sprachtheorien zu beschäftigen half zudem auch, bestimmte Gedanken aus meinem Kopf fernzuhalten. Abends war ich dann müde genug, um ohne Umschweife einzuschlafen.

Am Sonntag kam es, wie es kommen musste: Jürgen lud uns zu einem Grillen bei sich auf dem Balkon ein. Ich suchte fieberhaft nach Ausreden, doch keine wäre glaubhaft genug gewesen, um dieser Verabredung zu entkommen.

»Das wird toll«, jubelte meine Mutter und klatschte allzu mädchenhaft in die Hände. »Ich habe schon ewig nicht mehr gegrillt!«

»Wir haben doch überhaupt kein Fleisch«, murrte ich. »Nichts dafür eingekauft!«

»Ach, das ist kein Problem.« Strahlend wedelte meine Mutter meine Bedenken fort. »Jürgen meinte, er hätte mehr als genug für uns alle. Und einen Nudelsalat bekomme ich noch schnell zusammengeschustert.«

Meine einzige Chance, dem Ganzen zu entfliehen, floss geradewegs den Bach herunter.

Um mich mental auf ein Wiedertreffen mit Alex vorzubereiten, verbrachte ich besonders viel Zeit im Bad. Ich duschte und wusch meine Haare, bis sie seidig weich waren und nach verschiedenen Früchten dufteten. Auch meine Narbe säuberte ich behutsam, nach wie vor war ich da mehr als übervorsichtig.

Normalerweise hätte ich mich für einen entspannten Grillnachmittag nicht derart hergerichtet, doch neben einer ordentlichen Portion Wimperntusche und ein wenig Rouge auf den Wangen sorgte ich durch ein hübsches, dunkelblaues Kleidchen dafür, mich wenigstens rein optisch mit Alex messen zu können. Dennoch funkelten meine Augen mich verunsichert an, als ich mein Aussehen ein letztes Mal im Spiegel kontrollierte. Als ich dann auch noch feststellte, dass die Farbe des Kleides wunderbar zu Alexanders Augen passte, wurde mir sogar ein bisschen anders.

»Emmi?« Meine Mutter klopfte schließlich an die Badezimmertür. »Ich müsste mich auch nochmal frisch machen. Bist du bald fertig?«

»Ja, ja«, antwortete ich eilig. »Kannst sofort rein.«

Die Fahrt verlief relativ ruhig. Sollte meine Mutter spüren, dass etwas nicht mit mir stimmte, hatte sie zumindest den nötigen Anstand, mich nicht wie sonst mit Fragen zu löchern, was mir nur recht war. Ich brauchte die Zeit, um mich auf den bevorstehenden Nachmittag vorzubereiten. Grillen in gemütlicher Familienatmosphäre, juhu. Natürlich war es eigentlich genau das Richtige; noch deutlicher konnte mir und Alex nicht vorgeführt werden, wie wir zueinanderstanden. Zueinanderstehen mussten.

Mit dem Unterschied, dass es ihm ja von Anfang an ziemlich egal gewesen war, welche familiären Hürden sich zwischen uns befanden.

Ein sanftes Lächeln umspielte die Lippen meiner Mutter, entspannt lag eine Hand auf dem Lenkrad, während die andere auf ihrem Schoß ruhte. Ihr blondes Haar war durch eine Sonnenbrille zurückgestrichen, welche kess auf ihrem Kopf ruhte und schon von weitem her nach Sommer schrie. Sie wirkte zufrieden, durch und durch, und ich hätte alles darum gegeben, ähnlich entspannt zu sein wie sie.

Jürgen und Alex wohnten in einer ruhigen Siedlung am anderen Ende der Stadt. Noch nicht oft war ich dort zu Besuch gewesen, es hatte einfach keinen Grund dafür gegeben. Grillfeiern wie diese, bei denen auch ich anwesend gewesen war, konnte ich wirklich an einer Hand abzählen; es war einfach etwas komisch gewesen, alleine mit diesem turtelnden Pärchen an einem Tisch zu sitzen, und mit Markus hatte ich das sowieso nicht getan. Wenn ich Jürgen gesehen hatte, dann meist außerhalb oder bei uns zu Hause. Immerhin war ich ja auch schon erwachsen und führte in gewisser Weise mein eigenes Leben, ebenso wie dies meiner Mutter vergönnt war.

Dennoch - ich wusste nur zu genau, wohin ich meine Schritte lenken musste, als wir einen freien Parkplatz gegenüber der Eingangstür gefunden hatten. Hätte ich es nicht besser gewusst, hätte ich behauptet, es war die große Spannung zwischen Alex und mir, die mich förmlich anzog.

Nervös strich ich eine widerspenstige Strähne meines Haares hinters Ohr und zupfte mein Kleid zurecht, das sowieso völlig normal saß.

»Let the show begin«, murmelte ich mir leise, fast schon ironisch zu.

»Was?« Gut gelaunt hakte meine Mutter sich bei mir ein, in der anderen Hand ein Beutel mit der Schüssel Nudelsalat.

»Nichts«, nuschelte ich und biss mir auf die Zunge. Ich wollte mich nicht verraten, nicht so kurz vorher.

Bis in den dritten Stock war es nicht weit, erst recht nicht mit dem Fahrstuhl, und viel zu schnell standen wir vor der Wohnungstür und klingelten. *Wer uns wohl öffnet?* Mit einem unguten Gefühl tief in meinem Magen beobachtete ich die weiße Tür und den glänzenden Türspion. Nur zu deutlich konnte ich mich an mein zickiges, hässliches Verhalten im Auto erinnern, daran, wie Alex mich kaum angestarrt hatte und dann einfach so davongebraust war.

Verletzt, wütend?

Gerade, als ich den Drang, einfach auf den Absätzen kehrtzumachen, nicht mehr unterdrücken konnte, wurde die Tür aufgerissen und ein strahlender Jürgen - Gott sei Dank - nahm uns in Empfang.

»Da seid ihr zwei ja! Pünktlich wie immer - und dann auch noch so hübsch anzusehen!«

Sein gut gemeintes Kompliment trug Früchte, wir kicherten beide auf wie kleine Mädchen. Tatsächlich hatte meine Mutter sich von mir inspirieren lassen und war ebenfalls in ein Sommerkleid geschlüpft. Ein lauer Sonntagnachmittag auf einem Südbalkon stand uns bevor.

»Emmi, du kannst ruhig schon mal rausgehen«, fuhr er fort und gab meiner Mutter einen Kuss auf die Wange. »Es ist alles so weit vorbereitet, Alex ist auch schon draußen.«

Ein Argument für mich, die Kühle der Wohnung nicht zu verlassen, doch was sollte ich tun? Jedes abwegige Verhalten hätte Fragen aufgeworfen und das war das Letzte, was ich nun wollte. Langsam richtete ich meine Schritte in Richtung Wohnzimmer, von wo aus man den geräumigen Balkon betreten konnte. Schon von weitem konnte ich Alex erkennen. Er stand vermutlich am Grill, mit dem Rücken zu mir, und kümmerte sich darum, dass wir bald Fleisch auflegen konnten. Der Grill befand sich in der einen Ecke des Balkons, der gedeckte Tisch in der anderen und die Tür genau dazwischen. Ich würde ihm nahekommen, so oder so.

Seufzend brachte ich es hinter mich.

»Hey«, murmelte ich, als ich nach draußen trat, die Stimme so locker wie möglich. Ich sah mehr als deutlich, wie ein Ruck durch seinen Körper ging, wie er sich anspannte. Eine Antwort kam nicht.

Fast schon resigniert zuckte ich mit den Achseln und wandte mich dem Tisch zu, der mehr als reichhaltig gedeckt war. Da ich die freie Wahl hatte, setzte ich mich in die Ecke, mit dem Rücken zur Wand, und blickte hinaus auf den kleinen Innenhof. Noch immer hatte Alex nichts gesagt und seine mehr als deutliche Ignoranz begann, mich zu ärgern. Genervt zog ich mein Handy hervor und schaute nach, ob irgendeine Nachricht eingegangen war - natürlich nicht. Um mich mit irgendetwas zu beschäftigen, tippte ich eine Nachricht an die Mädels.

Grillnachmittag bei Jürgen und Alex - kann mir Besseres vorstellen. Wie sieht es bei euch aus?

»Hey.« Alex sprach mich so plötzlich an, dass ich erschrocken zusammenzuckte. Das Gefühl, bei etwas Niederträchtigem erwischt worden zu sein, raubte mir schier den Atem, und ich schob das Handy eilig in meine kleine Tasche. Ich sah, dass er sich direkt vor mir aufgebaut hatte, die Stirn gerunzelt, der Blick undeutbar.

»Ah. Du redest doch noch mit mir.« Angriff war die beste Verteidigung, hatte ich mir einmal sagen lassen, und ich war bereit, mich mit Händen und Füßen zu wehren.

»Sicher.«

Ein undefinierbarer Ton lag in seiner Stimme. Plötzlich musste ich mich daran erinnern, dass ich ja diejenige gewesen war, die ihn hatte abblitzen lassen, nach einem Tag, der sich eigentlich ganz schön entwickelt hatte. Bis zu Markus' Erscheinen. Ein schlechtes Gewissen mischte sich unter meinen Ärger, was mir nicht gerade gelegen kam. »Dann ist ja gut«, entgegnete ich betont schnippisch und holte mein Handy erneut hervor. Wenn er zicken wollte, dann konnte ich das auch.

»Wieso auch nicht?«, redete er weiter. Ich hob meinen Blick und sah ein provokantes Blitzen in seinen Augen. Worauf wollte er hinaus? »Du bist meine Zukünftige.« Er zuckte elegant mit der rechten Schulter. »Meine zukünftige Schwester. Ein Mindestmaß an Kommunikation muss da doch drin sein.«

Mein Herz, das zunächst einen doppelten Salto hingelegt hatte, rutschte mir in die Hose. So schlimm hatte ich es nicht erwartet. Natürlich hatte ich ihn mies behandelt, aber doch nur, um die Sache zwischen uns klarzustellen! Außerdem war es nur diese Auseinandersetzung im Auto gewesen, kein Melodrama, wie er es gerade zwischen den Zeilen darstellte. Doch anstatt noch wütender zu werden, wurde mir flau im Magen. So abweisend hatte ich ihn noch nie erlebt, hatte niemals erwartet, es zu tun. Es fühlte sich endgültig an, falsch, und meine Augenwinkel begannen zu brennen.

»Wie auch immer«, brachte ich krächzend hervor und senkte dann meinen Blick endgültig auf mein

Smartphone. Ich konnte diesen Anblick nicht länger ertragen.

* * *

Anstatt den Platz zu wählen, der am weitesten von mir entfernt war, setzte Alex sich mir genau gegenüber. Ich wusste nicht, wie ich damit umgehen sollte, insbesondere mit Jürgen und meiner Mutter, die uns flankierten.

Während ich mir zu Beginn noch ernsthaft Mühe gab, mich aktiv am Gespräch zu beteiligen, begnügte ich mich immer mehr und mehr damit, meine kommunikativen Anteile auf »Kann ich mal den Ketchup haben« oder »Reicht mir mal bitte jemand die Cola« zu beschränken. Nicht, weil ich blöde Kommentare erntete, sondern weil ich die Blicke, die Alex mir dabei immer zuwarf, nicht mehr ertragen konnte. Feurige Nadelstiche.

Ich gab mein Bestes, ihm keine Angriffsfläche zu bieten, doch die Blicke kamen so oder so.

Leider hatte ich auch nicht viel von meinem Ausblick, denn wenn ich mich mal von meinem Teller löste, sah ich als erstes Alex. Nur Alex.

Bitter war, dass er im Kontakt mit Jürgen oder auch meiner Mutter fröhlich und gelöst wirkte. Entweder entwickelte ich gerade eine ernsthafte Paranoia oder ich war tatsächlich der einzige Grund für seinen Missmut. Ich konnte nur beten, dass niemand sonst davon Notiz nahm.

Die Sonne wanderte über den Himmel und ließ die Schatten auf dem Balkon länger werden. Jürgen zündete ein paar Kerzen an und räumte die Teller zusammen.

»Ist dir kalt, Emmi?«, fragte er mich freundlich, als er sah, wie es mich fröstelte.

»Schon okay«, erwiderte ich betont fröhlich. »Halb so wild.«

Auch Alex half beim Abräumen. Als meine Mutter und ich uns rühren wollten, schüttelte Jürgen energisch den Kopf. »Ihr bleibt schön sitzen und genießt den Abend!«

Kaum waren die beiden in der Wohnung verschwunden, streckte meine Mutter sich seufzend. »Es ist herrlich, nicht wahr?«, murmelte sie mir zufrieden zu. »Alex ist ganz wie sein Vater, nett und zuvorkommend.« Ein Stirnrunzeln schob sich plötzlich über ihre Stirn. »Aber du siehst nicht ganz so fit aus, blass irgendwie. Hast du Schmerzen?«

Sie präsentierte mir einmal mehr einen Ausweg auf dem Silbertablett und ich hatte nicht vor, dieses Angebot abzulehnen. »Ein bisschen, aber es geht schon. Ich bin einfach nicht ganz fit, wie du schon sagtest.«

Im nächsten Moment kamen die beiden Männer wieder nach draußen. Ich hob meinen Blick und sah, dass Alex eine dunkelgraue Zip-Jacke dabei hatte. »Hier, für dich!«, murmelte er und warf mir das Kleidungsstück zu.

Völlig perplex streckte ich die Hände danach aus und nahm den weichen, warmen Stoff entgegen. Ich hatte mit vielem gerechnet, aber sicher nicht damit. »Danke«, erklärte ich mit überraschtem Ton und unsere Blicke kreuzten sich. Das Feuer, das in seinen Augen loderte, schoss einmal quer durch meinen Leib. Dann wandte er sich ab.

Da ist noch gar nichts geklärt. Gar nichts durch, stellte ich dumpf fest und schlang den Pulli um mich. Sofort hüllte mich eine angenehme Mischung aus frischem Duft und einer herben Note ein, eindeutig Alex. Ich hoffte, ich würde das Kleidungsstück lange tragen.

Noch bis in die späten Abendstunden saßen wir beisammen. Gewärmt durch den dicken Baumwollstoff drang keine Kälte zu mir durch und meine kühlen Fingerspitzen hielt ich immer wieder spielerisch über die Flamme der Kerze vor mir.

»Verbrenn dich nicht«, murmelte Alex mir irgendwann zu und schob meine Hand sachte beiseite, als ich mich der Flamme scheinbar etwas zu sehr genähert hatte. Mehr als ein kurzes Murren konnte ich darauf nicht erwidern.

Zum Glück drehte sich das allgemeine Tischgespräch am meisten um die anstehende Heirat unserer Eltern. Es war schön zu beobachten, wie die beiden miteinander turtelten, ganz so, als seien sie frisch zusammen. Das war vermutlich eine der Nebenwirkungen, wenn man sich zu solch einem Schritt entschied. Dass sie uns auch noch aktiv in die Planungen mit einbezogen, tat irgendwie gut, nicht zuletzt, weil es von den eigenen anstrengenden Gedanken ablenkte.

Der Rahmen würde überschaubar bleiben, so viel stand schon einmal fest. Jürgen und Karin, Alex und ich, die Trauzeugen mit Partnern und ein paar Freunde und Arbeitskollegen. Großeltern hatten Alex und ich beide nicht mehr. Standesamt und anschließend Essen gehen und gemeinsam den Tag ausklingen lassen. Für meinen Geschmack viel zu wenig Trara, aber einmal mehr musste ich mich daran erinnern, dass beide nicht zum ersten Mal heirateten. Da war es wohl normal, wenn der Überschwang ausblieb.

Und steckte Liebe nicht auch in kleinen Gesten?

Das zumindest schien bei den beiden der Fall zu sein. Sie wirkten glücklich, zufrieden, mit sich im Einklang. Das Ja-Wort war für sie beide eine Vertiefung der Beziehung, ein symbolischer Akt der Liebe, nicht mehr und nicht weniger. Sie würden ihn im Kreis der Familie vollziehen und das war alles, was zählte.

Bei der Auswahl der Location klinkte ich mich weitestgehend aus. Die Läden, die ich gerne besuchte, waren weniger geeignet für solch einen Anlass; die Auswahl überließ ich gerne den anderen.

»Wir werden dann demnächst dort essen gehen, zur Probe«, bestimmte meine Mutter, als sie sich auf drei Möglichkeiten geeinigt hatten. Sie wandte sich Alex und mir zu. »Am besten kommt ihr auch mit, zwei weitere Meinungen schaden nicht!«

Na super, noch mehr Happy-Family-Dates. Ich seufzte unterdrückt auf.

Als wir uns gegen zehn Uhr verabschiedeten, hatten sich Jürgen und Karin einen kleinen Weinschwips angetrunken und auch Alex schien leicht gerötete Wangen zu haben. Ich selbst fühlte mich vollkommen klar - aber ich war ja auch schließlich der Fahrer. Eine Weißweinschorle zum Essen hatte ich mir gegönnt, doch das war einige Stunden und eine gute Fleischgrundlage her. Die Männer brachten uns zur Tür und das mädchenhafte Gekicher meiner Mutter hörte auf, als Jürgen sie zum Abschied küsste. Demonstrativ wandte ich mich ab - so genau musste ich das einfach nicht sehen - und prallte fast mit Alex zusammen, der direkt auf meiner anderen Seite zum Stehen gekommen war.

»Wie geht es eigentlich deiner Wunde?«, fragte er

mich mit einer Stimme, die ich heute noch nicht gehört hatte. Weich und warm und fast so wie ... vorher.

Ich zuckte leicht mit den Schultern. Viel mehr hatte ich gerade mit meinem trockenen Mund zu kämpfen. »Es wird«, gab ich kurz zurück.

»Cremst du sie regelmäßig ein?«

Das »Bist du meine Mama, oder was?« blieb mir rechtzeitig im Hals stecken, als mir die Tragweite seiner Frage bewusst wurde: Besorgnis. Wo auch immer seine ablehnende Aggression am Nachmittag hergekommen war - sie war nicht mehr da. Um sie nicht zu einer Rückkehr zu provozieren, nickte ich lediglich.

Gerade wollte ich mich der Tür zuwenden, als er mir auf die Schulter tippte.

»Emmi?«

Ich richtete meine Aufmerksamkeit wieder ganz auf ihn, verlor mich in seinem wunderschönen Gesicht. »Ja?«, hauchte ich.

Er schien einen kleinen Moment zu zögern, als würde er mit sich ringen. »Bleibt es bei morgen?«, fragte er schließlich mit leiser Stimme.

Etwas in mir verknäulte sich. Nach seinem Verhalten am Nachmittag war ich fest davon ausgegangen, dass es nicht dabei bleiben würde, doch als er so vor mir stand, diese verdammten Hypnoseaugen auf mich gerichtet, konnte ich nicht viel mehr tun, als zuzustimmen. »Natürlich. Du holst mich um drei ab.«

»Prima!«, entfuhr es ihm eine Spur zu enthusiastisch.

Es wurde Zeit zu gehen. Erneut wollte ich mich auf den Weg machen, als er ein weiteres Mal auf sich aufmerksam machte.

»Was denn noch?«, zischte ich ihn an.

»Ähm.« Er kratzte sich am Kopf. »Kriege ich meinen Pulli wieder?«

Kapitel 18

Ich hatte eine schlimme Nacht hinter mir. Alexanders Verhalten hatte mehr an mir gekratzt als ich es hätte zugeben wollen und das hatte mir buchstäblich den Schlaf geraubt. Immer wieder hatte ich mich verzweifelt hin und her gewälzt und mich gefragt, warum sich mein dämliches Herz ausgerechnet in ihn hatte verlieben müssen. Genau genommen war die Antwort darauf klar: Er sah nicht nur gut aus, er hatte auch noch Humor, man konnte stundenlang mit ihm reden, ohne dass einem langweilig wurde, und küssen konnte er auch verdammt gut. Alles in mir kribbelte, wenn ich in seiner Nähe war, eine spürbar physikalische Auswirkung seiner Anwesenheit auf mein schwaches Fleisch.

Ja, ich war schwach. Vielleicht hatte das Schicksal ein bisschen mit mir spielen wollen, hatte mich zwingen wollen, mich einmal auf den Falschen einzulassen, doch ich war einfach nicht in der Lage, diese Herausforderung zu bezwingen. Egal was ich tat, ob ich ihn normal behandelte, ob ich ihn mied, ob ich Kontakt suchte - mein Herz schlug schneller in seiner Nähe und es war, als würde jede Sekunde, die ich ihn sah, mein Schicksal mehr und mehr besiegeln.

Würde ich für immer in meinen Stiefbruder verliebt sein? War das meine Zukunft, zumindest, bis ich irgendwann jemand anderes kennenlernen würde? Jemanden, der womöglich an Alex herankäme?

Ruhelos wanderte ich durch die Stille der

Wohnung. Einmal mehr hatte ich einen Kurs sausen lassen und das wurde zu einer mehr als unangenehmen Angewohnheit. Ich kannte mich, ich musste am Ball bleiben, um meine Motivation aufrechtzuerhalten. Je länger ich nicht in die Uni ging, desto geringer wurde meine Lust darauf, wieder zum Streberchen zu werden. Das Problem war einfach, dass es mir zu leicht fiel, wieder den Anschluss zu finden.

Seufzend blieb ich stehen, beugte mich nach vorne und tastete nach meiner Wunde. Nach wie vor empfindlich, aber es wurde. Ich bildete mir sogar ein, dass das tägliche Eincremen tatsächlich half. Die Verletzung war der Grund für mein bisheriges Schwänzen gewesen, heute war ich aus purer Rastlosigkeit und Nervosität zu Hause geblieben.

Das musste sich ändern.

Gerade nahm ich mir vor, mich an den Schreibtisch zu setzen und ein bisschen was für mein Gewissen zu tun, als es an der Tür klingelte. Eilig blickte ich auf die Uhr, es war gerade einmal halb drei und somit viel zu früh für Alex, doch mein untrügliches Herz schlug so schnell, dass es nur auf ihn deuten konnte.

»Verdammter Kerl«, zischelte ich leise vor mich hin, als ich an die Gegensprechanlage trat. »Ja?«

Natürlich war es Alex.

Diesmal öffnete ich ihm die Wohnungstür, ging jedoch hinüber in die Küche. Ich musste meine Hände beschäftigen, daher sorgte ich für Kaffee. Während die Padmaschine ratternd ihren Dienst aufnahm, zupfte ich an meinem Outfit. Dünne Chiffonbluse und ein glockenförmiger Rock in Knallrot. Alles saß, betonte zwar leider die Narbe, sorgte jedoch nicht für Reibung, die ich nach wie vor vermeiden wollte.

»Hey.« Alex hatte es offenbar bis in die Wohnung geschafft, denn er erschien plötzlich im Türrahmen.

Ich atmete tief durch, dann wandte ich mich ihm zu. »Du bist früh dran.«

Er verzog sein Gesicht. »Ertappt. Ich bin wohl ziemlich motiviert, was die Ausstattung meiner Wohnung angeht.«

»Du bist in vielerlei Hinsicht kein typischer Mann«, konstatierte ich und richtete meine Aufmerksamkeit auf die Maschine. »Kaffee?«

»Gern.« Ich spürte mehr als dass ich hörte, dass er näher kam. »Was soll mir dein zweifelhaftes Kompliment sagen?«

Kein Ärger schwang in seiner Stimme mit, aber auch kein übermäßiger Enthusiasmus. Vielleicht Neugierde. Ich gab mir Mühe, ihm so normal wie möglich zu antworten, was bei dem Flattern in meinem Bauch nicht so einfach war. »Naja, du gehst gerne shoppen, du redest viel. Alles nicht unbedingt Eigenschaften, die ich von Männern kenne.«

»Zum Beispiel von Markus, meinst du?« Nun klang seine Stimme eine Spur schärfer, einen Hauch vielleicht, doch als er weiterredete, war alles wieder wie zuvor. »Gib mal her, ich mache meinen Kaffee schon fertig. Milch ist im Kühlschrank?«

Ich nickte lediglich und griff mir meine eigene Tasse. Sie blieb schwarz, so mochte ich Kaffee am liebsten.

»Einmal mehr wünschte ich, ihr hättet einen Balkon«, entfuhr es Alex, als er seufzend ins Wohnzimmer ging und sich auf den Stuhl am Esszimmertisch setzte, den er bisher jedes Mal ausgewählt hatte.

Ich nahm ihm gegenüber Platz und versuchte mich im Necken. »Dein Vater hat einen Balkon, du bald eine tolle Dachterrasse. Findest du nicht, dass du ganz schön unersättlich bist?«

Alex' Augen begannen zu funkeln. »Das mag sein, aber bisher bin ich damit ganz gut klargekommen.« Dann prostete er mir mit seiner Kaffeetasse zu und nahm einen großen Schluck.

Als wir uns kurz darauf auf den Weg machten, lenkte ich meine Gedanken bewusst auf die Liste, die Alex mir im Wagen in die Hand gedrückt hatte. Je länger ich darauf starrte, desto größer wurden meine Augen. »Das alles willst du kaufen?«, entfuhr es mir ungläubig. Mir wurde schwindelig bei dem Gedanken, wie viel Arbeit das werden würde - ganz zu schweigen von den Kosten.

»Jep«, war alles, was ihm dazu einfiel. »Wenn schon, denn schon. Außerdem holen wir ja auch nicht alles heute. Und ich habe online schon auf vielen Seiten gestöbert und eine Vorauswahl getroffen.«

»Da lohnt sich ja vermutlich eine Lieferung«, stellte ich stirnrunzelnd fest und warf einen kurzen Blick über meine Schulter. Auch ohne dem hätte ich feststellen können, dass es alleine schon bei Bett, Kleiderschrank und Couch ziemlich eng im Kofferraum werden würde.

»Mein Plan«, gab Alex gelassen zurück.

Wir fuhren schweigend weiter.

Etwas war anders zwischen uns, spürbar. Ich brauchte eine ganze Weile, um herauszufinden, was es war, doch als mich die Erkenntnis mit der Wucht eines Hammerschlages traf, blieb mir kurz der Atem weg.

Es war keine Spannung mehr da - nicht von seiner

Seite aus. Über mein Gefühlschaos musste ich an dieser Stelle wohl nicht mehr viel sagen. Alex verhielt sich normal. Ich hatte nicht den Eindruck, dass er in besonderer Weise meine Nähe suchte und er machte auch keine zweideutigen Äußerungen mehr. Er verhielt sich ... wie ein ganz normaler Freund. Wie sich ein Bruder womöglich verhalten würde (nicht, dass ich davon Ahnung hatte). Diese Tatsache hätte mich freuen, mich erleichtern sollen, doch stattdessen brannte sie ein Loch in meine Eingeweide, ätzte sich durch und legte einige der Flatterviecher lahm. Zu wissen, dass meine Botschaft bei ihm angekommen war, hätte mich erleichtern sollen - doch alles, was ich spürte, war ein Gefühl von Verlust.

* * *

Der Möbelkauf gestaltete sich tatsächlich als angenehm. Alex hatte sehr klare Vorstellungen davon, was er haben wollte, und manches Mal fragte ich mich, wofür er mich eigentlich mitgenommen hatte. Interessanterweise hatte ich mich vollkommen in ihm geirrt. Ich hätte mein letztes Hemd dafür gegeben, dass er sich für schlichte, elegante Möbel entscheiden würde, vornehmlich in solchen Männerfarben wie schwarz oder anthrazit, mit Chromveredelung oder sonst etwas.

Dass er immer wieder zu Holzfarben griff, besonders gerne in Nusstönen, gab mir ein angenehmes Gefühl der Überraschung. Wieder einmal bewies er, dass er im Grunde ein ziemlich normaler Kerl war, nicht abgehoben oder so, wenn auch etwas temperamentvoll, was unsere letzten Treffen anbelangte. Auch bei der Deko hielt er sich für einen Mann erstaunlich wenig zurück, denn die lud er direkt in seinen Wagen, der immer und immer voller wurde. Besteck, Geschirr, Deko, ein paar Bilderrahmen, Bettwäsche, Gardinen. Ich war mir ziemlich sicher, dass jeder, der in diesen Wagen schaute, automatisch davon ausginge, dass ich für den Inhalt verantwortlich war.

Diese Vorstellung brachte mich zum Lächeln.

»Wo kommen die Sachen eigentlich alle hin?«, fragte ich nach, als wir in der langen Schlange der Kasse standen.

»Zu mir natürlich.« Mit einem breiten Lächeln zog Alex seinen Schlüsselbund aus der Hosentasche und wedelte mit zwei Exemplaren. »Ich habe die Schlüssel, ich kann rein.«

»Oh, wow.« Mein Mund blieb mir kurz offen stehen. »Das ging ja alles fix.«

»Du sagst es«, nickte er ab. »Und das Beste ist, dass kaum renoviert werden muss. Die Wohnung wurde immerhin saniert. Ich stehe nicht sonderlich auf Farbe an den Wänden, der weiße Anstrich reicht mir also vollkommen.«

»Schön«, murmelte ich. Ein merkwürdiges Gefühl wallte in mir auf - ich glaube, es war Neid. Seine unmittelbare Wohnfreiheit konnte einen schon sehnsüchtig stimmen.

An diesem Nachmittag fuhren wir insgesamt zu zwei Läden. Der Erste hatte vor allem Kleinigkeiten hergegeben und Alex die Möglichkeit geboten, online ausgewählte Möbel vor Ort zu betrachten. Im zweiten Möbelhaus kaufte er in erster Linie Möbel für die Dachterrasse, da hier gerade eine Rabattaktion stattfand.

Der vergnügliche Teil des Tages war zu schnell

vorbei und das Schleppen begann. Zum Glück mussten wir nur in den zweiten Stock, doch der reichte schon, um meine Beine schwer werden zu lassen. Gerade humpelte ich das dritte Mal die Treppe hinunter, als Alex mir entgegenkam. Mit einem Stirnrunzeln umfasste er meinen Oberarm und stoppte mich in meiner Bewegung - einen Karton unter den anderen Arm geklemmt. »Das ist das letzte Mal, dass du läufst, verstanden?«, murrte er streng.

Ich verdrehte die Augen. »Es ist noch genug da«, widersprach ich ihm, schon rein aus Prinzip.

»Das ist mein Problem«, war seine prompte Antwort. »Denk an dein Bein. Das ist das letzte Mal!«

Am liebsten hätte ich laut aufgestöhnt und meine Augen verdreht, doch der ernste Blick ließ mich innehalten. Einen Hauch von Sorge konnte ich darin erkennen und das war die wohl höchste Emotion, die ich heute zu sehen bekam. Ich entschied mich dazu, ihm Folge zu leisten. »Okay«, knurrte ich. »Aber dieses eine Mal gehe ich noch.«

* * *

Es wurde bereits dunkel, als wir die gekauften Klappstühle mitten in den leeren Wohnraum stellten und darauf warteten, dass die Pizza geliefert wurde, die Alex geordert hatte.

»Harte Arbeit erfordert Nahrung«, hatte er grinsend erklärt und spontan Extra-Käse zu seiner Pizza hinzugefügt.

Wieder einmal wurde mir bewusst, dass sich die Stimmung zwischen uns geändert hatte, doch ich wusste einfach nicht, wie ich damit umgehen sollte. Er tat, was ich mir gewünscht hatte, und jetzt passte es mir nicht. Ich war ein dummes, naives Kind, das haben wollte, was es nicht kriegen konnte.

Um die Zeit zu vertreiben, plauderten wir über unsere Eltern und deren Pläne. Alex schien es ähnlich zu sehen wie ich: Er hätte den beiden ein größeres Fest gewünscht, doch so wie ich fügte er sich ihren Wünschen. Stattdessen wurden wir uns schnell einig, was wir den beiden schenken würden: ein Wellnesswochenende in einem Hotel, das sie schon zweimal besucht und jedes Mal grandios gefunden hatten. Eine empfindlich hohe Summe für mein Budget, doch durchaus machbar. Es ging schließlich um eine Heirat, um den hoffentlich letzten Bund, den meine Mutter und Alex' Vater eingehen würden.

Wo wir beim Thema waren ... »Woher hast du eigentlich so viel Geld?«, fragte ich irgendwann und schob die Bedenken beiseite, die mich bisher davon abgehalten hatten. Sofort wurde ich knallrot, doch ich hielt mein Kinn hochgereckt.

Einmal mehr sah ich die so typische Bewegung seiner Schultern, ein Zucken, das oftmals nur einseitig geschah. »Ich habe eben viel verdient in Norwegen. Mehr, als ich dort ausgeben musste, und mehr als genug, um zu sparen. Drei Jahre sind lang und ich habe eine Menge beiseitegelegt.«

Das machte natürlich Sinn. »Bereust du es?«, wollte ich mit leiser Stimme wissen.

»Was, das Sparen?« Alex lachte auf.

»Natürlich nicht, du Blödmann! Ich meine, dass du nach Deutschland zurückgekommen bist.«

Ich bildete es mir nicht ein, da war ich mir sicher: Für einen kleinen Moment konnte ich ein Gefühl in seinen Augen entdecken, das wie Balsam für meine verwirrte Seele war. Eine Art Verlangen oder

Zuneigung. Für die Antwort auf diese Frage brauchte er deutlich länger, doch als er schließlich ansetzte, klang er sehr überzeugt. »Nein. Es war das Richtige. Hier werde ich mich weiterentwickeln.«

* * *

Später am Abend fuhr er mich nach Hause. Ich konnte es kaum fassen, wie schnell dieser Tag vergangen war, und das ohne eine wirklich brenzlige Situation. Keine sprühende Erotik, aber auch nicht diese kalte Ablehnung, die er mir am Vortag gezeigt hatte.

Für diese Woche waren noch ein paar weitere Möbelhausbesichtigungen geplant, die ich weitestgehend begleiten würde. Besonders gespannt war ich darauf, wie er seine Küche zusammenstellen würde. Ich selbst hatte etwa null Komma gar keine Ahnung davon, doch ich hatte ja bereits am Nachmittag festgestellt, dass er mich nicht unbedingt wegen meiner fachkundigen Meinung mit dabei haben wollte.

Als Alex vor dem Wohnkomplex hielt, in dem sich meine Wohnung befand, erlebte ich ein kurzes, schmerzliches Déjà-vu. Das letzte Mal, als wir uns gemeinsam in einem Auto und an dieser Stelle befunden hatten, war die Stimmung mehr als aufgeladen gewesen - und das nicht im positiven Sinne.

Nervös spielte ich mit dem Henkel meiner Handtasche; unsicher, was ich sagen sollte. Zum Glück nahm Alex mir diese Last ab.

»Danke schön«, sagte er aufrichtig und legte für einen winzigen Augenblick seine Hand auf meinen

Unterarm. »Es bedeutet mir viel, dass du dabei warst. Trotz ... allem.«

Unter Strom von seiner Berührung schaffte ich es, mit brüchiger Stimme zu antworten. »Gerne. Immer wieder.«

Ich konnte sein Gesicht nicht richtig erkennen, dafür war es zu dunkel, doch ich war mir sicher, dass er lächelte. »Gute Nacht, Emmi. Wir schreiben.«

»Gute Nacht«, murmelte ich eilig und verließ dann das Auto, dieses kleine, intime Universum, in das ich gerade mehr hineininterpretierte als Alex. »Ich freue mich drauf«, fügte ich noch hinzu, als ich bereits in der Kühle der Nachtluft stand, die Tür geschlossen. Diese Worte blieben nur für mich, niemand sonst hörte die Sehnsucht in meiner Stimme, die mich mit bittersüßen Gefühlen erfüllte.

* * *

Als ich später im Bett lag, war ich so aufgekratzt, dass ich immer wieder an meiner Narbe herumfummelte, einfach um eine Beschäftigung zu finden - und diese Narbe war eine perfekte Erinnerung an das, was Alex und mich verband. Um es nicht wieder schlimmer zu machen, griff ich schließlich nach meinem Handy. Es wurde Zeit, Klartext zu reden - mit den Mädels.

Ich: Oh man, ich brauche euch. Ich habe ein ernsthaftes Problem.

Vielleicht ein bisschen melodramatisch, aber so konnte ich mir sicher sein, dass die beiden - sofern noch wach - schnell reagieren würden. Und tatsächlich, kaum hatte ich das Handy aus der Hand gelegt, vibrierte es auch schon und verkündete eine eingehende Nachricht.

Lena: Was ist los, Maus? :(
Ich: Ach ... ich sage nur Alex ...
Lena: Oh nein! Ist etwas Schlimmes passiert?
Sandra: Bin auch da. Erzähl, was macht der Typ für Probleme?

Ich musste kurz auflachen, auch wenn mir gar nicht danach zumute war. Die beiden waren goldig, zuverlässig. Ich wusste, auf sie konnte ich mich immer verlassen.

Seufzend machte ich mich daran, ihnen eine Erklärung zu tippen.

Ich: Okay. Mein Problem ist es wohl eher, denn ich fürchte, ich habe mich tatsächlich in den Typen verliebt. Das ändert natürlich nichts daran, dass ich nichts mit meinem zukünftigen Bruder anfangen möchte. Jedenfalls ... ach es ist so kompliziert. Ich war letzte Woche mit ihm ein Eis essen, da haben wir Markus getroffen. Alex ist total ausgeflippt hinterher und ich habe ihm unmissverständlich klar gemacht, dass nichts zwischen uns laufen wird. Seitdem ... hält er Abstand, war sogar erst richtig kalt. Ich bin mir sicher, da ist was, aber er versteckt es. Eigentlich müsste ich deshalb froh sein, doch es tut einfach nur weh ...
Meine verkorkste Wahrheit, mein Problem. Und jetzt zerfleischt mich.
Sandra: Ach Süße ... er wird dein STIEFbruder! Das ist ein Unterschied!
Lena: Warum hast du uns nicht schon eher Bescheid gesagt?? Wir hätten ein Krisentreffen machen können, mit

Eis, Schokolade und Sekt!

Das fragte ich mich allerdings auch. Mein Herz schlug immer noch schwer in meiner Brust, doch ich hatte das Gefühl, es würde ein bisschen besser werden.

Ich: Keine Ahnung, ihr kennt mich. Mich muss eine Katastrophe erst richtig umhauen, damit mir bewusst wird, wie tief ich drin stecke.
Sandra: Na, na, na! Jetzt übertreib aber mal nicht. Ich denke, wir haben schon Schlimmeres geschafft, nicht wahr?
Lena: Okay, was hältst du von folgendem Vorschlag: Samstag würde ich doch gerne mit euch meinen ersten Projektabschluss feiern. Einfach irgendwo etwas trinken gehen. Wie wäre es, wenn wir Alex mitnehmen?
Das ist eine ganz andere Situation und Sandra und ich können ihn mal unauffällig beobachten.

Diesen Vorschlag fand Sandra natürlich erstklassig, doch ich zögerte. Was würde es bringen, wenn Alex mit uns etwas trinken gehen würde - abgesehen davon, dass mich seine Nähe wie üblich völlig durcheinanderbringen würde? Zögerlich schwebten meine Finger über dem Display, unsicher, was sie schreiben sollten.

Lena: Na komm schon, Emmi. Es kann doch nicht schaden! Ich würde ja anbieten, dass wir uns vorher schon einmal treffen, doch meine Woche ist total voll. Fragst du Alex?
Sandra: Genau, es ist beschlossene Sache, Emmi!

Mir entfuhr ein tiefer Seufzer.

Ich: Alles klar. Ich sehe ihn diese Woche sowieso noch ein paar Mal, wir klappern Möbelhäuser ab. Ich sage ihm dann, dass du ihn eingeladen hast, Lena. Aber ich warne euch. Wenn das irgendwie schief geht, drehe ich euch den Hals um. Und zwar allen beiden!

Kapitel 19

Der Rest der Woche verging rasend schnell. Nicht nur, dass ich mich ein paar Mal mit Alex traf - ich ging auch wieder zur Uni. Um keine merkwürdigen Fragen aufzuwerfen, beschloss ich, wieder auf längere Kleidung umzusteigen, die mein Bein gänzlich verdeckten. Zum Glück hatte ich ein paar locker sitzende Chinos in meinem Schrank, die nicht allzu sehr reiben würden, die frische Narbe jedoch auch verdeckten. Leider bedeutete dies auch, dass mir ein bisschen warm war. Die Temperaturen wurden zwar nicht schlimmer, dafür aber der Luftdruck. Offenbar lag ein Gewitter in der Luft, die Spannung war förmlich greifbar und die Vögel flogen tief.

Zur Entladung kam es jedoch nicht.

Natürlich kam es direkt am zweiten Tag meiner neu gefassten Uni-Motivation zu einem Treffen mit Markus. Ich war gerade unterwegs zur Mensa, um mir ein kleines Mittagessen zu gönnen, als sich unsere Wege kreuzten.

»Oh, hallo Emmi!« Er entdeckte mich zuerst und gab alles, damit ich nicht an ihm vorbeilief. Dieser Tage achtete ich nicht allzu sehr auf meine Umgebung.

»Oh.« Ich blieb stehen, etwas unwillig, und nahm ihn kurz in den Arm. »Hi Markus.«

Das kurze Schweigen, das zwischen uns entstand, war nicht gerade angenehm.

»Äh.« Markus kratzte sich verlegen am Kopf. »Wo

willst du gerade hin?«

Ich beäugte ihn. Polohemd und eine schlichte Jeans, das Haar ordentlich geglättet. Ja, das war der Markus, den ich kannte. Etwas langweilig, aber zuverlässig. »In die Mensa«, murmelte ich leise und machte kleine trippelnde Bewegungen auf der Stelle. »Sofern noch etwas zu haben ist.«

»Wie schön, da wollte ich auch hin! Sollen wir zusammen etwas essen?«

Sofort schossen meine Augenbrauen zusammen und ich wurde misstrauisch. Seine Bemerkung aus dem Auto war mir noch allzu präsent.

»Natürlich ohne Hintergedanken«, schob er eilig hinterher, ganz so, als hätte er gespürt, woran ich gedacht hatte.

Da ich keinen Grund hatte, ihm abzusagen, ohne wie eine doofe Kuh dazustehen, gab ich mich geschlagen. Betont locker machte ich einen kleinen Knicks. »Klar, wieso nicht? Nach dir.«

* * *

»Erzähl, wie geht es dir?« Markus saß mir gegenüber an einem der vielen langen, überfüllten Tische der Mensa. Jedes Mal aufs Neue fragte ich mich, warum ich mir den Stress antat, in diesem Gedränge einen Platz zu suchen und meine Mittagspause zu verbringen, immerhin war das Essen nicht einmal besonders gut, doch es war günstig und man war umringt von »Leidensgenossen«. Ein mehr als ausreichender Grund, um sich ins Getümmel zu stürzen.

Ich zuckte mit der Schulter, nahezu genauso, wie Alex es immer tat. »Ganz okay und selbst?«

Markus blickte mir ernst in die Augen. »Ich finde nicht, dass du *ganz okay* aussiehst, Emmi.«

Was sollte das denn nun werden? Ich prustete entnervt die Luft aus und schob mir eine große Gabel voller Nudeln in den Mund. Wollte er nun von mir hören, dass ich doch litt, weil wir uns getrennt hatten?

»Was macht dein Knie?«, redete er unverdrossen weiter, offenbar wenig davon berührt, dass ich ihm noch nicht geantwortet hatte.

»Genau genommen ist es nicht mein Knie«, erwiderte ich säuerlich, »sondern mein Schienbein. Aber danke, es geht. Die Wunde verheilt.«

»Also kann deine schlechte Laune nicht daher kommen.«

Es war eine schlichte Feststellung und doch war sie alles. Ja verdammt, meine schlechte Laune kam von woanders her, doch das konnte ich ja jetzt schlecht sagen. Oder? Ich stutzte. Ohne diese spontane Idee zu hinterfragen, plapperte ich einfach darauf los. »Nein, Tatsache, du hast recht. Es kommt nicht vom Knie.« Ich pausierte. Noch konnte ich einen Rückzieher machen, immerhin war es nicht gerade fair, mit dem Ex über Gefühle bezüglich anderer Männer zu sprechen, oder? Andererseits, er hatte ja gebohrt. Und wir hatten uns immerhin einvernehmlich getrennt, mit dem Versuch, Freunde zu bleiben. Mit Freunden redete man über so etwas. »Um ehrlich zu sein, geht es um Alex.«

»Alex?« Zunächst blickte Markus mich verwirrt an, doch dann erhellte Erkenntnis seinen Blick. »Ah, du meinst deinen angehenden Stiefbruder.«

Dass er das ausgerechnet so betonen musste, gefiel mir nicht sonderlich, doch was sollte ich tun? Diese Tatsache würde mich wohl immer verfolgen, immerhin war sie wahr. »Ja, genau der.«

Fast schon unmerklich spannte Markus sich an und ich nahm an, dass er direkt vom Schlimmsten ausging. Ganz sicher vermutete er jedoch bestimmt nicht, wohin dieses Gespräch führen würde. Mit aufmerksamen Augen fixierte er mich und nahm niemanden mehr wahr - und das sollte schon etwas heißen bei dem Trubel hier.

Ich seufzte tief auf. »Kurz nachdem wir uns getrennt haben, war ich mit den Mädels aus. Ich habe an dem Abend einen Typen kennengelernt, mit ihm rumgeknutscht ...« Ich starrte ihn an, wartete fast schon gespannt auf seine Reaktion, doch bisher blickte er ziemlich neutral. » ... und dann haben sich unsere Wege getrennt. Dummerweise … stellte sich am nächsten Tag heraus, dass der Fremde Alex war.«

»Oh.« Mehr brachte Markus nicht hervor.

Noch genauer fixierte ich ihn und sah nun das Unbehagen in seinen Augen. Schon hatte ich das Bedürfnis, mich zu rechtfertigen. »Es ist einfach so geschehen. Wir hatten etwas getrunken, das kann schon mal passieren, wenn man Single ist.«

»Sicher«, brachte Markus hervor. Er wirkte nicht sonderlich glücklich, aber er bedeutete mir, weiterzureden.

»Ich wollte so schnell keine neue Beziehung, das war nicht meine Absicht. Es hat sich so ergeben. Aber als ich dann feststellen musste, dass Alex der Sohn von Jürgen ist …« Ich ließ meine Schultern hängen. Mein Appetit auf die Nudeln war völlig vergangen. »Ich habe viel Zeit mit ihm verbringen müssen, immerhin sollte ich ihm bei der Wohnungssuche helfen, und die Anziehung zwischen uns hat nicht nachgelassen. Eine Beziehung kam für mich nicht in Frage, Alex wollte mehr. Jetzt scheint er es endlich kapiert zu haben - und was ist? Ich leide darunter!« Gefrustet schlug ich mit den Handflächen auf die Tischkante und wagte einen weiteren Blick in Markus' Gesicht. Er wirkte nachdenklich, tief versunken. »Es tut mir leid, wenn ich dir damit nun wehgetan habe«, fügte ich leiser hinzu.

Markus lächelte mich gequält an. »Das erklärt natürlich, warum du dir nicht vorstellen konntest, dass unsere Trennung vielleicht ein Fehler war.« Ich setzte dazu an, etwas zu sagen, doch er hob seine Hand, um mich zu unterbrechen. »Nein, schon gut. Für Gefühle kann man nichts, genauso wenig, wenn eben diese Gefühle verschwinden. Aus dem Grund haben wir uns ja auch dazu entschieden, uns zu trennen. Ich schätze, du fehlst mir einfach - die Beziehung zu dir, die Gewohnheit und die Sicherheit. Der Geburtstag von Oma war da vermutlich einfach nicht das Beste.«

Ich konnte nur nicken. Träge schob ich ein paar Nudeln auf meinem Teller hin und her. Die Gabel blinkte mich an.

»Jedenfalls - im Grunde wünsche ich mir natürlich, dass du glücklich wirst.« Er blickte mir ernst und tief in die Augen. »Meinst du, du könntest mit Alex glücklich sein?«

»Markus!« Ich blickte ihn mit weit aufgerissenen Augen an. »Hast du nicht kapiert, worum es geht? Es geht nicht darum, ob ich mit ihm glücklich werden könnte. Er wird mein Stiefbruder! Meine Mutter und Jürgen werden heiraten!«

»Na und?« Nun war es Markus, der seine Augen aufriss, die Augenbrauen fast unter den Haaransatz gezogen. »Das spielt doch keine Rolle. Ihr seid erwachsene Menschen und nicht blutsverwandt.«

Er war nicht der Erste, der das sagte, und dennoch bereitete mir die Vorstellung Unbehagen. »Ich habe einfach ein Problem damit. Für mich spielt es sehr wohl eine Rolle.«

»Ach Emmi.« Er atmete gequält aus, doch seine Mundwinkel zuckten leicht nach oben. »Du machst dir zu viele Gedanken, wieder einmal. Lass es doch einfach auf dich zukommen. Was kannst du schon verlieren?«

Mein Herz, du Idiot, schoss es mir durch den Kopf, doch natürlich sprach ich das nicht laut aus. Stattdessen zuckte ich erneut mit den Schultern. »Wer weiß?«

»Na also.« Markus blickte sich um und auch ich stellte plötzlich fest, wie leer es geworden war. Es wurde Zeit, sich auf dem Weg zum nächsten Seminar zu machen.

»Danke«, sagte ich aufrichtig, bevor ich meine Sachen zusammenräumte. »Für dein offenes Ohr und für deine Meinung.«

Er lächelte mich einfach nur an.

Schweigend brachten wir unsere Tabletts weg und gingen in Richtung Ausgang der Mensa. An der Tür trennten sich wieder unsere Wege. Fast schon wehmütig nahm er mich in die Arme. »Du wirst schon das Richtige tun. Das tust du immer«, flüsterte er mir ins Ohr, bevor er mir ein letztes Mal zuwinkte.

Ich blickte ihm zweifelnd nach. »Wenn du das sagst …«

Kapitel 20

Ich hatte erwartet, im Grunde sogar fest damit gerechnet, dass Alex absagen würde, doch natürlich hatte er mich lediglich freudig angestarrt, als ich ihm die Einladung von Lena mitgeteilt hatte.

»Sehr gerne, ich habe noch nichts vor!«, hatte er ausgerufen und zufrieden seine Händen gerieben.

Das war zwei Tage her. Heute Abend war es so weit und ich lief unruhig durch mein Zimmer. Ich hasste es, dass ich so nervös war, aber ich konnte es auch nicht ändern. Immer wieder sah ich Alex vor Augen, sein strahlendes Lächeln, das mich jedes Mal zum Vibrieren brachte, seine halb geschlossenen Augen, allzu sinnlich, wenn sich seine Lippen auf die meinen senkten. Gesenkt hatten. Der Gedanke, dass ich diesen Anblick nie wieder sehen würde, schmerzte mich.

Doch war ich bereit, mich gegen meine eigene Moral zu stellen? Mein Kopf befahl mir, ihn zu vergessen. Dass es einfach nicht richtig sei, etwas mit ihm anzufangen. Aber die Stimme meines Herzens wurde lauter und lauter, meine Zweifel immer größer. Was brachte mir meine Vernunft, wenn sie mich nur leiden ließ?

Würde ich es genießen können, mit ihm zusammen zu sein, wenn mein Kopf Amok spielte? Oder würde ich mich daran gewöhnen? Immerhin hatte ich noch niemanden getroffen, der vehement widersprochen hatte, wenn ich meine Gefühle geschildert hatte. Im

Gegenteil, die meisten hatten meine Gründe für meine Zweifel sogar in der Luft zerrissen.

Aber noch viel wichtiger war die Frage - bestand überhaupt noch irgendeine Chance oder hatte ich die mir verbaut?

Frustriert aufstöhnend fiel ich aufs Bett. Gingen meine Gedanken ernsthaft in diese Richtung? Ich klang ja glatt so, als würde ich mich schon damit abfinden, dass ich etwas mit Alex anfangen würde.

Ohne ihn zu fragen, ich Heldin.

Entnervt fuhr ich mit meinem Handrücken über die Stirn und spürte die Schweißperlen auf der erhitzten Haut. Die Schwüle hatte ihren Höhepunkt erreicht und ich hoffte, dass es heute endlich zu dem sehnlichst erwarteten Gewitter kommen würde. Bis dahin blieb mir eigentlich nur die Option, eine erfrischende Dusche zu nehmen, mich in lockerleichte Klamotten zu werfen und auf die Ereignisse des Abends zu warten.

Als ich etwa noch eine Stunde hatte, bevor ich das Haus verlassen musste, trottete ich langsam hinüber ins Bad. Ich hatte plötzlich keine große Motivation mehr, mich fertigzumachen, und überlegte, wie überzeugend es käme, wenn ich eine spontane Ohnmacht vortäuschte.

Ich schätzte, meine Chancen standen nicht sonderlich gut.

Letztlich fügte ich mich meinem Schicksal. Während ich mich frisch machte und im Anschluss für ein hübsches Make-up sorgte, wanderten meine Gedanken wild hin und her. Dem war vermutlich auch zuzuschreiben, warum ich es ein wenig übertrieb und mich deutlich stärker herausputzte als sonst. Für gewöhnlich war ich der Typ »Wimperntusche draufklatschen und gut«, doch heute suchte ich neben Make-up und Rouge auch einen Kajalstift hervor, um meinen Wimpernschlag besonders zu betonen. Da meine Auswahl an Klamotten sich so ziemlich auf sportiv oder speziell beschränkte und ich nur wenig Alternativen besaß, zog ich eine kurze Jeansshort und ein schlichtes, schwarzes Top mit Spitzenbesatz hervor. Aufgepeppt mit einer langen, glitzernden Kette, die zwischen meinen Brüsten ruhte, fühlte ich mich damit doch ziemlich schick - und es war schön erfrischend.

Ich warf einen letzten Blick hinaus aus dem Fenster und stellte fest, dass sich eine riesige, bedrohlich dunkle Wolkenfront am Horizont bildete. So wie ich unser Glück kannte, würde sie sich wieder auflösen, bevor sie über der Stadt angekommen war, doch ein letzter Funke Hoffnung lieb und ich packte mir vorsichtshalber meinen kleinen Knirps ein.

Man konnte ja nie wissen.

* * *

Für den heutigen Abend hatten wir uns in der großen Cocktailbar verabredet, die so ziemlich das Gegenteil der kleinen gemütlichen Bar darstellte, in der ich mit Alex vor so vielen Tagen gewesen war.

Schicke Loungemöbel vereinten sich mit klaren Farben und vermittelten einen edlen Touch.

Zum Glück hatte Lena einen Tisch für uns reserviert, denn die Bar platzte aus allen Nähten, als ich sie betrat. Mit zusammengekniffenen Augen überschaute ich das Gedrängel, doch erst, als ich in die Tiefe des Raumes eingedrungen war, konnte ich meine beiden Freundinnen ausmachen, die bereits munter quatschend an einem Tisch saßen. Die gute Nachricht war: Es handelte sich um einen der gemütlichen Tische für vier Personen, mit bequemen Loungesesseln. Die schlechte Nachricht war: Die beiden hatten sich so hingesetzt, dass ich Alex gegenübersitzen musste, sobald er eintreffen würde. Andererseits würden wir so oder so nahe beieinandersitzen, das machte eine kleine Runde schließlich aus.

Wieso noch gleich hatte Lena nicht auch ihre gesamte Kollegenschar eingeladen?

Jedenfalls war besagter Herr noch nicht da, was mir den Vorteil verschaffte, nicht die Letzte zu sein, die erschien. Dummerweise hatte ich mich in meinem Aufhübsch-Wahn ein kleines bisschen in der Zeit vertan.

»He, Emmi!« Mit lauter, klarer Stimme zeigte Lena an, dass sie mich erkannt hatte. Sandra, die mit dem Rücken zu mir saß, drehte sich auf ihrem Sessel und warf mir ein strahlendes Lächeln zu.

»Hey Mädels!« Mit einem möglichst natürlichen Strahlen begrüßte ich die beiden mit Küsschen und glitt auf den Sessel neben Lena - die Wand im Rücken war mir lieber als der weite Raum. Außerdem würde sich so meine Aussicht nicht nur auf Alex beschränken müssen. »Sorry, dass ich ein bisschen spät dran bin. Wartet ihr schon lange?«

Sandra schüttelte ihre Mähne. »Nein, nein. Vielleicht eine Viertelstunde. Wir haben extra noch nichts bestellt!«

»Das können wir jetzt aber nachholen«, hakte Lena sich ein.

Ich runzelte die Stirn. »Wieso? Kommt Alex doch nicht mehr?«

»Doch, na klar. Er kommt nur später«, winkte Lena sofort ab. »Wusstest du das etwa noch nicht?«

Mein Runzeln verstärkte sich. »Nein?« Was war da an mir vorbeigegangen?

»Alles gut, Süße«, lachte Sandra und legte beruhigend eine Hand auf meinen Unterarm. »Entspann dich. Alex hat Lena geschrieben, dass er noch etwas mit der Wohnung regeln musste. Irgendjemand wollte vorbeikommen und hat sich verspätet? Keine Ahnung. Bestimmt hatte er einfach nicht viel Zeit, weshalb er es nur Lena geschrieben hat.«

Ich wusste nicht, was mich mehr störte: Die Tatsache, dass die beiden davon ausgingen, es würde mich so irritieren, dass er sich nicht bei mir gemeldet hatte, oder aber die Tatsache, dass es tatsächlich der Fall war. Nur kurz hatte ich mich gefragt, woher er überhaupt die Nummer von Lena hatte, doch mir war schnell eingefallen, dass ich sie ihm höchstpersönlich überreicht hatte. Er hatte sich bei ihr für die Einladung bedanken wollen.

»Wie auch immer«, murmelte ich und zog meinen Arm leicht säuerlich zurück. »Dann wollen wir doch mal schauen. Wisst ihr schon, was ihr trinken wollt?«

* * *

Die erste Runde Cocktails näherte sich bedrohlich dem Glasboden, als ich ein allzu bekanntes Gesicht im Eingangsbereich entdeckte. Für einen winzigen Moment stockte mir der Atem. Alex war ein sehr attraktiver Mann, der mich immer wieder um den Finger wickelte, doch heute Abend war es besonders schlimm. Sein Haar war so perfekt gegelt, dass es in mir den Wunsch erweckte, immer und immer wieder mit meinen Fingern hindurchzufahren, die Unordnung hineinzubringen, die er auch in meinem Leben verursacht hatte. Der Drang war so schlimm, dass ich ganz spontan die Hände unter meine Oberschenkel schob - dort konnte niemand sehen, wie sie zuckten. Ich hatte ihn mittlerweile schon in den unterschiedlichsten Outfits gesehen, aber die helle, ausgeblichene Jeans und das eng anliegende, bunt bedruckte Shirt betonten seine aufregende Figur fast schon unverschämt gut. Doch nichts, aber auch gar nichts kam mit diesen funkelnden Augen mit, die sich einen Weg zu mir hindurchbohrten.

Es war wie damals in der Disko. Als würde eine höhere Macht wollen, dass wir uns sahen, teilte sich die Masse vor uns. Unsere Blicke kreuzten sich, lange bevor er überhaupt bei uns angekommen war, und ein scharfer Stich loderte einmal quer durch meinen Magen, Endstation Unterleib.

Wie. Sollte. Ich. Diesen. Abend. Überstehen?

Ein kleines Lächeln umspielte seine Mundwinkel, wich dann jedoch einem amüsierten Zucken. Seine Hand hob sich zu einem lockeren Gruß, und als ich mich genötigt sah, diesen zu erwidern, vergaß ich glatt, dass ich recht eindeutig auf meinen Händen saß. Ich verhedderte mich ganz schön in mir selbst und schmiss fast mein Cocktailglas um.

»Äh, Emmi?« Mit einem überraschten Lachen griff Lena nach dem Glas und konnte Schlimmeres verhindern.

Feuerrot wurde mein Gesicht und machte auch das letzte bisschen Hoffnung zunichte, Alex mit Würde und Vorteil begrüßen zu können.

»Was ist los?«, fragte Sandra nach, ein Hauch von

Besorgnis in der Stimme, doch dann klärte sich jede Verwirrung, denn Alex erreichte unseren Tisch.

»Hallo Mädels, da bin ich endlich. Entschuldigt die Verspätung!« Sein Lächeln hellte die gesamte Runde auf, sorgte jedoch auch für Erkenntnis in den Augen meiner Freundinnen und ich konnte mir nur im letzten Moment verkneifen, ihnen böse Worte zuzuzischen.

»Kein Problem, jetzt bist du ja da!«, übernahm Lena zum Glück das Wort. »Wie du siehst, haben wir schon eine Runde hinter uns. Wird Zeit, dass du aufschließt!«

Das ließ er sich natürlich nicht zweimal sagen. Wir alle warfen noch einen Blick in die Karten, und es war relativ schnell klar, was wir bestellen würden. Meine Augen ließ ich dennoch auf die Cocktailauswahl gesenkt, denn ich verspürte nicht das Bedürfnis, Alex ins Gesicht zu schauen. Zu sehr brachte mich seine bloße Präsenz durcheinander.

Wem willst du eigentlich auch nur irgendetwas vormachen?, schalt ich mich. *Wie soll das funktionieren? Egal was passiert, Alex löst ein solches Durcheinander in dir aus. Und dann denkst du, es steht ernsthaft zur Debatte, dass du diese Gefühle ignorieren, herunterspielen kannst?* Ich schüttelte unmerklich den Kopf. Nein, das stand nicht zur Debatte. Nicht mehr. Fraglich war dagegen, ob meine moralische Kehrtwendung nicht vielleicht zu spät kam.

Würde ich es ertragen, wiese er mich ab? Vermutlich nicht. Es war also besser, es erst gar nicht darauf ankommen zu lassen …

Die plötzliche Ankunft einer Kellnerin riss mich aus meinen trüben Gedanken. Ich brauchte ganze zwei Sekunden, um etwas festzustellen, was mich bis ins Innerste verletzte: Alex flirtete mit der kessen Rothaarigen.

»Was kannst du mir denn so empfehlen, Süße?«, fragte er das junge Ding und wirkte dabei verrucht und frei.

»Oh, alles Mögliche«, bekam er zur Antwort. Das Mädchen - Lisa laut Namensschild - schien etwas aus der Fassung ob dieser Worte, jedoch alles andere als abgeneigt, sich auf dieses Spiel einzulassen.

»Dann schieß mal los«, schnurrte Alex. Seine Augen wurden eine Spur dunkler.

»Die Empfehlung des Hauses -«

»Nicht die Empfehlung des Hauses - deine Empfehlung!«

Das war zu viel. Es tat weh, viel zu weh, obwohl ich mir einredete, dass es ein bloßer, harmloser Flirt mit einer Servicekraft war. Alex hatte Charisma, er konnte sowas. Auch wenn ich noch nie erlebt hatte, dass er so offensiv an wildfremde Frauen herantrat. Außer an mich vielleicht …

Was soll das, wollte ich ihn anschreien, *hier bin ich!* Doch noch ehe mehr als ein Krächzen meine Kehle verlassen konnte, legte sich erneut eine Hand auf meinen Unterarm: diesmal die von Lena. Ich fing ihren Blick auf, sanft, mitfühlend, geduldheischend.

Innerlich zählte ich bis zehn, und als ich bei der letzten Ziffer angekommen war, spürte ich auch, wie sich alle Augen auf mich richteten. Offenbar war ich an der Reihe mit dem Bestellen. »Einen Sex on the Beach«, presste ich hervor und hörte, wie jemand am Tisch laut aufkeuchte. Ich schätzte, es war Sandra, die wusste nämlich genau, dass ich eigentlich andere Cocktails bevorzugte. Warum es jetzt genau der hatte sein müssen, konnte ich selbst nicht sagen.

Als Lisa mit unseren Bestellungen verschwunden war, entspannte ich mich wieder ein bisschen. Einzig die Wut auf Alcx blieb. Der Stachel der Verletzung saß tief und ich wusste nicht, wie klar ihm das war. Ich beschloss, so zu tun, als wäre nichts passiert.

Fast schon gleichmütig hielt ich meinen Kopf oben, wich Alexanders Blicken jedoch so gut aus, wie es nur ging. Leider stellte sich das als nicht allzu einfach heraus, da er immer wieder zu versuchen schien, mich festzunageln. Ich gab der Kraft seiner Augen keine Chance.

Abgesehen von diesem schlimmen Durcheinander entwickelte sich der Abend sehr nett. Lena war in einer ausgesprochen guten Laune und berichtete ausführlich davon, wie sich die Werbekampagne entwickelt hatte. Sandra gab eine Anekdote nach der anderen zum Besten und auch Alex wusste viel von seinem Umzug zu berichten. Ich selber hielt mich etwas zurück. Zu viel schoss mir durch den Kopf, zu sehr musste ich mich darauf konzentrieren, keine falschen Spitzen von mir zu geben. Zum Glück fiel es mir die meiste Zeit nicht schwer, zuzuhören und einigermaßen zu entspannen.

Die Anzahl der Cocktails wuchs, wir kamen bei der dritten (beziehungsweise zweiten) Runde an. Lena kümmerte sich höchstpersönlich darum, einen vorbeieilenden Kellner anzusprechen und achtete darauf, dass es nicht Lisa war. Ich drückte dankbar ihre Hand unter dem Tisch.

Auch wenn mir der vorherige Cocktail recht gut geschmeckt hatte - ich wollte keine weiteren undurchsichtigen Anspielungen machen und entschied mich für einen stinknormalen Caipirinha.

Die Stimmung wurde ausgelassener. Es hätte alles

so perfekt sein können, wären mir meine eigenen Gefühle nicht so im Weg gewesen.

Einmal mehr brandete ein Lachen über unseren Tisch und ich merkte, wie sich meine Blase verkrampfte. Verdammt, es wurde Zeit, auf Toilette zu gehen.

»Ich muss mal«, murmelte ich Lena zu und begann bereits, mich zu erheben, als sie meine Hand ergriff.

»Warte, ich komme mit.« Sie wandte sich den anderen beiden zu. »Wir verschwinden mal kurz für kleine Mädchen.«

Ein Kichern entfuhr mir, weil ich diese Bezeichnung so dämlich fand, vor allem aber freute ich mich, dass ich nicht alleine gehen musste. Stumm schlängelten wir uns durch die Bar. Es erstaunte mich einmal mehr, wie voll es hier war - egal zu welcher Zeit. Um zu den Toiletten zu gelangen, mussten wir in das Untergeschoss laufen. Eine relativ schmale Treppe führte uns hinab.

»Gott sei Dank, hier ist es ein bisschen ruhiger!«, seufzte Lena auf, als wir die Frauentoilette betraten.

»So laut ist es da oben nun auch wieder nicht«, entgegnete ich schmunzelnd. Unsere Blicke trafen sich im Spiegel. »Es gibt Schlimmeres.«

Die Schlange war nicht allzu lang, was meinem dringenden Bedürfnis, meine Blase zu entleeren, nur entgegenkam.

»Also, gibt es was Neues von dir und Alex?«, fragte Lena und warf mir einen verschwörerischen Blick zu. »Vermutlich nicht. Ich hatte ja ein bisschen Zeit, euch zu beobachten. Jetzt mal im Ernst, ihr verhaltet euch wirklich kindisch.«

»Wir?« Ich merkte, wie ich mich aufplusterte. Dummerweise fiel mir nicht schnell genug eine praktische Erwiderung ein.

»Ja. Na gut, vor allem du, um ehrlich zu sein«, gab meine Freundin zu und wirkte dabei fast schon zerknirscht. »Also - sag. Was ist los?«

Ich seufzte auf - so tief, als würde ich dadurch jeglichen Schmerz in meinem Herzen verlieren. Natürlich war das nicht möglich. Betont lässig zuckte ich mit einer Schulter. »Da ist nichts. Und das meine ich wortwörtlich.« Ich zögerte kurz, stellte dann aber fest, dass ich es nicht mehr für mich behalten konnte. Immerhin hatte ich noch nie lange etwas vor meinen Freundinnen verheimlicht. »Auch wenn ich langsam aber sicher das Gefühl habe, deshalb durchzudrehen.«

»Oh Emmi.« Sanft legte sich eine Hand um meine Taille. Seufzend legte ich meinen Kopf auf ihre Schulter. »So schlimm?«

Plötzlich begannen Tränen in meinen Augen zu brennen. Entsetzen durchfuhr mich bis in die Zehenspitzen. Würde ich jetzt ernsthaft hier zusammenbrechen? In aller Öffentlichkeit? »Schlimmer«, presste ich mit brüchiger Stimme hervor. »Ich habe immer gedacht, dass ich es nicht will. Dass ich es nicht kann. Im Grunde ist es auch nach wie vor so - aber die Vorstellung, ihn ansehen zu müssen, Tag für Tag ... erleben zu müssen, wie er mit anderen flirtet - das zerreißt mich!«

Es war ausgesprochen. Ich bebte, erzitterte, die Worte hatten scharfe Schnitte in meine Luftröhre gerissen und doch hatte es gut getan, sie endlich auszusprechen. Eine einzelne Träne löste sich aus meinem Augenwinkel und rollte langsam über meine Wange. Es kitzelte.

»Du musst mit ihm reden«, riet Lena mir mit beschwörender Stimme. »Im Ernst. Das kann doch so nicht weitergehen. Ich glaube kaum, dass ich dich schon einmal so verzweifelt gesehen habe. In den letzten Wochen bist du wie ausgewechselt - mal überaus fröhlich, dann am Boden zerstört. Die Sache macht dich kaputt, wenn ihr das nicht klärt!«

»Aber ich habe es doch schon geklärt«, entgegnete ich traurig. »Ich habe ihm mehr als deutlich gesagt, was ich von einer Annäherung halte. Und du siehst ja, wie er damit umgeht - er flirtet vor meiner Nase mit einer Kellnerin.«

Lena schwieg. Die Schlange vor uns hatte sich bereits aufgelöst, wir konnten auf Toilette gehen. Stumm überließ meine Freundin mir den Vortritt und ich eilte in die Kabine. Mir wurde bewusst, dass ich schon sehr angeschwipst war. Keine gute Sache, denn offenbar hatte ich mich und meine Gefühle nicht mehr unter Kontrolle. Weitere Tränen rollten vereinzelt über meine Wangen und ich zog schniefend meine Nase hoch. Was fühlte ich mich jämmerlich!

Als ich meine Hände wusch, betrachtete ich mich im Spiegel. Entgegen aller Erwartungen sah man mir nicht an, wie verzweifelt ich mich fühlte. Meine Augen waren vielleicht ein bisschen gerötet, doch das konnte genauso gut vom Alkohol kommen, der mittlerweile mehr als genügend durch meine Adern floss. Verdammt nochmal - ich nahm mir fest vor, als Nächstes etwas Nichtalkoholisches zu bestellen, am besten ein Glas Wasser.

Als Lena ans Waschbecken neben mir trat, warf ich ihr ein vorsichtiges Lächeln zu. »Es ist schon wieder besser, danke«, murmelte ich ihr zu und meinte es sogar fast ernst.

»Sicher?« Lena runzelte die Stirn. »Wir können gerne noch eine Weile hierbleiben. Ein bisschen quatschen oder so.«

»Das ist nett von dir.« Ich schüttelte den Kopf, auch wenn ich nichts lieber getan hätte als das. »Aber lass uns doch einfach wieder hochgehen. Sonst wundern sich die beiden noch, was wir tun.« Das Letzte, was ich wollte, war, dass Alex irgendwelche Fragen stellte.

»Na gut.« Mit einem fröhlichen Lächeln in den Augen hakte Lena sich bei mir ein. Ich war mir sicher, dass sie versuchte, mich aufzumuntern, und ich war ihr dafür dankbar - auch wenn es nicht wirklich funktionierte. Der Kloß in meinem Hals war nach wie vor vorhanden, egal wie oft ich schluckte.

Kaum dass wir die Tür aufgestoßen hatten, die uns mit dem großen Raum der Bar verband, umhüllten uns die laute Musik und das Geplapper vieler Stimmen.

Tief durchatmen, redete ich mir zu. *Bisher hat es doch auch so gut geklappt. Den Rest des Abends kriege ich auch noch rum!*

Gleichzeitig legte Lena ihre Hand an meinem unteren Rücken, was mir tatsächlich so etwas wie Hoffnung vermittelte.

Und dann sah ich Alex. Er saß nach wie vor am Tisch, hatte sich jedoch mehr als deutlich zum Nachbartisch gelehnt und schien sich köstlich zu amüsieren. Ich konnte Alexanders Profil erkennen, entspannt und breit lächelnd und offenbar zufrieden. Was mich jedoch am meisten schockierte, war seine Gesprächspartnerin.

Ganz genau, eine Frau. Alex schien sich bestens zu amüsieren, einmal mehr mit einer weiblichen Person und einmal mehr nicht mit mir.

In diesem Moment schien alles stehenzubleiben. Es

war wie vorhin, als er mit der Kellnerin geflirtet hatte, nur tausendmal schlimmer. Mein Magen verkrampfte sich zu einem winzig kleinen Ball und Übelkeit stieg in mir auf.

Sieh es dir an, das ist deine Zukunft. Alex wird dein Bruder und du wirst zusehen müssen, wie er jemand anderes kennenlernt. So ist es richtig!

»Aber es tut so weh!«, platzte es aus mir hervor, ein Hilfeschrei, ein lauter Protest gegen meinen inneren Monolog, der mich einmal mehr quälte.

»Was ist los, Emmi? Was -«

Noch ehe Lena zu Ende gesprochen hatte, machte ich auf dem Absatz kehrt. »Ich kann das nicht mehr«, brachte ich hervor, in etwa in Lenas Richtung. »Es tut mir leid.« Dann verschwamm alles vor meinen Augen, weil Schmerz und Leid endgültig einen Weg nach draußen suchten. Mit unsicheren Schritten stolperte ich in Richtung Tür, weg aus der Bar, weg von hier.

Ich hatte genug.

Kapitel 21

Es war eine verdammte Ironie des Schicksals. Ausgerechnet diesen Zeitpunkt hatte sich das Gewitter ausgesucht, um über der Stadt auszubrechen. Fast im Sekundentakt brach rollender Donner über mich herein und der Himmel hatte seine Schleusen geöffnet, als würde es kein Morgen geben.

Und genauso fühlte es sich auch an.

Laut schluchzend stolperte ich hinaus auf die Straße. Es war mir völlig egal, wie ich nun aussah, ob ich klatschnass wurde oder ob ich wirkte wie eine Verrückte - denn mein Herz war förmlich gebrochen und dieses Gefühl verdrängte jeden anderen Gedanken. Binnen weniger Sekunden war ich klatschnass. So nass, dass sich die Kleidung wie eine zweite, schwere Haut an mich schmiegte. Dicke Spuren meiner Schminke liefen sicherlich schon in Sturzbächen meine Wangen hinab - doch auch das spielte keine Rolle mehr. Ich musste einfach von hier fort, ich musste zu mir finden, ich musste nach Hause, ich ...

»Scheiße!« Meine Stimme brach, als ich voller Verzweiflung erstarrte. Meine Tasche! Ich hatte natürlich meine beschissene Tasche am Tisch bei den anderen liegen gelassen, hatte sie nicht mit auf Toilette genommen und deshalb nun auch nicht dabei. Erbost stampfte ich mit meinem gesunden Bein auf, mitten in eine dicke Pfütze. »Gottverdammte Scheiße!«

Einmal drehte ich mich im Kreis, unschlüssig, was ich nun tun sollte, denn durch meinen Schmerz hindurch kam wieder ein Funke Verstand hervor und der verriet mir, dass ich ohne Tasche nicht weit kam. Der Gedanke, wieder in die Bar zurückzukehren, war jedoch auch keine Alternative, zerriss mich förmlich, weshalb ich mich dazu entschied, einfach loszulaufen.

Ich kam nicht weit.

»Emmi!«

Die Stimme, die ich selbst über dem grollenden Donner noch hören konnte, gehörte unmissverständlich zu Alex. Ein lautes Schluchzen entkam mir, als Antwort auf seinen fordernden Schrei, doch anstatt mich ihm zuzuwenden, lief ich einfach weiter. Was war ich froh, dass ich flache Schuhe angezogen hatte!

»Emmi, verdammt, bleib stehen!«

Im Traum dachte ich nicht daran. Dass er mir gefolgt war, machte alles nur noch schlimmer, doch ich war einfach nicht in der Lage, stehenzubleiben. Nicht in diesem Zustand.

Seine Schritte platschten im Regen, ebenso wie meine, und ich hörte ihn fluchen. Meine Brust verengte sich, bis ich das Gefühl hatte, nur noch durch eine stecknadelkopfgroße Öffnung atmen zu können. Der Schmerz, der sich in mir ausbreitete, war kaum zu ertragen.

»Jetzt bleib doch endlich stehen!« Dass Alex plötzlich so nahe an meinem Ohr sprach, schockierte mich, und als er im nächsten Moment meinen Oberarm umfasste, schrie ich auf. Wie aus Reflex drehte ich mich um und schlug ihm, so fest ich konnte, vor die Brust. »Lass mich los!«, keifte ich mit gebrochener Stimme, froh, überhaupt einen Ton herauszubekommen.

»Was ist denn nur los mit dir?« Er brüllte mich förmlich an, während scine zweite Hand meinen anderen Arm unter Kontrolle brachte. »Verdammt nochmal, Emmi!«

»Das fragst du noch?« Die Trauer in mir verwandelte sich in Schmerz und ich schaffte es, ihm in die Augen zu sehen. Die Gefühle, die ich in seinem Gesicht lesen konnte, verwirrten mich, bohrten sich tief in mein Innerstes. »Lass mich los!«

»Ganz sicher nicht!« Aufgebracht rüttelte Alex an meinen Armen. »Warum drehst du so durch? Was willst du hier draußen?«

Ein greller Blitz erhellte die Umgebung, dicht gefolgt von einem bedrohlichen Krachen. Das Gewitter war fast über uns angekommen.

»Weg!«, brüllte ich ihm entgegen, kaum noch Herr meiner Sinne. »Von dir!«

Für einen kurzen Augenblick schien Alex wie vor den Kopf gestoßen und ich schaffte es, mich aus seiner Umarmung zu reißen. Dummerweise kam ich keine drei Schritte weit, bis er mich eingeholt hatte.

»Jetzt reicht es, Emmi! Den ganzen Abend verhältst du dich schon so merkwürdig mir gegenüber und dann das! Was soll das Ganze?« Die Wut in seiner Stimme stand der meinen in nichts nach und ich schaffte es, ihn ein weiteres Mal von mir zu stoßen.

»Lass mich einfach in Frieden!«, schrie ich ihn an. Der Regen lief in meinen Nacken, in meine Augen, in mein Gesicht, vermischte sich mit meinen Tränen und mit meiner Schminke, und ich blinzelte krampfhaft.

»Es reicht!«, herrschte Alex mich an. Einmal mehr

riss er mich an sich. »Endgültig!«

»Du sagst es!«

Noch bevor ich es schaffte, ein weiteres Wort hervorzubringen, presste Alex seine Lippen auf meine. Der Hunger, der in diesem Kuss lag, erschreckte mich zutiefst, und obwohl ich nichts mehr wollte als das hier, beendete ich ihn, bevor er noch intensiver wurde. »Geh doch zu Lisa oder zu dieser Tussi!«, schrie ich ihn an, meine Stimme nur noch ein Schatten seiner selbst. Alles in mir schien zu zerbrechen.

»Emmi!« Plötzlich klang Alex nicht mehr wütend, nur noch müde. Seine Stimme wurde leiser und nur noch deshalb hörbar bei all dem Lärm, den der Regen verursachte, weil er sich so nahe an meinem Ohr befand. »Das alles habe ich doch nur getan, damit du endlich aufwachst.«

»Du hast ... *was*?« Mein Herz blieb stehen. Hatte er es wirklich so gemeint, wie er es gesagt hatte?

»Emmi.« Alexanders Griff wurde sanfter. Seine Finger pressten sich nicht mehr so fest in meine Oberarme, ganz so, als würde er nicht mehr befürchten, dass ich fliehe. Wie recht er doch hatte. »Ich wusste nicht mehr, was ich sonst tun sollte.«

Er klang so aufrichtig, dass seine Worte bis tief in mein Herz drangen, doch mein Kopf konnte noch immer nicht begreifen, was nun passierte.

Ein erneuter Donnerschlag ertönte, diesmal direkt über uns, und der Regen nahm an Intensität zu.

»Komm mit!« Er zog mich zurück zur Bar und ich begann, mich gegen seine Kraft zu wehren.

Ganz sicher wollte ich nicht wieder dort hinein! Nicht in diesem Zustand!

»Nur unter das Dach!«, rief Alex mir zu und

deutete auf den Überhang, der etwa einen knappen Meter Schutz bot.

Ich gab nach.

An der Hauswand waren wir zwar geschützter, doch unsere Klamotten waren längst durchnässt. Mir wurde bewusst, dass ich fürchterlich aussehen musste, und ich bedeckte mein Gesicht mit den Händen.

»Hey.«

So sanft hatte Alex schon lange nicht mehr mit mir geredet. Meine Brust verkrampfte sich und ein frischer Schwall Tränen entkam meinen Augen.

Unendlich vorsichtig zog er die Hände von meinem Gesicht weg. »Schau mich an.«

Ich hatte keine Wahl. Sein Blick nahm mich gefangen, so intensiv und voller Emotionen. »Was ist?«, murmelte ich gebrochen. Meine Wut war verraucht und einer unendlichen Traurigkeit gewichen.

»Hast du mich verstanden?« Alex' Blick bohrte sich förmlich in mich hinein. »Die Kellnerin ... das Mädchen. Ich *wollte* dich eifersüchtig machen. Ich wusste nicht, wie ich sonst deine Aufmerksamkeit erhalten sollte!« Er hielt kurz inne, bevor er noch eindringlicher fortfuhr, bittender. »Ich wollte dir nicht so sehr weh tun ... ich ... wusste einfach nicht weiter.«

Mir gingen viele verschiedene Dinge durch den Kopf. Er hatte all das nur gemacht, um mich eifersüchtig zu machen? Sein ganzes Verhalten in den letzten Tagen ... das Abweisende, Kühle, nur Show? Ich hätte wütend sein sollen, doch alles, was ich spürte, war so etwas wie Hoffnung. »Aber wieso?«

Drei Donnerschläge lang blickte er mir in die Augen, tief und intensiv und so voller Wahrheit, dass alles in mir erst gefror und dann zu schmelzen begann. »Weil ich dich liebe, verdammt nochmal. Und weil du mich sonst einfach nicht an dich herangelassen hättest!«

Er liebte mich. Er liebte mich! Alex hatte mir soeben gestanden, dass er mich liebte! An dieser Stelle hätte ich zerfließen und in seine Arme fallen sollen, doch ich begann lediglich, erneut zu heulen.

»Emmi!« Erschrocken riss er mich noch näher an sich. »Nicht weinen, bitte ... ich ... es tut mir so leid!«

Anstatt ihm zu antworten, herrschte noch immer Durcheinander in meinem Kopf, und die Stille zog sich in die Länge. *Tu etwas!*, brüllte meine innere Stimme mich an, doch ich konnte einfach nicht. Es war zu viel in zu kurzer Zeit.

»Ich weiß, dass du das alles nicht kannst. Ich weiß, welche Vorwände du hast. Aber ich weiß verdammt nochmal auch, dass du etwas für mich empfindest! Mann, Emmi! Jetzt schalt doch endlich deinen Kopf aus und hör auf dein Herz!«

Da war es wieder. Kopf oder Herz. Herz oder Kopf. Auf wen sollte ich hören? Wem sollte ich folgen? Alles in mir sehnte sich nach ihm, doch diese Emotionen erschreckten mich, machten mich fertig, rissen mir den Boden unter den Füßen weg ...

Alex seufzte auf. Ich bekam Angst, dass er aufgeben würde, und als sich ein weiteres Mal seine Lippen auf die meinen legten, keuchte ich überrascht auf. Dieses Mal war er noch forschender, drängender. Mit einem dumpfen Knall prallte ich gegen die Hauswand, weil Alex mich gegen sie drückte, damit ich ihm nicht doch entwischte. Die Bestimmtheit, mit der er Besitz von meinem Mund, von mir ergreifen wollte, ließ meine Knie weich werden. Wie von alleine entkam mir ein Stöhnen und genau diesen Augenblick nutzte Alex, um seine Zunge in meinen Mund zu schieben.

Nun hatte er mich endgültig. Nicht oft in meinem Leben hatte ich solch einen elektrisierenden Kuss erlebt. Jedes einzelne Mal war auf Alex zurückzuführen.

Wut, Erregung, Trauer und Verletzung vermischten sich, als ich langsam weich wurde in seinen Armen. Die letzten Minuten, die Verzweiflung rückten in den Hintergrund und machte Platz für Lust. Meine Zunge passte sich der seinen an, antwortete auf die Einladung zum Tanz und fügte sich dem erregenden Takt. Doch da war noch mehr. Lust ... Leidenschaft. Da war Liebe. Ich spürte sie. Sie war verdeckt von einer fast schon verzweifelten Energie und ich war nicht die Einzige, die sie ausströmte.

Weil ich dich liebe, verdammt nochmal.

Seine Worte spulten sich in meinem Kopf ab, immer und immer wieder, und mein Pulsschlag wurde noch schneller - sofern das überhaupt möglich war. Das letzte kleine bisschen Widerstand brach in sich zusammen und mit einem fast schon animalischen Knurren fuhr ich mit meinen Händen in seine Haare, gab mich dem unbändigen Drang hin, alles durcheinanderzubringen, was vorher ordentlich gewesen war. Die Nässe und das Gel legten sich wie ein klebriger Schleier um meine Finger.

Erst als erneut ein ohrenbetäubender Donnerschlag über uns hereinbrach, lösten wir uns abrupt voneinander. Der Lärm hatte uns erschrocken und deutlich gemacht, in welcher Situation wir uns befanden. Sofort wich die Erregung und ich spürte, wie ich peinlich berührt zusammenfuhr. Das hier ... es war so viel.

»Nicht.« Mit sanfter Stimme bat Alex mich, nicht erneut einen Rückzieher zu machen. »Das ertrage ich nicht noch einmal.«

Fast schon verwirrt blickte ich in seine dunkelblauen Augen, die mich bittend und voller Hingabe ansahen. Dieses intensive Gefühl, das ich schon so lange darin gesehen und es immer wieder verdrängt hatte ... es galt nur mir.

Eine kleine blubbernde Blase stieg in mir auf und ich war mir fast schon sicher, dass sie aus Hoffnung bestand.

»Ich liebe dich, Emmi«, wiederholte Alex seine Worte und endlich, endlich fand ich die Kraft, ihm zu antworten.

»Ich liebe dich auch«, wisperte ich kaum hörbar zurück und doch laut genug für uns beide.

»Ich wusste es«, murmelte Alex glücklich. »Ich wusste es einfach.«

* * *

An diesem Abend kehrte Alex nur noch einmal kurz in die Bar zurück, um meine Tasche zu holen und den Mädels mitzuteilen, dass wir nach Hause fuhren. Ich stellte mich jetzt schon auf eine Mädels-Inquisition am Folgetag ein, aber das spielte keine Rolle. Gar nichts spielte eine Rolle, nur noch die Tatsache, dass Alex mich liebte.

Und dass ich ihn liebte.

Er rief uns ein Taxi und ließ uns direkt zu mir nach Hause bringen, wo wir uns aufwärmen und das Gewitter von drinnen genießen konnten. So sehr die Spannung zwischen uns auch pulsierte - mehr als intensive Küsse tauschten wir nicht aus. Zu fragil schien uns dieser Schritt, den wir nun zusammen gegangen waren, und gleichzeitig spürten wir keinen zeitlichen Druck. Dieses Mal würde ich keinen Rückzieher machen, Alex sowieso nicht, und wir hatten alle Zeit der Welt. Stattdessen kuschelten wir, eng aneinandergeschmiegt, und sprachen leise über die Verwirrungen der letzten Wochen - über meine Verwirrungen. All die Wut, all der Ärger war verpufft, und Alex war unendlich sanft und warm und verständnisvoll.

Das erste Mal seit Wochen fühlte ich mich endlich wieder ganz in meinem Einklang, irgendwie vollständig, und der Gedanke, dass besonders der letztere Umstand auf Alex zurückzuführen war, ließ sich nicht mehr leugnen. Es war erfüllend, es war schön.

Ich hatte meine Antwort erhalten, die Antwort auf die Frage, warum es ausgerechnet Alex hatte sein müssen. Weil wir einfach zueinandergehörten. Lange hatte sich dieses Wissen schon aufgedrängt, war erfolgreich verdrängt worden. Doch nun hatte es uns eingeholt.

Und es war gut so.

Epilog

Es war ein wundervoller Herbsttag. In den letzten Tagen hatte es so viel geregnet und gestürmt, dass wir diesem Tag mit viel Angst entgegengeblickt hatten, doch offenbar hatte sich der Wettergott überlegt, dass er alles geben würde, was er nur konnte, damit es an diesem Tag schön werden würde.

Fast schon wehmütig blickte ich in den Spiegel und zupfte das hellrosafarbene Kleid zurecht, das ich mir extra für diesen Tag gekauft hatte.

»Gut siehst du aus!«

Ich zuckte erschrocken zusammen - dass Alex so plötzlich hinter mir erscheinen würde, hatte ich nicht erwartet. »Du Blödmann!«, fauchte ich ihn an. Unsere Blicke trafen sich im Spiegel, und obwohl ich noch eben versucht hatte, ihn zu beleidigen, musste ich lächeln.

Er sah umwerfend aus.

Bis eben hatte Alex noch im Bad gesteckt und sich dort für den Nachmittag fertiggemacht. Manchmal fragte ich mich, ob wir beide nervöser waren als unsere Eltern, die sich in etwa - ich blickte auf die Uhr - zwei Stunden das Ja-Wort geben würden. Sozusagen. Immerhin hatten wir uns beide dafür eingesetzt, dass Karin und Jürgen etwas Größeres aus dieser Zeremonie machten - dummerweise hatten wir uns da auf verlorenen Posten befunden.

Mit einem liebevollen Lächeln trat Alex hinter mich und legte seine Arme um meine Taille. Noch immer betrachteten wir uns durch den Spiegel und ich konnte nicht anders, als bei dem Anblick dahinzuschmelzen. Ich in seinen Armen - es tat nicht nur gut, es sah auch gut aus. Es passte einfach.

»Bist du fertig?«, murmelte er mir zu und presste dann einen Kuss auf meinen Scheitel.

»Fast«, erwiderte ich atemlos. Benommen von seiner Nähe und seinem umwerfenden Geruch lehnte ich mich an seine Brust und schloss die Augen. »Nur noch ein paar Minuten ...«

»Wofür?« Alex lachte auf. »Hierfür oder zum Fertigmachen?«

»Pssst«, murrte ich ihn an. »Du zerstörst den Moment.«

Manchmal kam es mir noch immer unwirklich vor. Es war erst wenige Monate her, dass wir uns gefunden hatten - oder genauer gesagt, dass ich zugelassen hatte, dass wir uns fanden. Manchmal dachte ich an jenen Abend zurück, als wir uns fast zerfleischt hatten, um uns herum Weltuntergangsstimmung und Gewitter, und ich wusste nicht, ob ich froh sein sollte oder vor Scham im Boden vergehen. Damals hatte alles haarscharf auf der Kippe gestanden und ein falsches Wort hätte uns vermutlich für immer entzweit.

Okay, das klang jetzt sehr dramatisch, aber so fühlte es sich an.

An manchen Tagen würde ich Alex am liebsten dafür schlagen, dass er ausgerechnet den Hebel bei meiner Eifersucht angesetzt hatte, doch letztlich hatte er dadurch nur erreicht, was er wollte, und damit uns beide zusammengebracht.

»Woran denkst du gerade?«, murmelte Alex mir neckisch ins Ohr. »Deine Stirn ist so kraus.«

»An dich natürlich«, erwiderte ich wie aus der Pistole geschossen und erreichte damit nur, dass er mich wie aus dem Nichts attackierte und kitzelte.

»Und warum guckst du dabei, als hättest du in eine Zitrone gebissen?«, lachte er mich an und hörte einfach nicht auf, seine nervigen Zeigefinger in meine Seiten zu pieksen.

Mit einem schrillen Schrei floh ich vor ihm. »Hör auf - oder du schläfst heute Nacht auf der Couch!«

Dieses Argument erzielte sofortige Wirkung. Eben noch auf Ärger gepolt, wurde Alex nun brav wie ein Lamm. Heute Nacht würde er bei mir schlafen, unsere Eltern würden ihre Hochzeitsnacht in Jürgens Wohnung verbringen. Überhaupt würden die beiden sicherlich bald anfangen, ihre Wohnungspläne zu überdenken und das wiederum machte mir ein bisschen Angst, da ich nicht wusste, wo ich dann bleiben würde.

Nicht, dass Alex nicht schon oft genug angeboten hatte, dass ich zu ihm ziehen konnte, doch das ging mir einfach zu schnell. Aus diesem Grund hatte ich auch darauf bestanden, dass wir diese Nacht hier verbrachten und nicht bei ihm - ich fürchtete, dass ich sonst schleichend bei ihm einziehen würde, jeden Tag ein bisschen mehr, bis aus einem Fach im Kleiderschrank die Hälfte geworden war oder so.

Nein, in diesem Punkt blieb ich konsequent, auch wenn das bedeutete, dass Alex regelmäßig in meinem schmalen Bett schlief und dass er mir noch regelmäßiger deshalb die Ohren volljammerte.

»Wir müssen bald los«, erklärte ich ihm streng. »Vielleicht solltest du dein Hemd wieder ordentlich in die Hose stecken.« Autsch, ich klang so blöd, aber das machte ich extra, weil ich Alex damit zur Weißglut treiben konnte. Komischerweise lächelte er mich jedoch nur an. »Was ist?«, fragte ich misstrauisch nach.

»Habe ich dir heute schon gesagt, wie sehr ich dich liebe?«

Diese Worte berührten mich zutiefst, jedes Mal aufs Neue. Als er nun so vor mir stand, in seinem Anzug und mit diesem unwahrscheinlich aufregenden Lächeln auf den Lippen, vergaß ich vollkommen, weshalb wir gerade noch herumgefoppt hatten. Alles, was nun zählte, war er. »Ich liebe dich auch«, wisperte ich voller Emotionen, ehe ich ihm einen sanften Kuss auf die Lippen gab.

* * *

Die Zeremonie im Standesamt verlief erwartungsgemäß: Schnell, etwas nüchtern und nicht sonderlich romantisch. Dennoch strahlten Karin und Jürgen sich unentwegt an und ich musste die ganze Zeit über Alex fest an der Hand halten, um nicht die Fassung zu verlieren.

Zwischenzeitlich beschlich mich das Gefühl, als würden die beiden am liebsten flüchten, kaum dass sie und ihre Trauzeugen ihre Unterschriften gesetzt hatten, und in geheime Flitterwochen starten, doch sie schlugen sich tapfer. Im Restaurant, wo wir einen eigenen kleinen Raum ganz für uns reserviert hatten (Alex und ich hatten uns größte Mühe gegeben und besagten Raum im Vorfeld liebevoll dekoriert), kehrten wir schließlich in kleiner Runde ein und genossen ein exzellentes Essen in ausgelassener Stimmung. Immer wieder kuschelte ich mich eng an Alex, denn diese vor Emotionen schwangere

Spannung zwischen unseren Eltern übertrug sich automatisch auf mich.

»Na, bist du etwa sentimental?«, wisperte er mir irgendwann ins Ohr und konnte sich ein Grinsen nicht verkneifen.

»Das ist ja wohl das Normalste auf der Welt!«, flüsterte ich zurück und stieß ihm meinen Ellenbogen unsanft in die Seite.

Dass ich meine Gefühle schließlich nicht mehr unter Kontrolle halten konnte, daran war meine Mutter schuld, die plötzlich mit ernster Miene gegen ihr Glas klopfte und es dabei fast umstieß. Als alle verstummt waren - wie konnte eine Runde von zwölf Leuten so viel Lärm produzieren? - räusperte sie sich vernehmlich. »Ihr Lieben, ich möchte gerne die Chance nutzen, um ein paar Worte an euch zu richten. Zunächst einmal will ich euch danken - dafür, dass ihr alle hier seid und diesen Tag zu etwas ganz Besonderem macht. Ich bin so froh, dass ihr alle erschienen seid, denn ihr bedeutet mir am meisten.« An dieser Stelle pausierte sie kurz, blickte erst Jürgen in die Augen, dann mir, dann Alex, und dann jedem anderen, der ebenfalls am Tisch saß. »Danke für die liebevolle Hilfe«, sie ließ ihre Hand durch den Raum schweifen, »für eure unermüdliche Unterstützung und für eure Liebe.

Ganz besonders danken muss ich an dieser Stelle aber Jürgen. Ich bin so unendlich froh, dich gefunden zu haben, zu einer Zeit, als wir beide gar nicht mehr damit gerechnet hatten, dass es so etwas wie eine zweite Chance in der Liebe gibt. Durch dich habe ich das Gefühl, endlich angekommen zu sein, und das lässt sich nicht mit Gold aufwiegen.«

Ein paar Leute klopften anerkennend aufs Holz

und ich hörte, dass nicht nur ich vernehmlich schniefen musste.

»Aber nicht nur, dass Jürgen mich glücklich macht - er hat sogar dafür gesorgt, dass auch meine Tochter ihr Glück finden durfte, zumindest indirekt. Wie ihr alle wisst, hat Jürgen einen Sohn, der lange Zeit im Ausland war. Als er in diesem Sommer nach Deutschland zurückkehrte, hat wohl niemand damit gerechnet, dass er meiner Tochter derart den Kopf verdrehen würde. So glücklich wie derzeit habe ich sie schon lange nicht mehr gesehen und das ist, neben deiner Liebe, Jürgen, das größte Geschenk, das man mir machen konnte.«

Alle drehten sich zu mir um. Ich spürte das. Ich spürte auch den intensiven Blick meiner Mutter, den von Alex, von allen, doch sehen konnte ich nichts, denn Tränen der Rührung verschleierten meine Augen und alles, was ich tun konnte, war undeutlich schluchzen und blubbern und meiner Mutter in die Arme fallen.

Ich wusste, dass sie und auch Jürgen keine Probleme damit hatten, dass Alex und ich zueinander gefunden hatten, im Gegenteil. Als wir - zunehmend nervös, zumindest ich - den beiden von unserer Liebe berichtet hatten, waren sie in lautes Gelächter ausgebrochen und meine Mutter hatte »Ich habe es dir gesagt!« trompetet. Offenbar hatten die beiden ernsthaft Wetten darüber abgeschlossen, ob sich etwas tat zwischen uns oder nicht, und natürlich war meine Mutter die Gewinnerin gewesen, feinfühlig genug, um die Wahrheit vorauszuahnen. Jürgen hatte daraufhin nur gelächelt und vor sich hin gemurmelt, dass er und sein Sohn eben Geschmack hätten.

Nun, vor versammelter Mannschaft, noch einmal

zu hören, wie sehr sie hinter uns stand, war dennoch etwas ganz Besonderes für mich, denn nach wie vor gab es Zeiten, in denen mein Gewissen sich meldete und versuchte, eine Allianz mit meiner Moral einzugehen. Zum Glück hatte sich mein Herz in dieser Angelegenheit durchgesetzt, tat es immer wieder, und mein Gewissen wurde immer leiser.

Auch die Reaktionen der anderen Leute am Tisch deuteten auf nichts als Freude hin, ehrliches Mitfreuen, weil nicht nur meine Mutter und Jürgen, sondern auch Alex und ich unser augenscheinliches Glück gefunden hatten.

»Tolle Worte. Danke, Karin!«, rief Alex plötzlich aus und erhob sein Glas. »Ich möchte gerne einen Toast aussprechen. Auf meine Stief-Schwieger-Wie-Auch-Immer-Mutter. Ich bin froh, dass du meinen Vater so glücklich machst. Und noch glücklicher über deine Tochter!«

Ein lautes »Hört, hört« brandete über den Tisch und viele Gläser klirrten aneinander. Meine Tränen versiegten und ein heimlicher Blick in den Taschenspiegel versicherte mir, dass nichts verschmiert war. Seit jener Nacht im Regen war ich auf teurere, wasserfeste Mascara umgestiegen und die hielt, was sie versprach.

Langsam konzentrierte sich die Gruppe wieder auf das Ursprüngliche; fröhliche Gespräche und das Essen. Ich saß wie benommen auf meinem Stuhl, so nahe an Alex gerückt, dass ich förmlich auf seinen Schoß krabbeln konnte. Sein Arm, der lässig über meine Rückenlehne hing, gab mir das Gefühl, sicher und geborgen zu sein, zufrieden.

»Ich bin so froh«, murmelte er mir plötzlich zu.

Ich lächelte sanft. »Worüber?«

»Hier zu sein. Mit dir. An meiner Seite. Weißt du, ich glaube, ich war von Anfang an in dich verliebt.«

Ich hob meinen Blick, sah die Liebe in seinen Augen. »Seit wann genau? Nach dem Geknutsche?«

Alex schüttelte den Kopf. »Nein. Im Grunde, seitdem ich dich das erste Mal gesehen habe, in der Disko. Noch bevor wir nur auch ein Wort miteinander gewechselt hatten. Liebe auf den ersten Blick. Glaubst du an so etwas?«

Ich überlegte ernsthaft. Eigentlich hatte ich diese Sache immer der Kitschfabrik Hollywoods zugeschrieben, doch wenn Alex sagte, dass er so empfand, dann glaubte ich ihm das auch. Ich zuckte mit der Schulter, ganz so, wie ich es mir von ihm abgeguckt hatte, und entlockte ihm ein Grinsen. »Wer weiß das schon?«

»Ganz genau.« Er beugte sich zu mir und presste seine Lippen sanft auf die meinen. Wärme durchströmte mich augenblicklich. »Jedenfalls gab es für mich von da an nur noch dich. Da warst nur noch du.«

Ich seufzte auf, glückselig. Er hatte sich vorhin noch beschwert wegen der Emotionalität, dabei war er nicht besser. Und das war auch gut so, denn ich liebte ihn genau so, wie er war, auch wenn ich lange dagegen gekämpft hatte.

Liebe war eben stärker als der Verstand.

~ Ende ~

Danksagung

Wenn ich die Arbeit an einem Buch beende, bleibt mir nicht mehr viel zu tun. Die Worte sind geschrieben, mehrere Überarbeitungen durchlaufen, im besten Fall ist auch schon die Formatierung geschehen. Das Cover steht und macht mich stolz, verleiht es meinen Worten doch ein wahrnehmbares Gesicht.

Bin ich an diesen Punkt gelangt, brauche ich zunächst eine kleine Weile, um durchzuschnaufen - und daran zu denken, wer mir alles geholfen hat, dorthin zu kommen, wo ich bin.

Dieses Jahr ist bereits so viel passiert, wahnsinnig viele Dinge sind im Wandel - zum Positiven. Was sich dabei nicht ändert, ist die Tatsache, dass ich wunderbare Menschen an meiner Seite habe, die mich unterstützen, ganz egal was kommt.

Mein Lebensgefährte zum Beispiel. Immer ist er für mich da und auch bei der Entstehung dieses Buches hat er maßgeblich mitgeholfen. Nicht nur, weil er mit mir über meine Ideen spricht und sie so Formen annehmen lässt, nicht nur, weil er mich an meine Grenzen erinnert, nein, auch seine Liebe ist immer und immer wieder eine Inspiration für mich. Liebe, so weiß ich, hat keine Grenzen, wenn man den richtigen Partner gefunden hat. Und ist das nicht auch bei Emmi und Alex so? Manchmal dauert es eine Weile, bis man diese Tatsache erkennt, doch letztlich führt die Erkenntnis zu einer innigen Zufriedenheit.

Lebensglück. Danke für unser eigenes Lebensglück.

Meine lieben, lieben, treuen Testleser Pia, Jens, Susi, Anja, Tani und Miri. Danke für eure Ratschläge, eure Hinweise, eure konstruktive Kritik. Ich liebe es zu wissen, dass ich mit eurer Hilfe das Beste aus meinen Geschichten heraushole! Vielen Dank für die unermüdlichen Stunden, die ihr mir so bereitwillig opfert!

Ein Dank geht auch an meine Familie, die mich immer wieder unterstützt, die an mich glaubt, die sich meine sicherlich allzu oft vorkommenden Reden über mein Schreiben anhört. Danke, dass ihr durch gezieltes Nachfragen und durch euer Zuhören dafür sorgt, dass ich mich so ausleben kann. (Besonders schön finde ich den Stolz in den Stimmen meines Papas und meines Opas) Oma, ich wünschte so sehr, du würdest mitbekommen, wie ich meinen Traum lebe. Aber vielleicht tust du das ja auch, dort, wo du nun bist.

Danke an meine Leser, die mir so treu zur Seite stehen, die mir immer und immer mehr deutlich machen, dass sie meine Worte mögen. Einmal mehr kann ich nur sagen, ihr ermöglicht mir, was ich tue.

Meine Seelenfamilie trägt viel zu meinem Seelenheil bei und dann habe ich auch noch so ein tolles Vorbild. Petra, bleib wie du bist. Tani und ich, wir brauchen dich bzw. euch noch. Auf viele tolle weitere Stunden in Mannheim oder wo auch immer!

Danke an alle, die bis hierher gelesen haben. Ihr

wollt nicht nur meine Geschichten, ihr seid auch an mir persönlich interessiert, an das, was ich am Ende noch schnulzig zu sagen habe, und das ehrt mich. Ich hoffe, wir sehen bzw. lesen uns im nächsten Buch wieder, an dem ich natürlich schon eifrig arbeite. Ich hoffe, ich habe euch Lesespaß bereitet und werde es auch weiterhin tun, denn das ist meine Lebensaufgabe.

Ich wünsche euch alles Liebe!

Eure Emma
Paderborn, im Juli 2015

14889057R00169

Printed in Poland
by Amazon Fulfillment
Poland Sp. z o.o., Wrocław